LA FIÈVRE

SÉBASTIEN SPITZER

LA FIÈVRE

roman

ALBIN MICHEL

À Romain, mon petit frère si grand.

À la mémoire de Raphaël T. Brown
qui a sauvé sa ville.

« On ne trouve les diamants que
dans les ténèbres ; on ne trouve les vérités
que dans les profondeurs de la pensée. »

Victor Hugo, *Les Misérables*

1

– Par pitié, laissez-moi !

Il est face contre terre, comprimé par un homme à genoux sur sa nuque. Sa pommette et son front tassent le sable du sentier. Un filet de sang dégoutte sous lui comme la poisse. Combien sont-ils ? Quatre ? Cinq ? Tous portent des toges blanches.

L'un d'eux pèse sur son dos et lui déboîte les bras, coudes aux reins, pognes au dos.

– Ahhh ! Pour l'amour de Dieu, je vous en prie. J'ai rien fait.

Un autre lui lie les chevilles si fort qu'il entrave ses artères. Son pouls bute contre le chanvre. Il a la bouche dans le sable et son cri s'y enterre parmi la bave et ce branle-bas d'effroi qui coagule. Un homme rôde en retrait, chasseur tapi dans l'ombre. C'est lui le chef de ces mauvais génies en toge qui hantent les campagnes depuis des mois maintenant, semant les cadavres, éparpillant le drame et ravivant l'idée que naître noir est une malédiction.

Quand on est né esclave, mourir est un fait comme un autre, une douleur de plus, un mauvais jour de trop. Son père l'a vécu dans sa chair. Il est mort aux champs, épuisé de fatigue. Son grand-père succomba d'une balle dans la nuque. Il avait soixante ans et souffrait de partout. Mais pas lui. Plus maintenant. Il a été affranchi. Il est devenu libre. Un homme parmi les hommes. Il a le droit de vivre et de rêver sa vie sans penser à la mort. Il s'y est habitué depuis la fin de la guerre, la victoire de Lincoln et les lois votées pour libérer les Noirs, faire taire les fouets des maîtres, les coups des contremaîtres. Libres enfin ! Quel miracle ! Il s'est mis à rêver de lundis, de l'école pour ses enfants, d'un emploi dans le commerce, de dimanches en prières et de semaines qui se ressemblent.

– Pourquoi ? Pourquoi moi ?

Le pire des refrains s'est accroché à ses lèvres.

– Pourquoi ? Pourquoi moi ?

Les toges blanches le relèvent. Leurs visages sont cachés. La lune cruelle éclaire la scène d'un crime en cours.

Il voit son ombre au sol, pas plus noire que leurs ombres. Ils sont cinq contre lui. Cinq juges de mauvaise foi. Cinq silhouettes masquées et un nom murmuré :

– Keathing, viens m'aider !

Son instinct prend le pouvoir. Serrer les dents. Faire le dos rond. Attendre. Se taire. Pleurer un peu, puisque ça dure. Pleurer, ça fait du bien, c'est souffrir en silence. Tenir. Tenir bon.

Très jeune, avant la guerre, son père lui avait appris à cousiner la douleur, à débecter ses rages. Il lui avait dit que s'il s'abandonnait à cette douleur comme à ces rages, il ne ferait qu'attiser le drame noir.

Rien n'y fait.

Le mauvais sort s'acharne. Seul un chien se dévoile. Tel quel. Plein de crocs enfoncés dans le muscle de sa cuisse. Il souffre. Aveuglément face à cet animal, avec des yeux de nuit noire et une haleine sauvage. Le chien cesse de grogner et lève mollement la patte sur le poteau devant. Il marque son territoire de quelques gouttes d'urine pendant que l'ancien esclave implore ses bourreaux blancs :

– Pourquoi ? Pourquoi moi ?

En vain.

L'un d'eux serre sa trachée pour qu'il ouvre la bouche. Il fourre deux doigts dedans. Il enfonce un chiffon plein de flotte dans sa gueule. Lui tente de résister, secoue un peu le tronc et attire le chien. Il n'entend même plus ses grognements furieux. Il a pris le même muscle et mord.

– Faut pas traîner, murmure une voix.

Soudain, tout s'atrophie. La bête a lâché prise. Une chouette froisse l'air. Un coassement annonce l'accouplement de crapauds. Son cœur bat si fort qu'il pourrait exploser. Combien de temps encore ? Combien de temps avant de mourir ?

Une corde fend l'air et cogne contre un poteau. Les nœuds de chanvre crissent sur un rondin de bois. Il compte plusieurs brassées.

– Tu vas trop loin ! dit celui qu'il a pris pour leur chef. On devait simplement lui faire peur. Pas ça !

« Ça », c'est le mot qui l'achève. « Ça », c'est l'idée qui gomme tous les « pourquoi », les « par pitié ».

– T'es pas obligé de rester là.

Une main le pousse devant. Une autre le maintient droit, debout, calé contre ce poteau transformé en potence, comme un mât d'injustice dressé devant une lune bien blanche, bien complice.

Les hommes et le chien-loup s'activent dans son dos. Comme sa jambe se dérobe, il s'adosse au poteau, jette un dernier regard vers la grande ville au loin, la vallée qui serpente et les champs qui se déclinent, noir sur noir, jusqu'au bout de l'horizon. Il les connaît par cœur, chaque pousse, chaque travée. Cette vie est un boyau d'enfer, une fosse de Babel. Il y avait cru pourtant à ces lois, à ces mots. Il ne peut plus se défendre quand ils lui passent la corde au cou, et prie.

– Notre Père qui êtes aux cieux, que Votre nom soit sanctifié. Que Votre règne arrive.

Comme il n'a plus de prise, mais juste la honte de grommeler des mots qui finissent en charpie, il se résigne. Il ferme lentement les yeux. Il prend la mesure de l'instant qui le sépare de l'éternité.

– Amen.

Une pulsation cardiaque. Encore une. Un autre battement. Le dernier ? Sa vie à rebours sature sa mémoire. Toutes ces images passées surgissent en tornade. Il voudrait effacer la douleur qui l'empêche de se remémorer le visage de cette fille, dans la cabane d'en face. Elle préférait sourire au lieu de lui répondre. Elle avait de fines hanches et des épaules si droites que tout son corps semblait en équilibre en dessous, comme le fléau d'une balance. Elle avait le front suave. Un sourire à mille dents. Des yeux bruns, grands et vifs, qui guettaient la gaieté. Il aurait pu l'aimer. Lui faire plein d'enfants. Il tremble de regret. Elle serait devenue sa nouvelle femme et ils auraient élevé une tripotée de gosses. Si seulement il avait traversé la rue entre elle et lui.

Il sent le nœud qui serre. Il va finir sa vie au bout de cette fourche fruste, dans ce cercle formé par un bout de chanvre torsadé, les pieds ballottant vaguement, scruté par les corbeaux et ses cinq bourreaux. Le rituel est en cours. Il n'y a plus rien à faire.

La corde crisse et serre. Un papier sort d'une poche. Pendant que sa langue cogne contre le bout de tissu, des mots chargés d'absurde encrassent la nuit. Ils récitent :

– *Au nom des Chevaliers Immortels protecteurs de la race,*

Au nom du Grand Cyclope garant de notre avenir,
Au nom de la Cause perdue et de ses humiliés,
L'Empire de l'Invisible et le Soleil Invincible t'ont condamné à mort.

La suite s'est perdue au fond de son âme.

Demain, quand Memphis s'éveillera, la ville découvrira son corps bien vertical, bien aligné. Des gens passeront devant lui et feront des commentaires, gênés ou amusés. De longues heures s'écouleront avant que l'un d'eux estime que c'en était assez, qu'on en avait assez vu des Noirs suppliciés.

On fera une prière et on citera son nom. On chantera, un peu, à voix ténue et triste, comme on chante à chaque fois pour ceux qu'on a punis parce qu'ils avaient le tort de croire que même noir on pouvait être libre. On le mettra en terre et on parlera de lui au passé, comme des autres. C'est comme ça ! C'est le Sud.

2

Emmy dort encore. Rabougrie dans son lit. Ses bras adolescents agrippent le balluchon qui lui sert d'oreiller. Des soubresauts remontent le long de son échine, parfois jusqu'aux épaules, bifurquent vers son visage et impriment à sa bouche d'étranges balbutiements. Elle fait des bruits de succion, bave et grogne puis replonge dans son rêve.

Le jour s'est pointé charriant les bruits de la ville. Des rires. Des pas. Le couinement d'un essieu. Les sabots d'une mule butant sur un caillou qui éclate sous ses fers.

Une brise trimbale l'odeur d'une poudre lointaine, de celles dont on faisait les balles, autrefois, pendant la guerre, quand des Bleus tuaient des Gris par centaines de milliers. Emmy était presque là, dans le ventre de sa mère. Elle attendait que la paix soit signée pour montrer le bout de son nez.

Une explosion retentit.

– Papa ? demande-t-elle en sursaut, fouillant les coins

de la pièce et tombant sur sa mère qui s'approche, lentement, de sa démarche peu sûre.

– T'as encore fait une crise, ma fille chérie ?

Emmy tarde à répondre, le temps de faire le tri entre ses attentes et ses rêves, le vrai et ce qu'elle voudrait.

– Non. Pas cette fois. Je ne crois pas, en tout cas. J'ai pas mal aux épaules, dit-elle en s'étirant. Ni à la nuque. Non, maman. C'était pas une crise nerveuse. Je crois que c'était plutôt une sorte de cauchemar. Je suis en retard ?

Sa mère lève le nez et estime l'heure du jour.

– Non. Pas encore. Je n'ai pas entendu la cloche du débarcadère.

Le visage de sa mère est teinté de brun sale. Ses yeux opalescents fixent toujours leur néant, mais elle sent et entend bien mieux que les voyants. Elle le saurait déjà si son père était là. Ses sens ne la trompent pas.

Emmy frotte ses paupières comme pour chasser ses mauvais songes. Mais des images s'accrochent. Le visage d'un homme. Un paquet de bonbons dans un sachet de papier, bombé, comme rempli d'air. Emmy tendait les mains vers le cadeau de son père. Elle allait s'en saisir, mais il a éclaté comme une de ces baudruches que les gosses du quartier gonflent et font exploser lors de chaque carnaval. Et puis tout s'évanouit. Les bonbons et son père, ses attentes bernées. Depuis le temps qu'elle attend. Elle a tout un stock d'espoirs déçus à cause de lui. Sa tête en est farcie, et parfois elle se dit que ces crises étranges, ces spasmes épileptiques sont dus à ce trop-plein de dépits, à ces désillusions qui pourrissent au fond d'elle. Comme si elle les refoulait. C'est son père. C'est comme ça. Il a toujours été celui qui trompe son monde.

Dans les rues de Memphis, la grande fête s'annonce. Une partie de la ville va bientôt célébrer le jour de l'Indépendance. La pétarade commence. Des tas de déflagrations accompagnent les rires des gamins extasiés.

Emmy se penche par la lucarne. Les commerces sont fermés. Deux hommes endimanchés longent le trottoir d'en face. Un autre les salue. Emmy cherche les enfants et, en tendant le cou, voit une femme qui rabat un pan de sa longue jupe avant de traverser. Elle est jeune. Ses cheveux brun-roux tombent en guirlandes d'anglaises. Ses bottines sont couvertes de poussière et ses talons de bois battent les trottoirs de guingois, parfois mités, souvent branlants.

Au carrefour de Madison, en plissant les yeux pour contrer le soleil, elle distingue des fumerolles, des panaches d'explosifs et une bande de gamins accroupis dans un coin autour d'une allumette qui s'approche d'une mèche. Le feu prend. La mèche crépite et fume et les enfants éclatent plus vite que l'explosion, laissant dans leur sillage des crépitements de rire.

– Cessez ! lancent des vieilles barbes aux fenêtres.

Emmy se retourne.

– T'es sûre qu'il n'est pas arrivé ?

Sa mère lui tend la robe qu'elle avait mise de côté. Toujours au même endroit, sur la chaise près de leur lit. Elle l'aide à s'habiller.

– Tu es tout énervée, ma fille. Calme-toi ! Tu sais bien qu'avec lui…

– Cette fois j'y crois, maman. Je suis sûre qu'il va venir.

Emmy palpe la lettre dans sa poche. C'est sa seule lettre de lui. La première en treize ans. Elle ne l'a jamais vu ni même entendu. Mais ces mots sont de lui. Billy Evans. Il écrit qu'il viendra par le vapeur le jour de son anniversaire.

Elle n'a qu'une vague idée de lui, forgée année après année, comme les pièces d'un puzzle. Elle se l'est représenté par la grâce des mots, des souvenirs semés chez les uns et les autres. D'abord ceux de sa mère qui répète souvent qu'il était grand et beau. Parfois, elle ajoute qu'il était pareil au fleuve, obstiné, impétueux, comme s'il avait quelque chose à prouver au monde, une revanche à prendre sur les obstacles dressés en travers de sa route…

« Qui pourrait redresser ce que Dieu a fait courbe, ma fille ? Hein ? Dis-moi ? Qui a ce pouvoir-là ? On n'oblige pas les étoiles à suivre un chemin de balises. Ton père est né comme ça, avec ses courbures. Toutes les jetées cherchant à l'orienter, toutes les digues visant à le contraindre, les pieux, le rabotage sont restés sans effet. »

Ensuite, elle se taisait, gardant le reste pour elle.

Emmy a dû puiser à d'autres sources pour savoir. Chez des voisins. Chez des gens de passage. Dans la rue. Dans les champs. N'importe où. L'image de son père a gagné en nuances. Tous disaient qu'il était beau, certes, mais qu'il avait surtout la beauté des escrocs, de quoi désarmer les doutes, et une faconde à rouler les sceptiques. Emmy serrait les poings, souvent. Elle voulait les faire taire, tous ceux qui s'acharnaient sur les mauvais côtés de son père. D'autres présentaient les choses autrement. Pour eux, son père avait un don. Il était plus habile que le caméléon et plus malin qu'un comédien de la côte.

« Ton père ! Ah ça, ton père ! C'était quelqu'un, celui-là ! Billy avait le don de soumettre les esprits le temps d'y glisser une idée un peu folle, son idée, et de l'y faire germer. Si bien que les autres, y croyaient qu'ils avaient une idée bien à eux, un beau projet, comme celui de l'hôtel, et y se mettaient à l'œuvre. Il avait ce don-là. On peut dire qu'il savait provoquer l'ambition. Il semait la confiance. Après, pour la récolte… c'était une autre affaire. »

C'est ainsi que sur Main Street, dans le quartier commerçant, surgirent des fondations. Un hôtel allait naître. Le charpentier œuvrait. Le maçon s'activait. Un étage fut dressé puis le chantier cessa. Il fallait de l'argent et le compte n'y était pas. Le promoteur s'efforçait de convaincre les banquiers que l'argent arriverait, qu'il avait une idée et que, la guerre finie, il ferait des bénéfices. Quand il se retourna, Billy n'était plus là. Il avait disparu, avec quelques dollars, une avance pour l'idée de ce projet farfelu. Le promoteur paya, fut ruiné et finit par grossir les rangs de ceux qui maudissaient le nom de son père.

« Billy ! Quel numéro ! Billy ! Billy Evans ! Mais Dieu qu'il était beau. Et cette beauté-là, elle n'était pas volée. Normal qu'il ait pris la plus belle de Memphis. Ta mère, Emmy. Ton père était si beau. »

Les yeux vert printemps. Des dents plein la bouche. Et le reste, Emmy le jette dans l'eau du fleuve avec les grandes gueules de ces alligators qui se repaissent du mal et ruminent tout le bon. Pourvu qu'ils s'en étouffent, qu'ils finissent ventre en l'air.

Billy.

Son père.

Imaginé par elle et condamné par eux. Plus malin que tous les autres. Puni de penser plus vite. Condamné à se taire. Purgeant une peine au loin, parce qu'il s'était fait prendre, une fois de plus, une fois de trop. Emmy mit des années à comprendre le vrai sens des mots « peine de prison ».

Elle se disait qu'elle aussi était condamnée, à la même peine que lui. La peine de ne pas le voir. Elle s'était persuadée qu'ils étaient tristes ensemble, tous les deux, loin l'un de l'autre. Pas besoin de se voir pour s'aimer. Sa mère le lui prouve chaque jour. Elle l'aime aveuglément.

Dans quelques heures, les rues de Memphis seront toutes noires de monde. Il y aura des couleurs accrochées aux fenêtres. Des fanions rouges, blancs, bleus. Des essaims d'inconnus échappés des hameaux situés en amont du grand fleuve ou de plus loin encore. Il y aura une fanfare, comme chaque année. Les anciens soldats noirs porteront l'uniforme des Zouaves avec leur gilet rouge et joueront de longues heures, en remontant Main Street jusqu'à l'embarcadère, comme tous les 4 Juillet depuis la fin de la guerre.

Emmy est impatiente. Le jour de l'Indépendance est aussi celui de son anniversaire. Elle a treize ans.

Elle voit la moue de sa bouche, qui ravale sa phrase pour ne pas briser le sort. Tout est dans le silence de sa mère et ses sourcils relevés en accent circonflexe comme une paire de mains jointes qui pointeraient vers le ciel. Elle espère. Sa mère prie pour qu'il vienne. Billy. Il n'était pas si mauvais. Il l'a vraiment aimée. Et elle, elle l'adorait. Son beau génie de père, chevalier d'industrie comme disent les pédants, ceux qui se payent de mots et crèvent la gueule ouverte de n'avoir rien osé. Son père a écrit qu'il allait revenir pour les sortir de là, de cette misère de peau, de cette cabane d'esclaves.

– Tu sais maman, j'ai réfléchi.

– Oui ma fille.

– En attendant qu'il achète une ferme, il pourrait dormir là. Je lui laisserais ma place.

– Ah oui ! Et tu dormiras où ?

– J'ai réfléchi. Je dormirai dehors. Et si la ferme est trop chère, il pourra toujours assembler quelques planches pour agrandir notre cabane.

– La nôtre ?

– Oui. La terre est assez dure du côté de la clôture. Je l'ai tâtée du pied hier. Elle est sèche et tassée. Y a pas de trace d'humidité. J'ai bien regardé sur le côté. Il y a assez de terrain pour soutenir des cloisons et un plancher épais.

– Et qui va payer ça ?

Le tintement de la cloche tombe opportunément.

– Vite ! Vite ! Je suis sûre que c'est papa !

Emmy agite ses longs bras. Elle est tout élancée comme le tronc de l'orme devant. Sa chevelure est un houppier. Pas le temps de se coiffer. Elle se met à quatre pattes pour dénicher ses souliers.

Une autre sonnerie retentit. Plus longue. Ça vient de l'embarcadère.

– Tant pis. J'ai pas le temps, dit-elle en sortant pieds nus.

Elle enjambe la clôture, traverse Madison et remonte vers le fleuve. Sa jupe enveloppe ses jambes et virevolte sous elle telle une méduse folle. Elle court comme les enfants, sans se soucier des regards en coin des femmes et des hommes sur ses longues cuisses fuselées. Elle court à perdre haleine, fixant les cheminées du bateau qui approche avec ses deux gaillards, l'un à la proue, l'autre à la poupe, et sa grande gueule béante comme celle d'un poisson-chat. Emmy ne cille même pas, de peur que si elle lâche sa cible des yeux elle fasse demi-tour, ou pire, disparaisse.

Ses pieds nus frappent le sable. Son cœur choque sa poitrine. Ses mains vont chercher loin devant comme si elle pouvait raccourcir la distance qui la sépare du quai. Elle a la bouche ouverte et le ventre vide depuis la veille. Légère ! Si légère ! C'est son anniversaire et son père va venir pour elle.

Des mouettes rasent le fleuve. Elles sont remontées de l'embouchure, en aval, à des centaines de miles. Il y a foule près du quai. Des dizaines de dos d'hommes et de femmes s'agglutinent.

Sur le pont du *Natchez*, le capitaine sonne trois coups secs. C'est le signal donné au machiniste en salle. Les deux cheminées crachent ce qui leur reste de fumée. La roue à aubes ralentit puis se cale en trouvant le point mort. L'équipage remonte les coursives. Il y a beaucoup de courant. Depuis la crue de juin, il a encore gagné et contrarie l'accostage.

Le visage barbouillé du mécanicien surgit d'un hublot de bâbord. Le navire vire lentement. Il a dépassé le pont. Sa proue pointe vers l'aval. Un sifflement retentit. Soudain, sa roue repart, mais à rebours cette fois, plus puissante, plus vaillante. Ses larges tambours brassent des mètres cubes d'eau, frappant de toutes leurs forces comme pour régler leurs comptes avec ce maudit fleuve.

Les tambours cognent si fort que des éclats de racines valdinguent alentour.

Emmy en a déjà vu, des approches mal finir. L'an dernier, un triple pont bien plus gros que le *Natchez* a fini par le fond.

En haut de la passerelle, un matelot pivote et jette devant lui la glène de cordage. Un badaud sur le quai s'en empare et la noue. La passerelle se déploie. C'est bon ! Tout va bien. La foule s'avance. Emmy cherche sur le pont, parmi les passagers, le visage inconnu de son père, comme l'aimant cherche la paille. Elle guette l'évidence, armée de tous les indices qu'elle amasse depuis des années. Grand. Blond. Yeux clairs. Aujourd'hui la trentaine. Pourvu qu'il tienne parole.

3

– Allez les filles, on se magne le train ! Allez ! Allez ! lance Anne Cook avec sa pointe d'accent hérité de sa mère, de cette belle langue française qu'elle réserve à l'insulte.

Au pied de l'escalier, Anne Cook claque des mains. Elle est debout depuis l'aube et sa voix grave résonne jusqu'aux chambres du deuxième.

– Debout les filles !

Brune altière, la taille épargnée par la maternité. Des yeux sombres qui voient tout. Des sourcils qui pondèrent. Un front aux stries naissantes à force de s'affirmer et une bouche gourmande qui commande sans forcer. Elle a de l'autorité. Ses gestes sont précis. Quand elle claque des mains, elle ne le fait pas deux fois. Toutes ses filles filent droit. Toutes les douze. Il n'y a qu'un seul maître dans cette vaste maison. C'est elle. C'est Madame Cook. Mansion House est son bordel.

Elle a sûrement été ravissante à vingt ans. Tout le monde le devine. Mais personne n'en sait plus. D'où vient-elle ? Qui l'éleva ? D'où lui vient ce surnom, « Poppy[1] », que des anciens murmurent comme un secret éventé ?

On dit que si elle a des origines françaises, Anne Cook est surtout née dans le Sud, dans un bled du delta, là où, à chaque grande crue, l'eau du Mississippi imbibe toutes les terres, même celle des cimetières, au point de faire remonter les tombes et les morts dans les fosses. On dit que son passé est enfoui comme des ruines dans le sable, qu'il est mouvant en elle et qu'elle passe sa vie à le tasser de son mieux. Il n'y a rien de plus instable que les ruines d'une vie. Celles d'Anne affleurent. Et pas un homme ne lui grattera ses mystères, lui fera cracher ses remords. Aucun homme n'a jamais pu se rendre maître de cette maîtresse femme. Et quand l'un d'eux se permet de lui donner des conseils, en toute amitié, sur un investissement, un placement vertueux, elle laisse dire, puis répond presque invariablement que le mot de vertu ne trouve pas gré à ses yeux. Elle lui préfère de loin le doute, l'intrigue, la chair et les dollars que le vice attise et que l'ivresse délivre à pleines poignées. Anne Cook vend du vent, du vide, du sarcasme et des rires. Elle fait fortune de rien, des seules apparences et de tous ces non-dits qui minent les couples bourgeois. C'est de là que vient son succès. Les jeunes hommes la vénèrent. Les vieux maris l'estiment, payent et partent satisfaits en

1. « Poppy » signifie coquelicot en anglais.

retournant chez eux comme si de rien n'était. Elle vend du rêve. À pleines brassées. Elle vend nuit et jour, tous les jours, sans arrêt.

Un jour elle décréta qu'elle ne serait plus jamais pauvre, qu'elle était prête à mettre entre la misère et elle toutes les cuisses du monde. Chaque râle lui rapporte. Chaque mâle l'enrichit. Un coup de reins, dix dollars. Une caresse, cinq dollars. Un doigt a un prix. Une langue a un prix. Un sein, un cul. Tout est tarifé, même un simple coup d'œil pendant qu'une nouvelle reine vient s'effeuiller en prenant tout son temps pour dérouler un bas sur une cuisse bien huilée ou dégrafer un haut sur un sein comme une poire épargné par miracle de toute gravité. C'est un art subtil que d'apprendre aux filles à se contorsionner avec assez de style et de mélancolie pour que le client finisse le visage aussi rouge que s'il était frappé d'une crise d'apoplexie. Tout se paie. Le beau. Le bon. Le mal, les coups de fouet voulus. Les saletés de certains vices, parfois scabreux. Anne Cook tarife tout et prend, prend plus, toujours plus, pour éloigner l'idée de la faim. Elle a connu ça. Gamine. Les gens disaient famille. Elle entendait danger. Les gens disaient famine. Elle plongeait dans le secret. Trop longtemps. Depuis, Anne a choisi, sa vie, ses filles et le moyen de ne pas crever de faim. Elle ne force personne. Ses filles sont des putes, des gagneuses bien payées, elles viennent et repartent librement. Certaines en sortent riches, auréolées de l'image de Mansion House. Un bordel respectable. Une maison d'exception qui a tout le charme des lupanars de la côte, avec ses divans de soie, ses laques chinois, sa lumière tamisée et ses brumes d'opium qu'on fume pour un dollar dans des pipes en ivoire au petit salon. Un pianiste très doué joue des tas d'airs du pays et d'ailleurs, de France ou d'Angleterre. Aux étages, douze chambres. Une par fille. Des miroirs dans chacune. Des plafonds peints de scènes libidineuses. Des boiseries d'anciens châteaux. Des tapis orientaux. Des tuyaux qui conduisent l'eau jusqu'aux lavabos d'émail. Des lithographies qui représentent les batailles livrées entre le Nord et le Sud. Vicksburg, Chickasaw, Holly Springs, Wilson's Creek, Coffeeville, Fort Sumner ou Richmond. Chacune coûte aussi cher que les tuyaux de plomb qui longent les plinthes des chambres et reglaviotent plus loin, dans le bayou, des flots d'eau crapoteuse.

Elle peut se le permettre. Les fêtes qu'elle donne sont réputées dans tout le pays. On y croise ses filles, noires, blondes, rousses, blanches, déguisées en princesses, et toute la ménagerie. Un boa dans un bocal. Deux perroquets sur leur perchoir, mais qui se sont enfuis, sans doute vite lassés d'avoir à répéter des tas de mots d'ivrognes. Un guépard femelle qui feulait et crachait dès qu'on s'en approchait trop. Elle l'appela Darling. L'idée de l'adopter lui était venue en lisant un article consacré à sa compatriote, Sarah Bernhardt, « la Voix d'or », « l'Impératrice du théâtre français ». La grande dame fantasque en avait acheté un à son retour d'Amérique. Anne Cook l'imita, mais au bout de quelques semaines, il fallut se rendre à l'évidence : Darling et le boa ennuyeux ne s'acclimataient pas. Elle les céda tous les deux à un cirque de passage, mais elle garda un singe. Un jeune chimpanzé mâle qu'elle nomma Darwin.

Il est là, dans son coin. Il la regarde appeler ses filles.

L'an dernier, pour la fête nationale, elle avait loué un ballon dirigeable. Ses plus fidèles clients n'ont pas fini de rappeler ce jour historique où ils ont survolé la ville et le grand fleuve, une bouteille dans une main et une fille dans l'autre. Le temps de finir leur verre, le ballon était retombé, comme la fête. Deux bras cassés. Une cheville foulée. Une fille rendue folle qui quitta Mansion House et la nacelle qui trône désormais dans l'arrière-cour.

Cette année, pour ce 4 Juillet, pas de tour en ballon. Juste un bal costumé qui aura lieu ce soir. À condition toutefois que les filles se réveillent.

Anne Cook hausse le ton :

– Debout, bande de feignasses, lance-t-elle, pointant son Otis Smith et pressant la détente.

Du bruit. De la fumée. Ce tir de balle à blanc fait son petit effet. Tout un chahut se déclenche. Des bruits de pieds pressés. Des chaises déplacées. Des talons de bottes qui claquent. Darwin hurle et s'agite. Le plafond est plein de trous. Parfois elle loge de vraies balles dans le barillet de son arme.

Les premières dégringolent le grand escalier de bois dans une cascade de rires et d'excuses vaseuses. Elles sont à peine coiffées. Leurs bretelles pendouillent, une chaussure au pied, l'autre dans une main, mais toujours le sourire et un mot de respect pour Anne, la patronne, que toutes appellent Madame, comme toutes les mères maquerelles. Madame Cook, Madame Song, Madame Mag ou Madame Stroe, Memphis compte autant de lupanars que d'églises épiscopaliennes, catholiques, presbytériennes ou baptistes. Un lieu de culte par bordel. C'est un bon équilibre. Tout le monde y trouve son compte.

Les filles de Mansion House s'assemblent près du bar. Au serveur en livrée elles commandent la même chose : du chocolat bien chaud. Anne Cook fait l'inventaire. Elle compte :

– Huit, neuf, dix !

Il en manque encore deux. Sans compter les clients qui traînent dans les chambres. Ils seront foutus dehors. Dans une heure au plus tard. Qu'ils en profitent, les bougres, ces mulets de maris, don Quichotte au bordel et fayots au foyer.

Ici, à Mansion House, le client est roi jusqu'à dix heures pétantes. Quand le moment est venu de ranger toutes les chambres, il est mis à la porte, renvoyé chez sa mère, sa femme ou son patron d'un rictus d'empressement ou d'un coup de pied au cul, c'est selon.

Il reste quatre cartouches dans son calibre 32. Elle va lever le bras, mais un geste la retient.

– C'est Kerenn, Madame Cook. Il faut lui laisser le temps.

– J'ai assez attendu !

La fille balaye le sol en quête d'arguments. Puis plante ses grands yeux dans le regard noir d'Anne Cook.

– Elle est tombée sur Straw.

La maquerelle serre les doigts sur sa crosse. Sa pulpe palpe son bois strié. Straw est un bon client, mais un vrai peine-à-jouir, surtout quand il a bu. Les autres filles l'évitent. Il est lourd. Insistant.

– Kerenn est avec lui ?

– Oui, Madame. C'est ce que je viens de vous dire.

Kerenn est une nouvelle recrue, engagée depuis trois semaines pour faire toute la saison.

– Et l'autre ?

– Je l'ignore, Madame, ment la fille.

– Il en manque deux.

– Je sais, Madame, répond-elle en rejoignant le groupe des filles derrière.

Elle n'en dira pas plus. Les putes de Mansion House sont comme toutes les putes du coin. Si leur vertu s'achète, elles se font du code de l'honneur une haute opinion avec cette devise qu'elles répètent : « On écarte peut-être les cuisses, mais on se serre les coudes. »

Anne Cook replie le bras. Pendant que les filles

sirotent leur chocolat au lait, elle relève sa jupe et monte. La porte de la chambre 5 est entrouverte. L'air rare est saturé d'alcool et de relents d'haleine. Anne Cook tire le rideau. Elle relève la fenêtre.

La nouvelle sursaute, les seins nus, pendant qu'une masse d'homme s'enfonce dans lc matelas.

– Allez ! Debout, mauvaise troupe ! lance-t-elle avec un sourire faux.

– Je suis désolée, Madame Cook, balbutie la gamine.

La masse n'a pas bougé.

Anne s'empare du drap pour activer les choses.

Le client est trop saoul pour se défendre. Mais la jeune recrue n'a pas assez de métier pour faire fi de ses pudeurs. La pauvre se recroqueville. Elle cache tout ce qu'elle peut. Seins. Pubis. Rassemblée sur elle-même, tandis que son client tâte à l'aveugle le reste, sa cuisse, d'une main vague, sa hanche, du bout des doigts, puis s'efforce de retrouver le bout de drap perdu.

Anne fait le tour du lit et hoche à peine la tête pour que la fille comprenne qu'elle doit déguerpir. Kerenn, bonne fille, brave fille, tout encore frémissante, plaque ses affaires contre elle et sort.

Une gerbe d'eau jaillit et cueille le traînard.

– Toi, tu dégages !

Sans attendre de réponse, Anne Cook poursuit sa tournée et débarque dans la 12, la chambre de Sonia. Une ancienne. Deux ans qu'elle est là. Un record.

D'ordinaire, les filles tiennent six mois. Puis se lassent, meurent ou se marient, ce qui revient parfois au même.

Sonia est debout, déjà habillée. Son visage est inquiet. Quelque chose ne va pas. La fille lui montre le corps dans son lit. Sa tête est tournée vers la fenêtre.

– Qu'est-ce qui se passe ?

– Il est très chaud, répond-elle avec sa bouche en cerise. Quand je me suis tournée vers lui, tout à l'heure, il était brûlant.

Il ne réagit pas lorsque Anne Cook pose sa main sur son front.

Sonia raconte qu'elle s'était méfiée de lui, au début, quand il s'était pointé. Il portait des chaussures en peau usées. Un pantalon de grosse toile. Elle l'avait d'abord pris pour un de ces vagabonds qui veulent tout à l'œil, la boisson et l'amour. Mais dans sa chemise blanche, étroite et bien taillée, il avait un buste de jeune boxeur, sec, musclé, et une jolie petite gueule. Il avait commandé un whisky d'une bonne voix et sorti un billet. Elle a d'abord fait le tour des commerçants adipeux et goguenards. Puis elle est revenue vers lui, intriguée. Il finissait son verre, lentement, les yeux dans le vide. Il a souri quand elle l'a rejoint au bar. Ils ont échangé quelques mots. D'où tu viens ? Qu'est-ce que tu fais ici ?

– Il a dit qu'il avait un peu de temps à tuer, une nuit, et il a demandé après vous.

– Il me connaît ? s'étonne Anne Cook en plissant les yeux pour mieux voir.

– Faut croire. Mais comme hier vous étiez de sortie, Madame, je me suis permis de…

Madame Cook la laisse poursuivre :

– Il était en forme, au début. Il était même très tendre, comme si on l'avait privé de femme pendant des mois et des mois. Il s'est appliqué pour me faire l'amour. Au milieu de la nuit, quand il s'est levé vers le lavabo, il a fait quelques pas et puis je l'ai vu se retenir au mur. Comme si ses jambes s'étaient mises à vaciller sous lui. Il ne comprenait pas. Moi non plus. Il disait qu'il dansait malgré lui. Au début, il en a ri, même. Il s'est aspergé d'eau. Je me suis levée pour prendre une grosse éponge et lui laver le dos en espérant que ça le calme. Et c'est là que j'ai senti qu'il était tout fiévreux.

– La syphilis ?

– Non, je ne crois pas, répond-elle en soulevant les draps de loin, dégoûtée.

Son dos nu et ses membres ne portent pas de traces d'ulcères.

– Et puis, vous sentez cette odeur ?

Anne Cook lève le nez. Elle a senti, oui, dès l'entrée.

– On dirait qu'il y a une bête crevée quelque part. Une souris ou un rat.

Ses cheveux sont gras comme ceux des hommes. Une barbe de quelques jours souligne ses traits nerveux. Plutôt bien dessinés. Il a les pommettes hautes et la mâchoire carrée. Une fossette au menton. Sa bouche est entrouverte. Un filet de bave s'écoule sur l'oreiller tout neuf.

– On dirait que ça vient de lui, dit-elle.

La maquerelle continue. Son épaule gauche porte un tatouage, grossier, comme ceux que les fermiers utilisent pour marquer leur bétail. On dirait une lettre, mais très mal dessinée. Un « R », qui ne lui dit rien qui vaille.

– Ce visage…

– Hier soir, Madame, il n'était pas comme ça. C'est venu tout d'un coup.

– Et c'est quoi, ça ? demande Anne Cook en tendant le menton vers un sac en papier près du lit.

– Des bonbons. Un paquet de pain au miel et des trucs dont j'ai oublié le nom.

Madame Cook ouvre le sac. Il reste quelques bonbons.

– Et ça ? lance-t-elle en sortant une poupée de chiffon.

– Un cadeau… Pour sa fille…

Dans la veste de l'homme elle trouve quelques pièces d'argent.

– Au moins, c'est pas un vagabond.

– Ah ça non ! s'offusque Sonia. Je ne me donne pas à…

Cet homme a une famille et de l'argent. Reste à le faire sortir, mais elle n'ose pas le toucher. Il est peut-être contagieux.

– Va me chercher Fitzgerald.

– Le docteur ?

Anne Cook ne répond pas. Inutile.

Fitzgerald est le factotum du coin. Il est médecin, bien sûr, et comme tant de médecins, il est aussi comptable, juriste et écrivain public pour tous ces moins que rien, tous ces types des faubourgs qui ne savent pas tracer les lettres de leur nom. Fitzgerald s'en charge pour une poignée de nickels. À peine dix *cents* la page. Cela ne vaut guère plus. Fitzgerald est médiocre. Il fait des fautes et se trompe de noms. Même pour ses prescriptions. Il faut toujours passer derrière lui. Ses diagnostics sont ceux d'un pauvre type sans diplômes, médecin sur le tas, sous la tente, obligé par la guerre qui décimait ses frères. Il fallut bien former des médecins en urgence. Fitzgerald a eu le choix : prendre les armes ou le scalpel. Il a opté pour le scalpel, par défaut, par peur, surtout. Depuis, on l'appelle docteur. Avec tous ses défauts, mais quelques qualités. La première, aux yeux d'Anne Cook, c'est sa disponibilité. Quand elle l'appelle, il accourt. Inspection de recrues. Contrôle d'hygiène des filles. Suivi des petites lésions et pommades à tout faire pour toutes les maladies qu'un lupanar engendre. Le docteur fait de son mieux. On ne lui en demande pas plus.

Sonia tend la nuque vers l'avant comme si l'idée d'aller chercher Fitzgerald passait mal.

– Ce marchand de panacées ? Mais pourquoi lui, Madame Cook ?

– Parce que c'est bien le seul type assez bête pour accepter de venir.

La fille jette un dernier regard au beau malade d'hier. Un mouvement incontrôlé remonte son échine, un long frisson venu du fond de son âme traduisant sa valse-hésitation entre deux élans contraires, deux vertus inconciliables : l'instinct de survie et la compassion.

– Dépêche-toi !

4

Keathing a travaillé tard cette nuit, penché sur ses machines, surveillant la sortie des cinq mille exemplaires du *Memphis Daily*. Il porte sa chemise de la veille. Ses manches toutes tachées d'encre, comme ses doigts. Cinq mille exemplaires ! C'est son plus gros tirage. Pourvu qu'il ait vu juste. Il a besoin d'argent pour rembourser ses dettes.

Keathing, patron du *Daily*, a parié sur la fête. Il est convaincu qu'aujourd'hui il y aura du monde, des curieux, des badauds, des imbéciles venus des fermes lointaines pour voir le feu d'artifice et s'abrutir au son de la fanfare.

Son verre de lait achevé, il boutonne une chemise propre, enfile son pantalon, se contorsionne sous ses bretelles et quitte sa chambre, sans en fermer la porte. Personne n'osera monter. Les marches bien lustrées empestent la cire d'abeille. Pour éviter de les dévaler sur le cul, il agrippe la rampe. Avec ses bottes neuves, il est méfiant. Ses semelles sont à peine faites.

Les employés du journal travaillent aux étages inférieurs. Le premier est réservé aux rédacteurs du *Daily*. Journalistes, éditorialistes, chef de la rubrique commerciale. Ils sont une dizaine. Au rez-de-chaussée, sur une vaste plate-forme de cinquante pas de long, c'est ce que Keathing appelle « la salle des machines ». Des lourdes presses en fonte. Des rotatives. Des plateaux. Des foyers à l'arrêt. Plus loin, vers l'entrée, près de la lumière du jour, les typographes font l'inventaire de leurs lettres de plomb ou nettoient leurs galées.

– Messieurs ! leur lance Keathing en matière de salut.

– Bonjour, patron.

Les ouvriers le respectent. Ils savent que Keathing connaît bien le métier. Il est tombé dedans quand il était petit. Il a passé des années sur sa planche inclinée à s'user les yeux et à bouffer du plomb, pour du papier plein de phrases destiné à finir en boule, enroulé autour d'une salade ou enfoncé dans des chaussures pour qu'elles gardent leur forme. Il a dû boire son lait, tous les jours, comme eux, pour éviter de devenir zinzin. Et quand il trouve le temps, il promène ses lèvres sur son harmonica. On dit que souffler dedans fait ressortir le plomb. Alors il joue. Il joue depuis qu'il est gosse.

Il y a une dizaine d'années, à la fin de la guerre de Sécession, il a sauté le pas.

Le fondateur du *Daily* s'était retrouvé ruiné. Il quitta la ville, emportant vers le Nord des plombs, des presses et tout ce qu'il pouvait charger dans son chariot.

Keathing, qui n'y était qu'employé, sauta sur l'occasion. Il avait levé la main dans une vente aux enchères. La salle était bondée. Comme d'autres bras l'imitaient, il avait dû renchérir. Deux fois. Le prix montait. À la troisième levée, il s'était juré que ce serait la dernière, qu'il atteignait le plafond de ce qu'il pouvait payer sans y laisser sa chemise, et l'amour de sa femme déjà battu en brèche par deux bouches mal nourries. Par chance, et peut-être un peu las de voir qu'on ergotait à quelques dollars près pour une coquille vide, le commissaire-priseur fit claquer son marteau.

Keathing raflait l'affaire !

Quoi au juste ?

Des machines à acheter, des salaires à verser, un loyer à payer, des nuits blanches à produire, d'interminables heures à courtiser les notables et les juges qui retenaient de leur mieux l'information du jour pour qu'il y mette le prix. Keathing n'avait plus que sa force de travail et l'ambition farouche de sortir ce journal.

Sa femme prit le goût du large. Elle aimait voyager. Emmener leurs deux enfants, Neil et Carrie, voir un peu de pays. Keathing laissa faire. Le peu d'argent gagné couvrait le prix de ses billets, et de l'hôtel, mais au moins il pouvait se consacrer au journal. Ses heures duraient des nuits, ses jours duraient des semaines. En redoublant de travail, il désarmait ses doutes et faisait fondre à vue d'œil ses bourrelets de remords.

Des piles de *Daily* s'entassent près de l'entrée. C'est le journal du jour. Jeudi 4 juillet 1878. Il en prend un. L'encre n'est pas tout à fait sèche. L'édition fait dix pages. Numéro spécial pour cette fête nationale décrétée depuis peu par ces crétins de Washington drapés dans leur bannière, vendus à la cause noire.

Keathing maudit cette stupide fête qui auréole l'Union et désole son pays, son Sud, avec ses usages et ses champs, dont il ne voudrait retenir que l'image parfaite du blanc du coton roi et des dos noirs qui le cueillent, comme le blanc des maisons et le noir des cahutes. Les planteurs. Les esclaves. Memphis est né ainsi. De cet antagonisme, dans l'effort et la sueur. Chacun avait son rôle. Chacun avait sa place. La ville a prospéré. Elle a pris de l'envergure depuis sa création cinquante ans plus tôt. Elle est devenue la capitale du coton d'Amérique. Tout le coton produit, tout le coton vendu, négocié ou bradé. Tout passe par la Bourse du coton érigée sur Front Street. Et puis la guerre a tout brûlé. Et puis le Nord a tout volé. Et puis Lincoln et ces maudits Yankees ont tout mis sens dessus dessous avec leurs lois. Affranchissement. Droit de vote. Et puis ce maire maudit, Flippin, élu par le vote noir, parce qu'ils sont devenus libres, parce que des lois ont tout fait basculer. Le bien. Le mal. L'usage. La norme. Memphis suit la pente infernale de cet abâtardissement que Keathing dénonce, comme ses amis du Ku Klux Klan.

Deux employés balancent un « pardon » au passage et s'emparent de la pile de journaux pour la charger dans la charrette des livraisons. Toute la ville va recevoir son exemplaire du jour et le programme de la fête revu et commenté par le *Memphis Daily*.

La une fait la part belle à une course de chevaux. Le Ten Broeck « plus rapide que le train » débarque du Kentucky pour rencontrer son challenger local, Molly, une belle jument de trois ans. Ils vont s'affronter sur un tour de la ville. La cote et le nom des bookmakers figurent en bas de page. Ten Broeck est donné gagnant à trois contre un. L'article est signé Sullivan, l'apprenti. Son style est enlevé, vivant, bien informé, mais il manque de fond. Sullivan est encore un peu vert.

Dans les pages intérieures, comme si de rien n'était, un autre article évoque le pendu de l'autre soir et une vague histoire de règlement de comptes. Quand Keathing l'a relu, juste avant l'impression, il a fait ajouter deux trois mots, des expressions codées seulement connues des fidèles de feu Nathan Forrest, l'ancien chef sudiste, devenu Grand Sorcier du Klan. L'expression « Cause perdue » s'est glissée dans le corps du texte. Elle revient comme un rite, pour rappeler que le Sud n'a pas oublié ses valeurs. Que sa cause est latente. Elle n'a pas disparu. Un « K » entre deux mots, glissé comme une coquille, rappelle que les Chevaliers Immortels veillent. En secret. Mais qu'ils sont prêts à reprendre les choses en main. Les Noirs n'ont qu'à bien se tenir. Ils restent des esclaves, même si la loi du Nord leur a donné le droit de choisir leur champ, leur maître et leur foyer.

Cette édition lui plaît. Il y en a pour tout le monde. Les négrophiles[1] l'achèteront pour le programme du jour, la fanfare, la parade, le feu d'artifice ou le bal de Mansion House chez la belle Madame Cook. Les hommes d'affaires découvriront, dans les pages suivantes, que la spéculation va bon train sur les cours du coton. Selon les informations de Keathing, la récolte de cette année sera exceptionnelle. 1878 sera l'une des plus grandes de toutes.

Les deux livreurs reviennent. Cette fois, Keathing s'empare d'une pile pour gagner un peu de temps. Sur Court Square, une vieille mule atone chasse du bout de la queue les mouches et les moustiques.

– C'est fou toutes ces bestioles ! remarque Keathing.

– C'est la saison, répond un des livreurs.

– C'est bien la première fois que j'en vois autant. Y en a partout. C'est une véritable invasion. Je n'ai pas fermé l'œil à cause de ces saloperies.

Ils l'agacent. Toute la journée, il en devine la présence, leurs trompes, leurs thorax, le bourdonnement des femelles, la vibration stridente qu'elles émettent en frottant les écailles de leurs grandes ailes pour annoncer aux mâles qu'elles sont là, disponibles, fécondables, comme autant de piqûres de rappel qu'il est seul, lui,

1. Expression usitée à l'époque.

sans femme, qu'il peut bien se gratter, se tourner, se retourner, il n'y a personne qui partage sa couche, rien d'autre que ces moustiques. Il a si mal dormi. Très peu, et très mal. Il a pensé à elle. Pour la première fois depuis des semaines. Il s'est dit qu'il était temps que sa femme revienne. Cela fait deux mois pleins qu'elle séjourne à New York. Peut-être qu'elle s'est éprise de cette ville et de la vie loin de lui ? Peut-être qu'elle ne reviendra pas ? La nuit touille les remords. Elle en fait une mélasse, des caillots de pourquoi qui collent comme des regrets. Fallait pas qu'elle s'en aille. Il n'aurait pas dû la laisser partir comme ça. Pas deux fois à New York !

Keathing perçoit un vrombissement aigu. Il penche un peu la tête pour dévoiler sa nuque. Puis attend… attend. Et l'entend qui revient. Le bruit passe derrière. Il se taloche le cou.

Clac !

– Je crois que je l'ai eu ! Oui, c'est ça, dit-il, écrasant le moustique entre le pouce et l'index.

Ce soir, il en fera un article qu'il intitulera « Le retour du fléau ». Il ne se contentera pas de constater les faits. Il s'en servira pour brocarder le maire, larder de blâmes acerbes ce gros Flippin, moraliste, pédant, drapé dans sa vertu gluante et le vote des affranchis. C'est à cause de lui s'ils reviennent, plus nombreux, plus agressifs. C'est bien le maire Flippin qui a fait construire des miles de trottoirs redondants, en bois, pour que ces dames ne souillent plus leurs souliers. La belle affaire ! Que de fortunes dépochées pour des paires de bottines ! Les planches de ces trottoirs sont imbibées de flotte, de l'urine des rats et des soudards. Depuis l'hiver dernier, elles forment des chausse-trapes qui piègent les passants, et les miasmes, et des tas de champignons dessous, bien à l'abri du vent et des oiseaux qui pourraient s'en repaître. Sottise ! Une manne pour les moustiques qui viennent y pondre leurs œufs. Un cloaque pour paradis. Sans parler des odeurs ! La ville sent le ranci depuis qu'elle a basculé du côté de la cause noire. Le maire a fait de Memphis une fange. C'est à cause de lui s'ils pullulent. Tout est à cause du maire, de ses raclures d'idées qui coûtent sans rapporter.

Clac !

– Raté !

Un coup de canon résonne. Il vient de Fort Pickering. Un coup tiré en l'air. À dix heures pétantes, comme dans tous les forts d'Amérique. De loin, portée par la brise de sud-est, il devine la clameur des troupes fédérales :

« Vive le 4 Juillet ! Vive notre indépendance ! »

Sa bile lui joue des tours. Il douille de la tripaille et se bistourne un temps. Une main sur le mur, l'autre collée sur son ventre. Il souffle. Ça passe. Keathing s'imagine des ruelles noires de monde. C'est l'heure. Il faut y aller. Il va devoir s'y fondre pour retrouver les huiles qui tiennent la ville, grands commerçants et petits élus, tous massés sur les pontons du fleuve.

En face, de l'autre côté de Court Square, des musiciens se pointent avec leurs instruments. Ils sont une dizaine, ajustant les pistons de leurs trompettes, les peaux de leurs tambours ou les cordes d'un banjo. Ils portent l'uniforme remisé des Zouaves Yankees, pantalon blanc et veston de postillon rouge.

Le géant noir T. Brown est parmi eux. Barbier de son état. Un dos de portefaix tiraillé par le fouet, cabossé par les champs. Ses épaules sont des boulets perchés sur deux bras d'artillerie épais comme des affûts, aussi intimidants qu'une paire de couleuvrines alignées et des doigts comme des schlass. Puissant. Impressionnant. Sa voix est à l'avenant. Elle a le timbre de cet alliage fait de chair et de bronze. Ses mots sont rares, mais ils cognent dur, comme le peu d'ordres qu'il donne à ses anciens soldats, démobilisés depuis treize ans. Tous noirs. Tous vétérans. T. Brown tient dans sa main la baguette de chef d'orchestre, en bois et sertie d'argent. Keathing évite son regard. T. Brown évite le sien. Tous les jours ils se croisent sans jamais se saluer. Ils sont ennemis intimes ; les mois, les années renforcent leur inimitié viscérale. Un jour, son tour viendra d'être pendu, les pieds ballants, dans le prolongement du reste.

Keathing lui tourne le dos. Il refuse de subir le son de cette fanfare et sa parade odieuse, comme si de rien n'était, comme si toutes les hontes étaient bues, comme si le temps pouvait le fatiguer de haïr.

Dans quelques jours, il faudra retourner dans les champs de coton, récolter les longues soies pour en faire des fils et les graines pour fabriquer de l'huile. Ce n'est pas le moment de perdre du temps à parader en ville, à jouer les fiers-à-bras dans les pas d'une fanfare. Cette fricassée sinistre, ce triste charivari qui met le monde en branle et fait marcher les Blancs au rythme de ce tintamarre. Ils ont perdu la tête. L'an dernier, Keathing a surpris d'anciens Zouaves qui se livraient à d'étranges solos, loin des quadrilles d'avant et des menuets classiques, plus proches des cris que poussaient les esclaves pour se donner des forces aux champs. Pourquoi s'époumoner quand le travail les attend ? Memphis a besoin d'eux. Cette fanfare est, pour Keathing, une défaite de plus.

5

Emmy flirte dangereusement avec le fleuve sous elle. La jeune fille guette son père tout au bord du ponton sans rambarde, au-dessus du courant qui pourrait l'engloutir comme un simple fétu de paille et la recracher plus loin sur une berge en aval. Les noyés sont fréquents.

L'embarcadère est plein. La femme qui se tient près d'elle mouline et brasse l'air pour attirer l'ami qu'elle est venue chercher. Emmy l'évite au mieux. Un homme joue des coudes pour être au premier rang, au plus près du *Natchez* qui déroule sa passerelle. Des passagers descendent. Les première classe d'abord. Il en fait peut-être partie, qui sait ?

Ce fourmillement de gens, perdus, cherchés, le flou du monde qui vient, pressé de se retrouver, lui donnent le tournis. Des familles chargées de gosses et de sacs débarquent. Sur l'étroite passerelle, un homme guide son chien du bout de sa laisse. Emmy le voit et recule. Elle a peur des chiens, depuis qu'elle a vu ce qu'ils étaient capables de faire quand on les excitait d'un claquement de langue ou d'un « Chasse ! » assassin. Pourtant, à deux pas du ponton, c'est le gros mâtin qui se braque, les quatre pattes bien raides, apeuré par tout ce monde. Son maître enroule sa laisse et décolle l'animal du passage. Les voyageurs qui suivent peuvent reprendre leur descente.

Emmy balaye la foule. Sur la pointe des pieds, elle se hausse de son mieux pour tenter d'apercevoir ce qui pourrait coller avec l'idée de son père. Elle scrute chaque arrivant avec l'application d'un employé de la douane. Elle fouille chaque visage. Elle épie chaque détail qui pourrait correspondre au portrait qu'elle se fait de lui. Une fillette cherche la main de sa mère. Ils sont tellement nombreux, massés sur ce carré de rondins.

Plus loin, l'attention de la jeune fille est déviée par un mouvement contraire. Des gens se retournent, étonnés, et regagnent la terre ferme.

– Reculez ! Reculez ! hurle une voix.

Le type aux valises tangue. Des policiers le repoussent vers la passerelle du navire. Les autres passagers sont obligés, eux aussi, de faire machine arrière.

– Demi-tour ! Remontez ! ordonnent les policiers.

Une dizaine d'entre eux ont rappliqué. Ils prennent toute la place avec leurs gestes et leurs cris. L'un d'eux déroule une corde et la passe à un autre pour refouler d'un bloc tout ce qui vient du *Natchez*. Chariots, porteurs, femmes et enfants. Le chien mord l'air autour de lui.

– Remontez à bord, on a dit ! Vite ! Vite !

Les passagers se compactent vers le pont. Certains rechignent. Une femme près d'Emmy s'indigne parce qu'on l'empêche de retrouver sa mère, vieille et fragile.

– Vous ne pouvez pas faire ça ! Elle vient de La Nouvelle-Orléans. Elle a fait tout le voyage. C'est éprouvant pour une femme de son âge. Ayez pitié, messieurs !

Les policiers se butent.

Les passagers remontent et laissent dans leur sillage des rebuts de valises, des sacs, deux chapeaux et une petite fille en pleurs qui se met à courir pour rejoindre sa mère à bord.

Emmy ne comprend pas. Personne ne comprend ce qui se passe. Sur le pont supérieur du *Natchez*, un homme en chapeau melon fait signe aux policiers. Il les invite à le rejoindre.

– Deux ! Deux, lance-t-il.

Il porte la cravate noire des médecins. Il se passe la main sur le visage, plusieurs fois, puis la glisse sur sa nuque en faisant retomber son chapeau sur ses yeux.

– Qu'est-ce qui se passe ? demande la femme qui attendait sa mère.

– On dirait Fitzgerald, le petit docteur, répond un bagagiste.

– Mais qu'est-ce qu'il fout là ?

À cette question lancée au hasard des curieux, la

réponse surgit quelques secondes plus tard. Une civière. Elle est portée par les deux policiers au visage enfoui dans leur col. L'homme au chapeau leur emboîte le pas, le nez caché dans un foulard. Au bout de quelques minutes, ils remontent du *Natchez* avec un corps inerte. Emmy suit la descente. Le corps est celui d'un homme de petite taille. Pas comme son père. Replet. Pas comme son père. Des mèches blanches retombent. Une main pendouille. Pas de charpie. Pas la moindre tache de sang.

– Bon Dieu ! lâche une bonne femme près d'elle. On dirait que ça recommence.

– Quoi ?

– Vous n'avez pas lu ? Des gens tombent comme des mouches à La Nouvelle-Orléans.

– Mais de quoi ?

– La Fièvre, pardi ! Y aurait déjà dix-huit morts.

– Vingt et un, rectifie quelqu'un.

– Et ma pauvre mère, alors ? Faut pas qu'elle ramène ça chez nous. Ah ça non !

Emmy cherche la bonne femme qui en sait plus que les autres. Elle a quitté le ponton. Elle s'éloigne d'un pas vif et disparaît au coin de Front Street et d'Union. Elle a semé le doute. La fièvre ? Quelle fièvre ? Il se passe quelque chose et les badauds refluent, lestés de tas de questions.

La passerelle est remontée. Le gros vapeur s'écarte,

sans sonnerie, sans remous, presque honteux. Même ses passagers se sont carapatés à l'abri de leurs cabines.

Les derniers policiers enroulent leurs cordes en surveillant la silhouette du *Natchez* qui remonte vers le nord. Ils parlent entre eux. Ils se disent des choses qu'on ne peut pas comprendre. Ils parlent dans leur langue. Ils sont tous irlandais. Tous les policiers de Memphis sont irlandais.

La gorge d'Emmy se serre. Et si son père y était ? C'est peut-être lui qu'on éloigne. Il serait venu si tous ces policiers l'avaient laissé descendre, innocent parmi d'autres, pas plus nocif que d'autres.

Elle cherche au loin un bras qui se tendrait vers elle, une main qui lui ferait signe du *Natchez*. En vain. Emmy fait partie des derniers à traîner sur le ponton.

– Hé toi, là !

Un policier l'appelle, facile à reconnaître avec cet accent qui avale tout ce qui traîne, surtout les fins de mots.

– Reste donc pas là, négresse. Va-t'en !

Emmy se retourne vers lui. Il la regarde avec ces yeux hardis qu'ont certains hommes le soir à la sortie des bars.

– Je ne suis pas une négresse, s'agace-t-elle.

C'est à cause de ces types qu'on la prive de son père. Dix ans derrière les barreaux. Et maintenant au large.

– Ah oui ! dit le policier, empoignant sa ceinture. Et mon cuir, là, il n'est pas noir peut-être ?

– Mon père est plus blanc que vous !

– Ton père ? dit-il en faisant un pas vers elle. Et où est-il, ton père, que je le tanne ?

Il a défait sa boucle. Il sourit benoîtement, de cet air qu'ont les gens quand la violence s'installe. Il roule des épaules sous sa longue redingote. Ses boutons de cuivre brillent autant que son insigne de chef de la police de Memphis. Sa ceinture pendouille près de lui et le bout traîne au sol. Dans un mouvement réflexe, Emmy enfouit sa tête dans ses épaules. C'est tout ce qu'elle a pour faire rempart. Elle va avoir mal. Elle va sentir longtemps la morsure de cette sangle. Elle l'a déjà sentie. La dernière fois qu'elle a croisé un de ces hommes, elle a dû rester couchée plusieurs jours sur le ventre pour que la graisse agisse. Les cicatrices demeurent.

Le policier est là. À portée de torgnole. Elle sent son haleine. Il a levé le bras, mais son regard ripe ailleurs. Il tourne la tête d'un quart.

– Arthy, laisse cette petite, voyons !

Une voix de femme s'en mêle. Une voix presque amusée qu'Emmy n'a pas besoin de voir pour savoir qu'elle sourit.

– C'est la fête, aujourd'hui. On s'est toutes faites belles pour vous, les gars, et pour toi surtout, lance la voix avant de se mettre à rire.

Le policier sourit. Ses hommes l'ont rejoint. Ils

sourient tous en chœur en voyant cette fille qui sent fort les agrumes. Elle est coiffée d'anglaises aux boucles fatiguées. Brunes. Ses cheveux sont séparés par une raie incertaine. Du noir coule sous ses yeux comme un lendemain de fête. Elle a des lèvres rouge alarme sur une bouche toute ronde.

– Sonia ! dit-il comme on prononce le nom d'un prodigieux dessert.

Elle est l'ange du bordel. La pépite du fumier. La perle de la fange avec ses yeux si ronds qu'on dirait des canons.

– Je cherche le docteur Fitzgerald.

Emmy respire à peine. Elle voudrait s'effacer aussi sûrement que le dessin du navire passé derrière l'îlot. On ne voit plus que la fumée de ses machines.

D'un coup de menton morgueux, le chef Arthy la rembarre.

– File ! lance-t-il, avant de se laisser emporter par un autre courant.

Il a l'ardeur aux joues. Son œil se gargarise. Tout son corps a muté, passant de la raide colère à la suavité du désir.

– Fitzgerald a de quoi faire, beauté. Il a emporté ce pauvre type chez les sœurs de Saint-Mary.

Emmy passe le ponton. Une fois ses pieds dans le sable, elle se retourne.

La fille, Sonia, porte une robe rouge. Elle a les épaules nues, des bottines à lacets et l'allure cabotine des putes de Mansion House, le lieu que sa mère désigne quand elle veut lui faire peur, prétendant que c'est là qu'elle pourrait bien finir si elle n'apprend pas mieux ses leçons, l'histoire de tous les saints, l'art de compter de tête, le nom des rivières d'Amérique et de toutes ses grandes villes. Mais quand Emmy observe cette fille, elle se dit que c'est ça qu'elle voudrait bien apprendre : l'art de gonfler les seins, d'additionner les regards et de faire jurer les hommes. Elle voudrait qu'on l'envie comme cette fille. Elle voudrait parler fort pour que tout le monde l'entende. Elle voudrait savoir boire jusqu'au bout de la nuit, et rire, et danser, et être payée pour ça. Et si un jour un homme, un seul, voulait bien d'elle, elle prendrait le meilleur puisqu'il lui donnerait tout.

– Et son père ? demande la fille du bordel. J'ai entendu dire que cette fillette cherchait son père.

– Son père ? répond le policier. Quel père ? J'en sais rien, moi. Tout ce que je sais, c'est que s'il est à bord elle va devoir attendre. Ce navire est placé en quarantaine à *President's Island*.

– En quarantaine ?

Le policier bombe le torse et sourit comme font ceux qui savent pour monnayer un secret.

– Quinze jours. Par décision fédérale.

– Et pourquoi ?

Le policier esquive :

– C'est vrai qu'y aura une fête spéciale, ce soir, à Mansion House ?

Mais la fille poursuit :

– C'est à cause du type sur la civière ? Il avait quoi ?

– Une sale gueule ! Je l'ai vu de près, même, quand il a descendu la passerelle. C'est le mécanicien du *Natchez*. Et je peux te dire qu'il avait le visage tout pisseux.

– Il est mort ?

– Disons qu'il est comme mort, ma chérie, dit le policier en passant la main autour de sa taille pour l'attirer vers lui. Et toi, tes lèvres, elles seront comment tes lèvres ce soir ?

La fille minaude un peu. Elle se désaxe à peine. La taille prise, seule sa nuque est en retrait pour vriller son regard dans celui de ce pauvre type.

– Pour toi ? Qu'est-ce qui te ferait plaisir ?

Il marmonne quelque chose dans un roulement de gorge.

– Mmm.

– Je les couvrirai de rouge figue. Ça te va ?

– Rouge figue, répète-t-il dans le vide. Tu parles que ça me va… Rouge figue, les gars !

– Ça promet, ça ! répondent-ils.

– Pour sûr ! On va bien s'amuser !

Sonia les laisse en plan, englués dans leurs songes poisseux. Elle quitte le ponton et passe devant Emmy qui la regarde, admirative.

Dix hommes, dix Irlandais, dix policiers, les pires, et elle, toute seule, qui les tenait en respect avec un stoïcisme de chatte. Elle était plus forte qu'eux. Aucun n'a défait sa ceinture.

Emmy est le fruit improbable d'un vaurien et d'une femme aveugle. Elle n'est ni noire ni blanche. Ni femme ni enfant. Elle vient de quitter l'âge tendre et s'apprête à rejoindre les rives douces-amères de la féminité. Ses seins poussent à peine. Ses jambes sont des baguettes. Elle voudrait porter une robe rouge, comme elle, corsetée et légère, comme elle. Elle voudrait susciter autre chose que la rage et les coups de ceinture. Devenir quelqu'un.

Une boule enfle dans sa gorge. Ses petits poings se crispent. Elle aurait tant voulu voir son père. Combien de temps encore faudra-t-il qu'elle attende ? Quinze jours ? Qui sait si son père était seulement à bord ? Ce doute. Insupportable.

6

Anne Cook est intriguée par cet homme dans le lit. Elle voudrait qu'il bascule pour mieux voir son visage. Elle n'en distingue qu'une partie. L'autre s'enfonce dans les plumes de son gros oreiller. Et puis cette lettre tatouée sur son omoplate. Malgré l'odeur infecte, elle se penche au-dessus de lui. Il a de petites oreilles, un nez camard, de longs cils bruns sous des sourcils fournis et deux fines cicatrices qui partent de son arcade et descendent vers sa tempe. Deux petits traits parallèles qui ressemblent à s'y méprendre aux scarifications que portaient les vieux esclaves, du temps d'avant la guerre, du temps où Louisville, qu'elle prononçait « Louuuuisville », était plus noire que Memphis, plus ouvrière aussi.

Voilà, ça lui revient, comme une germination, une vague réminiscence qui rebique autour du souvenir d'un fermier en colère, d'un assureur et d'un voisin de cellule. L'image devient plus nette.

Elle ne sent plus l'odeur. Elle est penchée sur lui pour mieux plonger en elle. Une voix. Un homme qui pleure dans la taule d'à côté. Par peur ? Par lâcheté ? Il avait la vingtaine. À peine plus vieux qu'elle. Un soir, il a glissé sur son banc et collé sa tête contre leurs barreaux communs. Il s'est mis à parler. De lui, Billy. De sa femme. De sa fille. De sa cavale, aussi. Il n'avait rien fait de mal, rien de grave. Pas de sang sur les mains. Tout ce qu'on lui reprochait, c'était d'être malin. Il avait trop gagné et trop facilement sur le dos d'un assureur. L'arnaque était simple. Il avait fait passer une cargaison de sable de coton de qualité. Avec un armateur, il avait chargé le sable dans un très vieux voilier direction l'Angleterre. Au large de Haïti, la version officielle prétend que ce bateau avait subi une méchante avarie. L'équipage s'en tira, mais pas la cargaison. Coût de l'opération ? Quelques centaines de dollars pour une vieille coquille de noix qui s'apprêtait à faire sa dernière traversée, mais une cargaison assurée au prix fort. Les bénéfices à venir seraient conséquents. Le sable chargé à bord allait valoir de l'or puisqu'il passerait pour des balles de coton. Le meilleur ! Le plus cher ! Une vague enquête fut menée. Comme toutes les enquêtes, celle-ci prit le parti du plus riche, l'armateur, de mèche avec Billy. Personne ne se soucia de connaître les détails. L'assurance joua à plein et remboursa le tout. Billy devenait riche. Il avait les moyens de faire soigner sa femme, malade des yeux. Il connaissait à Houston un médecin diplômé, chamane patenté, qui faisait des miracles si on en payait le prix. Une once de talent au poids de l'or.

Reste à définir l'once. Il faut bien des fortunes pour s'offrir un prodige, sinon ce serait banal et tout le monde serait égal. Sa confession cessa quand le maton passa.

« Extinction. »

Ils se turent

Billy revint le lendemain et se colla aux barreaux.

« Et après ? » demanda-t-elle.

Il dit qu'un simple pêcheur fit basculer l'histoire. Un pêcheur créole ramassa un des sacs estampillés coton, l'ouvrit et vit qu'il était rempli de sable. Il rapporta le sac et tout s'enchaîna. La douane s'en saisit. L'assureur londonien fut alerté. Un câble partit de son bureau, traversa l'Atlantique et finit entre les mains du greffe du ministère de la Justice. Plainte. Poursuite. Billy se fit prendre à Houston alors qu'il cherchait son médecin. Une belle histoire, si bien contée.

– Je te reconnais, dit-elle, à peine surprise de le retrouver là.

Il avait bien dit que sa femme et sa fille habitaient à Memphis. Anne Cook avait été libérée quelques jours plus tard.

Il bouge à peine la tête. Ses lèvres sont tellement sèches qu'elles sont toutes fissurées. Sa peau se teinte à vue d'œil. Elle prend des tons de plus en plus cuivrés, passant du brun à l'ambre. Son corps est pétri de fièvre.

Pas besoin de le toucher, elle le sent de là où elle est, à distance.

En ramassant le drap dont il s'est enveloppé, elle le tourne, délicatement. Il faut qu'il boive. Elle remplit un verre d'eau au lavabo. Elle glisse un oreiller sous lui. Il tient à peine. Elle approche le verre et tire sa mâchoire inférieure pour qu'il ouvre la bouche.

– Voilà, comme ça !

Elle voudrait tant que le docteur rapplique.

– C'est drôle, marmonne-t-elle, à chaque fois qu'on se voit toi et moi, la mort est là. Je croyais que t'allais finir pendu. Et te revoilà.

En reposant le verre sous l'abat-jour à franges de sa lampe de chevet, elle devine un mouvement. Il s'agite. Il ouvre un peu les yeux, balaie la chambre du regard et déglutit une première fois. Puis il recommence, avec un rictus de douleur, et enfouit son visage dans son coude.

– Cette lumière, râle-t-il, ça fait mal !

Anne Cook tire les rideaux.

– C'est mieux comme ça ? demande-t-elle.

Elle se fait à la pénombre, mais pas à cette odeur. En fermant les rideaux elle craint de s'y confiner. Elle a passé trop de temps ici.

– On brûle ! râle-t-il. Qu'est-ce qui se passe ? C'est pire qu'un four !

– Tu es fiévreux, Billy, répond-elle.

– Fiévreux ? Moi ? Mais je n'ai pas de fièvre ! lance-t-il en se tendant comme Lazare relevé d'entre les morts.

Il sort les jambes du lit et s'assied sur le bord, les mains sur les genoux, les pectoraux saillants et les côtes apparentes.

Anne Cook n'en revient pas.

– C'est cette pièce qui brûle ! Vous ne sentez pas ! dit-il d'une voix dure et pâteuse. J'veux pas crever ici ! J'ai ma fille.

– Je sais ! dit-elle. Je me souviens.

Il répond à côté en roulant de grands yeux comme s'il soupçonnait des menaces cachées aux quatre coins de la pièce. On dirait un fou.

Elle regrette d'avoir occupé toutes ses filles à d'autres tâches au salon. Elle regrette d'avoir laissé en bas son revolver d'appoint. Il s'est levé, nu comme Adam, mais l'air bien plus mauvais que celui qui troqua le Paradis contre une pomme.

– Vous pouvez pas me retenir.

Dans un réflexe acquis par ses années de maquerelle, Anne adopte le ton qu'il faut, assez haut pour se faire respecter et assez bas pour se faire oublier.

– Tu es libre, Billy. Tu peux faire ce que tu veux.

– Personne n'a le droit de me retenir !

– Je sais.

– Pas une prison, pas une ville, pas un juge et encore moins une femme. Personne ! Même toi, Anne Cook.

– Oui, c'est moi. Tu sais, tu peux sortir, dit-elle en s'écartant de la porte. Personne ne t'en empêchera.

– On crève de chaud, ici ! J'ai tellement chaud. Où est l'eau ? Il me faut des tonnes d'eau, vite !

Elle lui désigne le lavabo et son mince filet d'eau qu'elle vient de libérer en tournant le robinet. Mais il éclate d'un grand rire. Affreux. Puis il la regarde et s'avance. Anne se colle au mur. Il est à deux pas d'elle. Elle voit sa bouche ouverte et sa langue noire comme un pain trop cuit. Ses lèvres se mettent à saigner. Il fixe un point sur elle, un point qui la traverse, comme une lame, de part en part, et poursuit, dévalant l'escalier en répétant sans cesse qu'il doit voir sa fille, que c'est son anniversaire.

– Je lui ai promis, je lui ai promis !

Il y a au moins quatre filles en bas qui se préparent pour le bal de ce soir, assemblant méticuleusement des petits ballotins de gaze dans lesquels elles s'efforcent d'enfermer des lucioles. Ce soir, elles brilleront comme des étoiles.

La fanfare se rapproche. Anne distingue clairement des cuivres et des tambours. Billy sort. C'est bien la première fois qu'un homme sort nu de Mansion House.

7

À l'Opéra de Memphis, une trentaine de personnes se retrouvent dans une salle qui pourrait en contenir dix fois plus. Il n'y a pas de bougies. Pas d'éclairage artificiel. La seule lumière qui entre provient des portes du fond. Keathing se tient debout face à elles. C'est la première fois de sa vie qu'il monte sur scène. L'éditeur du *Memphis Daily* ne sait pas ce qu'il doit faire de ses mains. Il est si mal à l'aise.

– Monsieur Keathing, c'est à vous, lance le maire de la ville.

Keathing fixe les silhouettes massées comme un essaim sur les deux premiers rangs. Au début, les mots peinent à sortir. Ses mains traduisent son trouble. Elles sont moites. Elles battent bêtement l'air. Et puis, un rythme s'installe. Il trouve ses marques et déroule son histoire.

Il décrit la vision d'un type nu comme un ver qui sortait de Mansion House. La fanfare de T. Brown venait juste de passer. Suivie de cent personnes. Puis la rue se vida et cet homme apparut. Keathing s'indigna de sa posture abjecte, marchant les bras ouverts comme un Christ sans croix, comme ces vagabonds pris d'alcool ou de délire.

Il avait remarqué la lettre tatouée dans le haut de son dos. Le « R » des renégats, des évadés de prison, qui ne présageait rien de bon. Il laissait derrière lui une odeur âcre. L'homme fit quelques pas. Puis il se retourna pour regarder quelqu'un, ou quelque chose. Ce n'était pas très clair. Il fit quelques pas de plus, puis il s'effondra, raide mort, la gueule dans le sable.

Il a fallu attendre que les secours arrivent pour le bouger de là. Tout le monde était pris. Les services de la ville étaient mobilisés sur le débarcadère pour repousser le *Natchez* venu de La Nouvelle-Orléans.

Le corps du malheureux est resté quelque temps au milieu de cette rue, sous un soleil de plomb qui brûlait tout ce qu'il touchait.

– Son ventre était gonflé, dit-il. Un rictus étonnant lui fendait le visage. Les yeux écarquillés. Les mains crochetant le vide. L'expression d'un espoir. Son corps émit d'étranges bruits quand on l'a chargé à l'arrière d'une charrette. Comme des clapotements.

– Des clapotements ?

C'est ce dernier détail qui intrigue l'assistance. Ils sont élus, notables, hommes d'affaires, fonctionnaires et représentants du comité d'hygiène. C'est le maire

Flippin qui les a réunis. À huis clos. Par souci de discrétion. Inutile d'affoler toute la population tant qu'on ne sait pas ce qui se passe.

– Oui. C'était comme si ses organes étaient réduits en bouillie. Son corps était inconsistant. Il n'y avait plus que ses os qui lui donnaient une forme. Le reste, ses intestins, ses poumons, son foie, ses muscles aussi, tout semblait avoir fondu. C'était plus un corps d'homme.

Les visages sont inquiets. Deux morts le même jour à Memphis. Des types qui venaient de La Nouvelle-Orléans.

Keathing se tient debout. Il baisse un peu les yeux parce qu'il sent que les autres veulent en savoir davantage, des détails pour comprendre, des éléments pour tenter de qualifier les faits. Est-elle de retour ? La fièvre jaune a frappé plusieurs fois. En 1873, elle avait fait des centaines de morts en quelques jours. En 1855, aussi. Les anciens s'en souviennent.

– Combien de temps ? demande le maire.

– Combien de temps quoi ? s'agace Keathing.

Le maire Flippin parle comme il pense, par saccades. Si bien qu'on ne sait jamais ce qu'il a vraiment en tête. Ce ne sont que des poussées qu'il faut interpréter. Et Keathing se méfie de lui. Il n'est pas d'ici. C'est pas un type du Sud. Cette fièvre n'est rien pour lui. Elle ne signifie rien. Elle n'a jamais frappé la côte Est ni le Nord. Elle est d'ici. Elle vient du fleuve. Elle monte, sournoise, frappe, puis disparaît sans prévenir. Cela faisait longtemps qu'elle n'était pas réapparue.

– Combien de temps est-il resté à pourrir ? précise Flippin.

– Qu'est-ce que j'en sais, moi ? Pas longtemps. À peine quelques minutes, le temps que je trouve de l'aide.

Le maire de Memphis fait une mine déçue.

– Vous l'avez vu marcher ou vous l'avez trouvé comme ça ? demande quelqu'un dans la foule.

– Oui. Juste avant, il marchait. Enfin, disons qu'il déambulait bizarrement. Je vous l'ai déjà dit. Il avait les bras levés et allait vers le fleuve. Il disait qu'il brûlait.

Pendant que Keathing regagne sa place, la salle s'emplit d'une rumeur de ruche, un bourdonnement constant de formules reprises, de mots qu'ils se repassent pour s'assurer de bien comprendre : « un homme nu », « la Fièvre », « une bouillie d'organes », « les morts de La Nouvelle-Orléans », « le décompte officiel »...

Assis au premier rang, le maire Flippin laisse grandir la rumeur, le temps que chacun s'en mêle, puis gagne la scène.

– S'il vous plaît ! Messieurs !...

Les notables méprisent ce larbin de Washington. Il ne représente rien. Il n'est qu'un pantin mal élu.

– Je vous demande un instant...

Ses yeux bleus comme deux billes, Flippin agite les bras comme le vent lève la houle.

Des voix se mettent à gronder :

– Huit morts à Greenville !

– Six à Vicksburg !

– Baton Rouge est en quarantaine, paraît-il !

– Vraiment ? Depuis quand ?

– Depuis deux jours.

– C'est sûr ?

– Il paraît !

– Et La Nouvelle-Orléans ? lance un autre. Vous y pensez ? Il y a bien quelques cas là-bas, mais ce n'est pas pour autant qu'ils s'affolent. Les ports sont ouverts. Le chemin de fer fonctionne. Les bateaux remontent le fleuve. La preuve, il y en a trois en route pour prendre notre coton.

– C'est pas le moment. Avec toute cette récolte à venir.

– Folie ! Il faut fermer la ville !

– Imbécile ! Ils vont tuer le commerce ! marmonne le grand type près du maire.

Des ombres noires dans la pénombre se dressent et se vrillent en tous sens.

Le maire Flippin semble satisfait. La tempête est levée. Les opinions s'affrontent. L'orage menace et la foudre s'abattra si lui ne fait pas rempart. Il est bien comme les autres, comme ces politiciens qui font gronder le peuple. Il attise, il agace comme un paratonnerre, pour mieux s'ériger en sauveur. Le vrai pouvoir est là. Il focalise les espoirs et les haines. Il fixe tout.

– S'il vous plaît ! Messieurs, écoutez-moi. Ce n'est pas comme ça qu'on va trouver une solution. Messieurs, messieurs, un peu de raison.

Des bruits de chaises se mêlent à la cacophonie. Certains se lèvent et quittent soudain la salle. Le maire abat sa carte. Il sait qu'on le déteste, qu'il a beau s'agiter, ils ne l'écouteront pas, pas encore, pas tout de suite. Il invite le seul homme en mesure de calmer l'assistance. Le vieux docteur Mitchell, Robert Wood Mitchell, président en exercice du Comité d'hygiène et de santé publique, le rejoint.

Le docteur a plus de front que de cheveux, une peau de serpillière marquée par toutes sortes de microbes connus et inconnus, une barbe rassurante et des tas de diplômes. Parmi tous les charlatans de la vallée, il est sans doute le seul à avoir un diplôme de docteur en médecine.

Les portes cessent de claquer. Les hommes se taisent enfin. Tout le monde ici en ville sait que le vieux Mitchell aime tout de la vie. Sa naissance comme sa fin, ses soubresauts, ses incongruités, ses moments suspendus quand elle atteint le point critique et qu'un sursaut se produit. Le regain le fascine. La guérison l'intrigue. En trente ans de métier il a sillonné toute la ville, visité chaque foyer, ou presque. Certains disent que cet homme est fou de maladies ; et pour les conjurer, il ne compte plus ses heures à chercher des remèdes dans tout ce qui existe, en philtres comme en fioles. La pharmacopée le passionne. Il a des armoires pleines d'onguents, de pilules, de produits qu'il a dosés lui-même. Et il connaît toutes les nuances de l'opium. Le monde miraculeux des plantes n'a pas de secret pour lui. De la racine à l'étamine, du rhizome au carpelle, du bourgeon à la palme, de la bractée au sparte, il poursuit ses recherches, ses dosages et ses ajustements, sans fin, jusqu'au remède.

– Alors, docteur, cette fièvre ?

Robert Wood Mitchell se passe plusieurs fois la main sur le plastron. Des auréoles apparaissent sous ses bras et la lumière de la scène, oblique, souligne les plis de ses joues. Il inspire.

– Monsieur le maire, monsieur le chef de la police, messieurs, commence-t-il d'une voix encore pincée, hier soir, je me suis rendu chez les religieuses de Saint-Mary pour ausculter l'homme que Keathing vient de vous décrire. J'ai procédé à son autopsie, prélevé quelques échantillons pour tenter de comprendre ce qui l'avait tué. Pour être tout à fait honnête, je dois vous informer qu'il était allongé près de l'autre cadavre. Celui du matelot du *Natchez*.

Au premier rang, le maire s'agite. Il fixe le vieux docteur Mitchell qui sort un carré de feuilles reliées par une bague métallique. Pourvu qu'il soit lui-même. Mitchell mouille son index au milieu du silence. Puis il passe les doigts sur ses paupières pour chasser une poussière et se lance :

– Les deux cadavres avaient les mêmes symptômes. Langue noire. Écoulement de sang et des reins réduits à une vulgaire purée. Reste à savoir pourquoi, dit-il en relâchant ses notes. J'ignore ce qui les a tués. C'est peut-être la fièvre jaune. Ils en ont les symptômes. C'est peut-être aussi le choléra. Les deux maladies sont proches.

– Le choléra ! Le choléra ! s'exclame quelqu'un. Mais c'est n'importe quoi !

– Laissez-le parler ! tonne Flippin.

– Je dis que, sur un plan scientifique, tout est possible. Il peut même s'agir de simples empoisonnements. On a vu une racine qui donnait ces symptômes en 1862, lors de la bataille de…

– Ça suffit ! Faites-le taire, braille un homme, suivi d'autres.

Le vieux docteur Mitchell s'est montré tel qu'il est. Précis. Scientifique. Par souci de rigueur, il s'abstient de trancher et attire sur lui les invectives.

– Mais ce ne sont que deux morts, lance quelqu'un dans la salle. Deux morts ne font pas une épidémie ! Cessez de jouer les prophètes de malheur ! On ne peut pas tout fermer pour deux décès suspects. La récolte est superbe. Historique, même ! Les négociants sont là ! Un peu de mesure, que diable ! Le choléra, n'importe quoi…

– Deux morts ! Les mêmes symptômes. Qu'attendez-vous pour fermer Memphis ? D'autres villes sont touchées. La Nouvelle-Orléans, Greenville, Vicksburg, Baton Rouge. C'est une épidémie. Il faut faire quelque chose.

– Je n'ai pas vu les autres cas cités, répond doucement le docteur. Il faudrait que je puisse m'entretenir avec mes confrères pour me faire une idée.

– C'est prévu, répond le maire, très calmement.

Keathing observe la salle et les camps qui se forment. C'est la nature de l'homme de cracher son poison comme l'enfant chasse sa peur. Tous ont besoin de savoir. Le pauvre docteur est là, engoncé dans sa science. Il encaisse les questions en répétant ce qu'il sait, et, comme la salle insiste, il finit tristement sur un haussement d'épaules. Il n'a pas la réponse.

Le maire Flippin l'invite à regagner sa place.

– Dès qu'on en saura plus, dit-il, je vous tiendrai informés. Merci d'être venus.

Flippin a réussi son coup. Il a gagné du temps pour tous les négociants qui lui taperont dans le dos une fois entre eux. C'est vrai que cette récolte sera celle du siècle. Encore quelques contrats et des milliers de dollars. Après, il sera toujours temps de protéger la ville.

Mais une autre voix surgit. Keathing la reconnaît. C'est celle du correspondant de l'*Associated Press*. L'agence de presse dispose d'un bureau à Memphis.

– Monsieur le maire, attendez ! lance le correspondant.

Comme il fait son entrée par la porte centrale, tout le

monde se retourne. Dans le faisceau de lumière qui souligne sa silhouette, il brandit quelque chose. On dirait une dépêche.

– Monsieur le maire, je viens de recevoir ça.

La foule se fend en deux pour le laisser passer. Il pue la transpiration. Il a sans doute couru. Il s'en est fallu de peu que la salle se vide. Le maire prend la dépêche.

– Bon Dieu, c'est pas possible !

– Qu'est-ce qui se passe ?

Flippin balbutie que ce câble vient de La Nouvelle-Orléans. Le docteur lit par-dessus son épaule. Il a du mal à croire ce qu'il apprend.

– Mais de quoi s'agit-il ? insiste Keathing.

Les autorités de La Nouvelle-Orléans annoncent qu'une trentaine de personnes sont mortes après de fortes fièvres.

– Trente en un jour ! dit le docteur Mitchell.

– C'est écrit là.

– Tout ce coton, soupire l'inconnu près du maire.

– Le port est fermé, précise le correspondant de l'*Associated Press*. Les lignes de chemin de fer et les routes aussi. La Nouvelle-Orléans vient de se couper du monde.

– Et nous…

Et nous, pense Keathing, on vient d'en hériter.

– On ne sait pas, coupe le docteur Mitchell. On ne sait toujours pas comment cette saleté se propage, si c'est par l'air ambiant, par les miasmes, par l'eau que nous buvons ou la nourriture avariée. On ne sait rien de ce qui la provoque. Ni de ce qui l'éteint d'ailleurs. Pourquoi serait-elle de retour, six ans après la première vague ?

– Qui a fait des centaines de morts ici.

– Oui, je sais !

– Pourquoi ? Comment ? s'interroge le vieux docteur Mitchell. On sait juste qu'elle a cessé avec les premières grêles.

– Mais alors que fait-on ? demande le maire, incarnant pour une fois l'opinion de sa ville.

– Décidez-vous, Flippin ! déclare l'inconnu près de lui.

Ils sont trois ou quatre comme lui. Fagotés en banquiers. Propres comme des négociants. Pas de la ville.

– Je l'ignore encore, répond Flippin, qui plonge son regard dans celui du docteur.

– Les enjeux sont énormes, souligne l'inconnu.

– Je sais ! Je sais ! s'agace Flippin.

Le vieux docteur tripote le fond de sa poche et se penche vers le maire.

– Il faut que je joigne mes collègues médecins. Le télégraphe fonctionne ?

– Oui, la preuve, répond le correspondant de presse.

– Faites donc, dit Flippin. Il faut que nous réagissions avec discernement. Revenez me voir ce soir, docteur. Ensuite, on avisera. Quant à vous, messieurs de la presse, je vous demande de ne pas semer le trouble inutilement.

– Qu'est-ce que vous insinuez ? demande Keathing.

– Qu'il va falloir prendre vos responsabilités ! Je l'ai fait en vous invitant à cette réunion. Maintenant, je vous demande juste de rendre compte des événements avec mesure. Tant qu'on ne sait pas ce qui nous attend, il n'est pas opportun d'affoler toute la ville, n'est-ce pas ?

Keathing déteste le ton du maire, ces assauts de morale pour enfoncer ses vues, ses égards trop visibles pour les intérêts de ces banquiers venus d'ailleurs. Tous ces suceurs de sève.

8

Emmy traîne les pieds depuis le refoulement du *Natchez*. Il n'y aura pas d'autre bateau avant une bonne semaine. Pourtant, elle y est retournée, tous les jours. Le lendemain. Le surlendemain. Son père ne viendra pas. Il a trompé son monde.

Elle n'a plus le cœur à rien, ni à l'étude ni aux travaux. Quand sa pauvre mère l'appelle, Emmy tarde à répondre, honteuse d'y avoir cru. Quelle erreur ! Quelle sotte prétention ! Son anniversaire est passé. Elle a vaguement remercié sa mère en déballant son cadeau. Une jolie robe. Avec des volants de couleurs vives, un peu comme celle que portait la fille l'autre jour, la rouge, celle du ponton. Mais bien moins vifs, moins éclatants. La robe est restée empaquetée dans son papier de soie dans un coin de leur cabane. Et elle a pris un mauvais pli devant, comme elle, à force de ruminer. Un début de ride au front. La naissance d'une malice. Un coup de griffe intime à cette joie enfantine qu'elle laissait derrière elle. La marque du premier des mauvais jours d'une vie. Bien sûr, ce n'est pas la première fois qu'elle est triste. Elle a déjà sangloté, pour une chute humiliante en pleine rue devant tout le monde, pour un câlin refusé par sa mère qui avait mieux à faire à cet instant-là, à cette seconde précise. Ou pour les moqueries des jeunes filles de la belle école en pierre du couvent Saint-Mary. Elle en a imbibé des balluchons de larmes. En vérité, Emmy ne compte plus ses chagrins mais celui-ci la marque.

– Pardon d'avoir tardé, maman. Elle est très belle cette robe, vraiment très belle.

Sa mère lui a pardonné. Les mères pardonnent toujours, elles sont faites pour ça.

À l'ombre du grand orme, la mère d'Emmy travaille. C'est sa place. Assise contre le tronc, une bassine entre les pieds, elle épluche des patates. Il fait lourd. Une chaleur à crever. Une brise insignifiante fait remonter jusqu'à elle des fragrances de jasmin. Elle vient du sud, de Fort Pickering, là où la garnison a fait pousser des massifs de cette fleur qu'Emmy aime entre toutes, avec sa pointe poivrée, sa clarté d'agrume et ses fleurs en étoile.

Ad astra per aspera.

Qu'il est long le chemin des astres, plein de chausse-trapes et d'embûches.

Ad astra per aspera.

C'est la formule que répète souvent sœur Francesca,

celle par laquelle la religieuse conclut ses longues tirades sur le mystère de Dieu et la beauté de la foi. Le mystère est comme cette fleur de jasmin. Invisible mais présent à ceux qui savent sentir. Si Emmy portait le voile, si elle devait un jour enseigner la foi à des gamins ignares, elle ne parlerait pas du mystère de Dieu. C'est trop lourd, trop biblique, trop insondable. À l'image du jasmin, Emmy leur parlerait d'essence, d'envoûtement, en un mot : du parfum de Dieu.

Assise en tailleur près de sa mère, elle ne dit rien. Sa mère a posé des questions sur ce qu'elle avait appris la veille, sur ce qu'elle allait faire aujourd'hui.

– Y a bien école à la grange ? Tu vas retrouver la bonne sœur aujourd'hui, non ?

Emily ne sait pas. Elle ne sent plus le parfum. Seul le bruit du couteau vient troubler le silence. Le crissement de la lame dans la chair des patates, le tintement de la bassine quand une épluchure tombe, entraînant dans sa chute un petit caillou ou un morceau de terre.

Sa mère poursuit le travail. Elle s'appelle Emilia, un peu comme toutes les filles de cette famille. Génération après génération, il ne naît que des filles dont le nom comporte les mêmes lettres, dans l'ordre ou le désordre. Sa mère s'appelle Emilia, la mère de sa mère s'appelait Mel, et avant elle c'était Mélia. Cette tradition remonte au temps des grands-mères des grands-mères, quand elles venaient d'une hutte perdue au milieu d'une savane nichée près des côtes d'un continent dit noir, l'Afrique, où les Noirs naissaient libres avant de devenir esclaves. La plus vieille d'entre elles s'appelait Alima.

Ici, c'est tout le contraire.

Sa mère est née esclave et les nouvelles lois prétendent qu'elle est libre. Mais pour elle, cela ne change rien. Depuis qu'elle sait marcher et se servir de ses mains, elle cuisine pour les James, les Blancs de la maison d'en face, la grande, de l'autre côté de l'orme qui sépare leurs deux mondes. Sa mère passe toujours de longues heures au-dessus de leur bassine, au-dessus de leur évier, au-dessus de leur table pour servir Monsieur James, Madame James et leurs filles, Mademoiselle Priscilla et Mademoiselle Dorothée.

Emmy a le même âge que l'aînée des filles James, Mademoiselle Dorothée, mais elle n'a pas le droit de jouer avec elle, ni avec sa petite sœur Mademoiselle Priscilla, ni de traverser l'allée qui passe de l'autre côté de l'orme, ni de sortir par la grande grille du jardin. Emmy a grandi là, dans ce réduit de vie, cette cabane au fond du jardin. Hors de la vue des James. Hors du monde des riches blancs. Séparés par un orme et la couleur de l'ombre.

Sa mère vient d'achever sa corvée de pommes de terre. Elle lui tend un seau.

– Va me chercher de l'eau !

Emmy reste silencieuse.

– Et dépêche-toi un peu ! tonne Emilia. Il fait chaud et elles vont noircir si je ne les trempe pas dans l'eau.

Emmy tourne la tête vers la bassine pleine. La chair

des patates est parfaite. Bien claire. Bien jaune. Une fois noires, elles pourrissent. Elles « s'oxydent », comme dit sœur Francesca, qui connaît tant de mots.

Parfois, elle en veut à sa mère d'être restée toute sa vie au service de ces James. Elle avait le droit de changer. Elle aurait pu construire un snack au bord du fleuve. Vendre ses plats aux marins. Elle est libre. Elle peut le faire. Il y a des tas de cuisinières qui ont monté leur snack sur Front Street. Comme Kate Bionda ou Sam Elby. Avec un peu de courage, elles pourraient toutes les deux démonter leur cabane et transporter ses planches pour les remonter plus bas, le long des berges, comme d'autres. Sa mère ferait la cuisine. Et Emmy tout le reste. Les courses. Le service. Le ménage. Sa mère connaît des tas de recettes qui leur rapporteraient sans doute dix fois plus que le maigre dollar que les James lui laissent à la fin de la semaine, quand ils n'oublient pas de la payer ! Mais non. C'est impensable. Sa mère refuse de se figurer d'autres vies. Les mots comme « affranchi », « amendement », « droit », « liberté d'entreprendre » ne font pas partie de sa grammaire intime. Ils lui sont étrangers. Ils portent en eux des territoires d'abîmes, avec tous ces pendus qui ponctuent les matins quand on ne s'y attend plus, quand on se dit qu'il n'y en aura plus. Ils reviennent. Encore et encore. Ils reviendront toujours.

La mère coupe court aux divagations de sa fille en faisant claquer sa langue. C'est le dernier appel avant la taloche. Du plat de la main, pour faire plus de peur que de mal.

– Dépêche-toi ! Les James n'aiment pas que je rate un plat, dit-elle. Ce soir, ils ont du monde.

Emmy le sait. Oui. Une douzaine de personnes. Comme tous les dimanches soir, ils reçoivent des amis. Bien riches, comme eux. Bien respectables, comme eux. Il y aura une nappe impeccable, des verres de cristal, des couverts en argent et toute une vaisselle importée de Paris. Emmy a vu faire les James, planquée derrière la haie. Tous autour de la table comme sur les tableaux en couleurs. Un couteau dans une main. Une fourchette dans l'autre. Le dos droit sur leurs chaises, et Mademoiselle Priscilla et Mademoiselle Dorothée au bout, muettes et sages, sans bouger. Parfois, Emmy capte de loin des mots, des bribes de phrases envolées par la fenêtre entrouverte. Ils se glissent à table des tas de mots français. Ici, dans la vallée, depuis que Cavelier de La Salle a exploré le fleuve pour la gloire d'un étrange roi Louis qui se prenait pour un soleil, il reste des vestiges de cette lointaine France dans certains raffinements, dans les prénoms des jeunes filles, dans les noms de quelques villes, Paris, Baton Rouge, La Nouvelle-Orléans, Louisville… et de rares expressions que les James s'autorisent au détour d'une phrase au creux de leurs discussions. Ces références françaises sont les quartiers de noblesse de la bourgeoisie d'ici.

– Maintenant ! lui ordonne sa mère, qui s'est levée

d'un bond, un couteau dans la main, son regard perdu, mais la main gauche libre, prête à gifler.

La citerne est située plusieurs rues plus bas.

En chemin, Emmy croise des hommes entassés dans des charrettes tirées par des mules. Deux charrettes. L'une derrière l'autre. Ils portent des chemises brunes de crasse, rapiécées. Leurs dos oscillent au gré des nids-de-poule. Passifs. Soumis. Ils sont conduits aux champs. La première des deux mules a des branchages accrochés entre les oreilles, un faisceau de feuillus qui lui offre un peu d'ombre. La chaleur est inouïe. Elle fait tout vaciller, si bien que les façades semblent flotter dans l'air. Les lignes d'horizon tremblent. La rue perd son tracé et annonce des mirages de miroirs. Les hommes sont ballottés, bouche ouverte. Leurs crânes noirs, humides et ras, ressemblent aux pommes de terre qu'a épluchées sa mère. Emmy glisse sa main moite sur sa tête. Elle tâte ses cheveux frisés.

En descendant Second Street, elle passe devant le bar de Bob Reed Church, debout, en gilet et tête nue, lui aussi, le crâne ras, lui aussi, noir comme eux. Bob Reed Church sert un client pendant que deux types font passer le temps à l'ombre de son bar, au-dessus de son billard, cognant ses billes d'ivoire. Le tenancier a un trou dans le crâne, la marque d'une balle perdue lors des dernières émeutes de 1866. Emmy avait un an. Bien sûr, elle n'en a pas de souvenirs, mais ce trou dans le crâne est le début de l'histoire. Le Congrès s'apprêtait à renforcer le droit des anciens esclaves noirs, et notamment le droit de vote[1]. Une partie de Memphis l'a mal pris. Les policiers, presque tous irlandais d'origine, ont fait une descente dans les faubourgs noirs. Certains se sont cabrés. Ils l'ont payé très cher. Pendant d'interminables heures, les policiers ont pillé leurs maisons, brûlé leurs cabanes. Des balles ont traversé leurs planches, leur peau et certains crânes, comme celui de Bob Reed Church. Lui en a réchappé, par miracle. Beaucoup, une quarantaine, y sont restés. Après deux jours d'émeutes, l'armée fédérale est intervenue. Les policiers ont été invités à reprendre leurs rondes, comme si de rien n'était. Ils avaient tué, pillé, violé et incendié. Aucun n'a été poursuivi. Au contraire. Certains ont continué sous couvert de capes blanches, de cagoules et de tout un charabia de chevalerie et de suprématie blanche. Ils forment le Ku Klux Klan. Beaucoup soupçonnent le chef de la police de Memphis d'en faire partie.

Bob Reed Church a survécu. Il a monté son snack et puis après son bar. Et le trou qu'il a dans le crâne, il l'exhibe fièrement. Il ne porte pas de chapeau, même

1. Le 13 juin 1866, le Congrès présente le projet de loi protégeant les nouveaux droits des anciens esclaves affranchis, dans les États du Sud. Ce projet débouchera sur le vote du XIVe amendement à la Constitution, en 1868.

quand la ville s'endimanche. Il travaille dur tous les jours. Mais c'est son bar. Ses clients le saluent en entrant et certains même l'appellent Monsieur Reed, surtout les habitués, ceux qui ont une ardoise. Bob Reed Church est devenu un homme riche. Si bien qu'on ne le traite plus de nègre. Il n'a plus de couleur. Il est devenu quelqu'un, comme dit la mère d'Emmy.

« À celui qui a, on donnera encore, mais à celui qui n'a pas, on ôtera même ce qu'il a. » Personne ne reprendra à Monsieur Reed sa nouvelle couleur. C'est une balle dans la tête qui l'a rendu vivant et son travail qui en a fait quelqu'un.

Emmy poursuit son chemin.

Elle traverse le faubourg.

Les cases nègres, comme on dit. Les cabanes misérables des ouvriers agricoles et des employés saisonniers, de la chair à coton qu'elle vient de voir passer.

Elle traverse la rivière et ses abords putrides. Une carcasse de cheval flotte, entourée d'excréments. Les égouts rejettent tout un tas d'immondices. C'est l'odeur des bas-fonds, celle des combats perdus, celle qu'on laisse s'installer parce que tout semble joué d'avance. Ici, dans ce faubourg, les pauvres et les Noirs marchent la tête basse, harassés de fatigue, et partagent les citernes d'eau de pluie avec les mules, les chevaux, les chiens et des essaims d'insectes.

En y plongeant son seau, Emmy ferme les yeux tant la nuée est épaisse, faite de centaines de paires d'ailes aux écailles colorées et de nymphes verticales, tête en bas, queue en haut, flottant comme des brindilles à la surface de l'eau.

– Saletés de moustiques ! râle-t-elle, agitant l'air devant elle.

9

Sur le perron de Mansion House, Anne Cook s'ennuie. Elle a peu travaillé depuis le bal des fées. Les lucioles ont fui. Les ballotins de gaze ont été décrochés des chevelures des filles. Il y avait du monde. Et puis, tout s'est tari.

Depuis, Anne Cook a eu le temps de se plonger dans ses comptes, de dresser l'inventaire de son stock de bouteilles et de vérifier que la banque avait reçu ses fonds. Elle a souvent pensé à ce pauvre Billy, échoué en pleine rue. Elle s'est souvenue de ses mots sur sa fille. Emmy. Evans. Elle a interrogé des clients lors du bal. Elle a entendu dire qu'elle était encore là. Vivante. À demeure chez les James. Sa mère travaille pour eux. Elle a noté l'adresse dans son petit carnet. Elle s'est fait la promesse d'aller la voir bientôt. Elle lui parlera de Billy. Elle trouvera bien les mots pour dire qu'il l'aimait. Elle n'a pas connu ça. Elle ne sait pas ce que c'est, elle, l'amour d'un père. Mais elle trouvera bien. Plus tard. Rien ne presse. Quand elle aura fait ses comptes.

Le soleil cogne. Il est midi et la ville est sonnée. Les volets sont fermés, les rues vides.

Après un long bâillement, Anne reprend le journal posé sur ses genoux. Le *Memphis Daily* est bien maigre. Il compte à peine quatre pages, la plupart consacrées au marché du coton. Un article de Keathing évoque une réunion du maire et des mesures de précaution. Deux hommes ont été arrêtés hier soir alors qu'ils tentaient de cambrioler la maison du père Simon. La plantation de Pilms cherche dix ouvriers pour nettoyer ses champs. Celle de Green Valley recrute aussi. C'est la saison. La dernière page est pleine des petites annonces des planteurs qui cherchent de la main-d'œuvre.

Anne referme son journal. Presque déçue. D'ordinaire, elle a toujours droit à une brève sur ses filles ou ses frasques. Le bal qu'elle a donné ne manquait pas de piquant. Il méritait quelques lignes, surtout quand le singe Darwin s'est mis à courser le maire pour lui bouffer le cul nu. Keathing aurait pu le raconter, lui qui déteste Flippin. Depuis combien de temps ne l'a-t-elle pas croisé, ce grognon de Keathing ?

En relevant le front, elle aperçoit un homme aux rênes de son haquet. Une étrange fumée noire se dégage dans son dos. C'est le vieux docteur Mitchell.

– Qu'est-ce que vous faites ? l'apostrophe la maquerelle.

Le docteur tourne la tête, lentement, pris en étau

entre le soleil et la chaleur dégagée par l'étrange baril brûlant qu'il traîne derrière lui.

Anne a toujours considéré cet homme comme un hurluberlu, une sorte de savant fou trimbalant ses trouvailles comme une fille ses dentelles venues de je ne sais où, achetées par on ne sait qui.

– C'est pour l'air ! Je purifie l'air ! répond-il en hochant longuement la tête comme s'il voulait lui-même se convaincre de ce qu'il était en train de faire.

– Vous purifiez l'air ! Tiens donc. Avec quoi ?

– Du goudron que je fais cuire.

– Je sens bien ! Et vous allez purifier tout Second Street ? demande-t-elle, incrédule.

– Toute la ville, Madame Cook, répond-il en repartant.

– Vraiment ? s'étonne-t-elle, presque heureuse d'avoir croisé ce vieux fou pour rendre cette heure moins morne.

Du bout du pied, elle racle une planche du perron. Elle est mal alignée, disjointe. Le temps et les saisons l'écartent des autres planches un peu plus chaque jour. L'hiver prochain, si elle ne s'en occupe pas, un trou se formera et les rats s'y nicheront, comme le long des trottoirs qu'a fait construire le maire.

Au bout de quelques minutes, une nouvelle charrette vient troubler la torpeur. Ça recommence ! Encore du goudron enflammé. Anne déteste cette odeur. Elle est âcre, entêtante. Elle plisse les yeux pour tenter de détailler la silhouette qui s'avance. Un homme. Chapeauté. Des épaules tombantes sous une veste trop grande. Il remonte Gayoso Street.

Un grand bruit retentit.

Bam !

Le bruit vient de Fort Pickering.

Un autre coup résonne.

Bam !

C'est le bruit du canon.

La mule qui se rapproche ne s'est pas déroutée. Son cocher semble pressé. Bien plus que le vieux docteur. Anne le reconnaît, c'est son homme à tout faire, Fitzgerald, charlatan, plumitif. Ballotté mollement.

– Tiens, tiens, vous aussi vous goudronnez notre air ! lance-t-elle, amusée.

Fitzgerald bascule en arrière pour arrêter sa mule.

– Je suis réquisitionné ! dit-il en ôtant son chapeau pour se sécher le front du revers de sa manche. Pourtant, j'ai mieux à faire. Ah ça, je vous jure !

Son intuition la pousse à travailler le bonhomme. Ces barils de goudron. Deux docteurs dans la rue. L'absence de Flippin qui ne vient plus depuis le bal, alors que, d'ordinaire, il passe ses nuits ici avec sa bite ballante pour se faire talquer le cul et sucer des tétons. Ce n'est pas qu'il lui manque, ce bonhomme plein de vice. Ni lui ni les autres. C'est le roulement, l'argent qui coule à flots et qui efface tout, même toutes ces indignités, de celles qui se dévoilent quand les portes se ferment ; quand les filles ouvrent les cuisses. Ils se croient tout permis. Et Flippin et les autres. Tant qu'ils payent ! Tant que ça gagne !

Or, depuis deux ou trois jours, elle n'accueille plus que du menu fretin, du fantasme gentillet qui se monnaye moins cher, des passes à deux dollars, sans mise en scène, sans artifices. Toutes les huiles de la ville, tous les habitués, sont empêchés.

– Entrez, c'est ma tournée ! dit-elle. Vous allez me raconter ce que vous avez tous à empester nos rues.

– Madame Cook, si les services municipaux voient que je me défausse, je vais avoir des problèmes. Je ne peux pas me désister. Faut que je gagne mes dollars. Surtout en ce moment, avec les problèmes de ma femme. La ville va m'en vouloir.

– Les services de la ville ? Mais c'est ici, voyons, les services de la ville. Mansion House mérite d'être reconnue d'utilité publique. Suivez-moi, vous allez me raconter.

Fitzgerald est trop lourd pour trouver une réplique. Il a les traits tirés, et sa bouche à l'envers forme un fer à cheval. Il fouille le perron et s'engouffre dans l'entrée en estimant les reproches qu'on risque de lui faire. Son baril brûle pour rien.

Dans le coin du salon, le pianiste se reprend. Il tend les mains devant lui et se met à tripoter les touches. Le singe Darwin s'agace et retrousse les babines.

– Je ne sais pas ce qui lui prend, remarque Anne en vérifiant sa chaîne. Il fait rarement ça.

Il n'y a pas un seul client. Les deux filles au bar ne se retournent même pas. Elles sont comme le singe. Elles n'aiment pas Fitzgerald. Il est brusque avec elles et, quand il les diagnostique, il est toujours très vague. L'an dernier, ses crèmes et ses pilules – soi-disant « recommandées par la médecine et reconnues par le clergé » – n'ont rien fait pour Patty, une des filles du bordel affaiblie par une grippe qui s'est vite compliquée d'une forte inflammation. Elle venait de New York. Elle est restée deux mois avant de finir au fond de la fosse aux pauvres.

Une fille au bar se retourne.

– Y a un problème, Madame Cook ?

– Non, non, répond-elle.

Puis la fille fait mine de reprendre le fil d'une conversation importante avec sa voisine.

Derrière le paravent laqué noir qui barre l'entrée de son bureau, Anne désigne un fauteuil à Fitzgerald. Un chariot de bouteilles est poussé vers eux par son employé noir. Fitzgerald s'installe. Anne croise les jambes et l'observe. Il vide son verre, hésite, frottant sa main contre le velours épais, comme s'il voulait chasser d'invisibles miettes.

L'employé disparaît.

– Tout ce cirque dehors, c'est que de la peine perdue ! commence-t-il.

Fitzgerald jette un œil vers le paravent. Les notes du

piano résonnent assez fort pour couvrir leurs voix. Il sue dans sa veste et écarte son col pour s'éponger le cou.

Anne Cook ferme la porte.

– Ma femme, dit-il. Sa grossesse…

Elle lui ressert un verre. Il y a plusieurs années, Fitzgerald s'était entiché d'une jeune fille de seize ans, issue d'une famille de commerçants aisés. La jeune fille lui céda. Ses parents se navrèrent. Comme elle l'aimait, elle se carapata. Ses parents se méfiaient de Fitzgerald, jeune, sans fortune ni talent et encore moins de diplômes. Fitzgerald l'adorait et l'engrossa vite fait. La famille abdiqua et les reproches du père s'exténuèrent en neuf mois. Mais ce dernier gardait ce Fitzgerald à l'œil. Il le trouvait moyen en tout, petit comptable, à peine médecin et penaud avec sa fille. Un enfant allait naître. Larmes. Sourires. Bravos. Bague au doigt et une jolie maison payée par beau-papa. Le gendre releva ses manches et se mit à trimer nuit et jour. Il devenait courageux et trouva le moyen de lui en faire un deuxième : mort-né. C'était il y a cinq ans. Et bientôt ce nouveau qu'il faudra caser dans leur petite maison située dans la même rue, à deux pas du bordel.

– Le terme est pour bientôt ? demande-t-elle.

Mais au lieu de répondre, Fitzgerald vide son verre.

– Un peu d'eau, peut-être ? dit-elle.

Fitzgerald se ravise. Elle apporte une petite bouteille d'eau dont le verre est couvert des buées fraîches de la cave.

– Tenez, dit-elle.

– Je suis pas le pire des médecins, commence-t-il.

– Pardon ?

– Les gens se moquent de moi et me traitent de charlatan. Mais je sais bien ce que je fais. Et j'ai fait comme j'ai pu. J'ai fait de mon mieux, je vous jure. Personne n'aurait pu faire mieux que moi.

– Je ne comprends pas !

– Vous savez, Madame Cook, tous ces gens que le maire a réunis.

– À l'Opéra ?

– Il leur cache des choses. Il nous cache des choses. Cette fièvre… celle qui vient du delta… Il dit que ça passera. Mais c'est pas vrai. Elle est mauvaise. Elle est terrible. Vous l'avez vu comme moi l'autre jour.

– Avec Billy Evans.

– Oui. Avec ce pauvre type. Mais elle ne s'arrêtera pas là. Je l'ai revue depuis.

– Qui ça ?

– La fièvre. Je l'ai vue à l'œuvre, Madame. Et c'est une belle saleté. Elle va faire des dégâts. Bien pire que la fièvre jaune d'avant. Elle est de retour. Plus méchante. Vous savez que La Nouvelle-Orléans s'est mise en quarantaine. Et nous ? Et ma femme ! Je leur ai bien dit pourtant. Fallait pas qu'on trimbale ce matelot chez les sœurs. Le type du *Natchez*. Fallait qu'on le renvoie avec les autres passagers. Et pareil pour votre gars, celui qui est mort en sortant de chez vous. Il venait de là-bas lui aussi. Fallait pas le laisser descendre.

– Vous me parliez de la grossesse de Madame Fitzgerald…

– À quelques semaines du terme. Elle était enceinte de sept mois quand j'ai vu ce que j'ai vu.

Le docteur est livide. Ses yeux fixent un point morbide enfoncé au fond de lui.

– C'est cette fièvre, Madame Cook. Je ne suis pas fou ! Je sais de quoi je parle malgré tous ceux qui disent que je n'y connais rien. Elle est passée en elle. Je ne sais pas comment, mais elle…, murmure-t-il, avant d'enfouir son visage dans ses mains.

Il tremble de tout son corps. Son dos encaisse en vrac les sanglots qui l'agitent.

Elle pose sa main sur lui. Elle dit des tas de mots qui n'ont pas d'importance. Des mots qui ne visent qu'à envelopper. Des mots qui reposent sur un ton. Des formules de compassion pendant qu'il se morfond dans ce fauteuil rouge vif, comme les taches sur son front. Rouge vif.

– C'est affreux ! grommelle-t-il.

Hier soir, il a perdu son fils. Mort-né, comme celui d'avant. Fitzgerald dit que sa belle-famille l'accablera encore, mais il insiste : personne au monde n'aurait fait mieux que lui. C'est impossible. Personne n'y pouvait rien. Ce n'est pas un fœtus qui est sorti du ventre de son épouse, mais une forme affreuse, un brouillon de vie sans vie, écrasé par les spasmes de sa pauvre petite femme.

– Jamais vu une telle chose, je vous jure ! Jamais !

Il a séché ses larmes, quand on frappe à la porte.

– Quoi ? Mais quoi, enfin ? s'agace Anne.

– Madame Cook, c'est urgent. C'est Sonia ! Elle dit qu'elle se sent mal.

Le docteur écarquille les yeux.

– Faut que j'y aille, dit-il, prêt à se carapater.

Madame Cook le retient.

– Sûrement pas ! On a besoin de vous, dit-elle, en lui tordant le bras pour l'obliger à faire demi-tour. Il se passe quelque chose. Quelque chose de grave.

10

Keathing observe les policiers affairés autour d'une dizaine de tonneaux. Ils remplacent les barils vides par d'autres pleins de goudron, puis les hissent à l'arrière des haquets. À l'avant du premier, il reconnaît le docteur Mitchell assis nonchalamment derrière une vieille carne tout juste bonne pour la remise.

– Ça commence ? lance Keathing.

– Depuis tôt ce matin, lui répond le vieux médecin, une main tenant sa badine et l'autre entre ses cuisses pour se gratter l'entrejambe. J'ai arpenté Main Street et puis Second. Si ma monture tient bon, je vais remonter celle-ci, ajoute-t-il en désignant la rue.

La croupe de sa mule est parfaitement étale, comme l'eau stagnante. Chez elle, rien ne bouge, ni ses naseaux, ni ses oreilles, ni sa queue.

– Allez, lance-t-il pour déclencher le peu de vie qui lui reste.

Et il s'en va.

Une autre charrette à l'arrêt couine et grince. Un

policier l'ascensionne. Il tient une torche au-dessus du baril. Il la penche et le goudron s'embrase. Son odeur astringente sature rapidement l'air.

– C'est reparti ! lance le type qui tient les rênes.

Keathing ne le connaît pas. Il doit faire partie de ces nouveaux venus qu'attire le maire Flippin. Tous ces petits profiteurs persuadés que le Sud va leur offrir ce qu'il a, ce qu'il est et Dieu sait quoi encore. Combien est-il payé pour goudronner l'air de Memphis ? Est-ce que cela suffira à repousser la Fièvre ? Personne n'en parle plus. Personne ne parle plus de rien depuis quelques jours. Il règne sur la ville une atmosphère d'attente. Chacun se tient chez soi. Tout est en suspens.

Keathing remonte Main Street jusqu'au bureau, plus haut, de la Western Union. Il fait tinter le grelot placé au-dessus de la porte, serre quelques mains, passe devant les casiers de bois alignés sur le mur. Le sien est vide. Il poursuit vers le fond et le bureau de Willis, le chef de l'agence locale.

Willis brouillonne des lignes dans un registre épais d'une bonne centaine de feuilles. Sa visière s'étire loin devant lui et ses manches sont protégées de tissu noir.

– Quoi de neuf ? lui demande Willis sans même relever la tête.

Ils se connaissent bien tous les deux. Il a reconnu son pas.

– Le maire refuse toujours cette foutue quarantaine. Il attend de voir ce qui se passe.

– Je sais ! Je sais ! répond Willis.

– Et sur vos lignes, qu'est-ce qui s'annonce ?

– Rien. Calme plat depuis hier. C'est pas normal.

En temps ordinaire, juillet est synonyme d'intense activité. Memphis est envahi de négociants, de courtiers, d'acheteurs et de vendeurs. Toute la ville vit au rythme des commerçants qui bluffent en affichant des sommes dont ils n'ont pas le quart et des négociants qui s'écharpent pour emporter les mises. Ils viennent d'un peu partout, de Vicksburg, de Greenville ou de Cairo. À peine débarqués, ils filent vers les collines ou les toits des grandes fermes et comptent le nombre de pieds de coton, comme ça, à la volée, puis s'assurent que le champ bénéficie du fleuve et de son limon.

Ce fleuve est capricieux. Il change si souvent de cours. Tous les fermiers le savent. Il suffit d'une pichenette du destin ou d'un coup de pioche discret avant les crues de juin, et une terre qui ne valait rien devient un sol fertile, parfaitement irrigué. Et d'une saison sur l'autre, ses plants de coton se mettent à flamber.

Un jour, Keathing a rapporté l'histoire édifiante d'un fermier de Cairo qui a voulu passer, comme ça, de la misère à l'opulence en dressant en quelques nuits une digue opportune. Le fleuve s'y est plié. Le champ de son voisin a perdu sa valeur. Il s'est retrouvé à sec, comme ses plants de coton. Furibond, le voisin a pris son fusil pour faire parler la poudre, sèche aussi. Résultat de l'affaire : un champ de ruines en aval. Une récolte orpheline. Deux fermiers morts en duel et des enchères publiques sur leurs dépouilles encore chaudes.

Cette pratique est un crime. Mais, une fois le mal fait, quand le fleuve a pris le pli, il est comme un amant comblé, incapable de revenir à son ancien lit. D'où ces contrôles annuels. D'où le traditionnel bal des experts à travers champs, sur les toits, par les collines. D'où la frénésie de juillet. En temps normal…

– Ma ligne est muette, dit Willis. Alors je m'occupe à remplir mon registre. Mais j'ai reçu ça hier pour vous. C'est dans votre casier.

Keathing est soulagé en découvrant l'enveloppe. Il le sentait. Il l'avait deviné, ce matin au réveil. Aujourd'hui, cela fait quinze ans qu'il a dit oui à Josephine MacNeil. Quinze ans de mariage. Deux enfants. Beaucoup de dettes. Et un journal qui a pris toute la place. Ils devraient être ensemble pour fêter leur union. Comme dans toutes les familles. Mais non. Pas lui. La femme qui porte son nom, Josephine MacNeil Keathing, est loin. Si loin ! À des miles de Memphis, à plusieurs jours de train. Au diable de la côte Est. Elle lui manque, sa grande dame plantureuse lisant toute la journée tout ce qu'elle trouve à lire ou pianotant des plombes la mélodie magique qui fait que tout autour s'élève et s'allège. Il y a un mot pour cela. L'imprévision. Quand la frivolité est un instant sublime qu'on rêve de faire durer des éternités. Sa femme avait le don de créer des moments d'imprévision. Lui, jouait de l'harmonica.

Quand leur fils est né, leur belle complicité s'est lentement émoussée. À la venue de leur fille, le silence s'est fait. Plus une note de piano. Plus de frivolité. L'harmonica de Keathing restait au fond de sa poche. Les mots se claquemuraient. Les phrases qu'ils échangeaient devenaient utilitaires. Lui venait d'acheter le *Daily* et, lorsqu'il se couchait, sa femme se levait pour les gosses. Et quand elle s'activait pour dresser une belle table, il lui faisait faux bond pour un dîner en ville, là où tout se fait et tout se raconte.

« Fouille-merde », dit-elle un jour, avant de s'excuser. Elle était fatiguée. Elle pleurait toute seule et se plaignait sans cesse de se retrouver là, enfermée avec son fils et sa fille, sans lui. Keathing se perdait en hypothèses foireuses. Cela débordait largement l'idée qu'il se faisait d'une bonne famille du Sud, de sa famille à lui. Il pensait que ça passerait.

Sa femme prit l'habitude de faire sa valise. La première fois c'était il y avait deux ans. Elle acheta trois billets, pour elle et leurs enfants, et passa tout l'hiver chez une cousine germaine. Comment s'appelle-t-elle déjà ? Keathing a beaucoup de mal à retenir les noms. Elle est revenue ravie, ses enfants enthousiastes. Ils avaient pris des cours de piano et de crincrin. Elle semblait aller mieux.

Les enfants étaient fous de joie quand elle leur a annoncé qu'ils allaient repartir, cette fois pour aller voir New York au printemps. Keathing a laissé faire, espérant que ce séjour l'apaiserait. Depuis, elle a repoussé son retour. Deux fois, déjà. Elle tarde tant à revenir.

Keathing déplie la feuille. Chaque lettre crève le papier. Elles ne sont pas nombreuses. Elles forment à peine dix mots, espacés sur deux lignes. C'est le télégraphiste assis près de la porte du chef qui a dû les taper. Elle aurait pu écrire. Une lettre ne se dévoile pas. Le regard de cet employé lui fait honte, surtout quand son nom est cité. « À l'attention de Monsieur John Keathing, directeur du *Memphis Daily*, 2, Court Square à Memphis, Tennessee. »

Sur ce mauvais papier, sans trame claire et transparent, sa Joséphine lui donne trois petits mots de nouvelles : « Tout va bien », puis demande un mandat de cent dollars. Point. C'est tout. Pas une question sur lui, sur sa vie, sa santé. Pas un mot sur leur fils Neil ou sur leur fille Carrie. Seulement le jaune de ce mauvais papier et des blancs immenses entre chaque mot.

Le télégraphiste de la Western Union est devant sa grosse machine, capable d'envoyer dix mots-minute outre-Atlantique.

– Avez-vous une réponse à me dicter ? lui demande-t-il sans se retourner.

– Oui, dit Keathing.

Le télégraphiste cale ses mains devant les touches, tend l'oreille et guette le mot à venir.

– Ma chérie…

Il enfonce deux touches noires, puis une blanche. Le

ruban de papier passe d'une bobine à l'autre, traduisant le morse en lettres.

– Ton mandat va partir.

Toute la machine s'active. Les bielles, les gyroscopes en laiton transforment les mots de Keathing en impulsions électriques. Si seulement ces torsades de fil de cuivre pouvaient traduire son ton, ses émotions, le tressaillement de sa voix, ses vagues hésitations quand il précise qu'ici « la ville n'a plus de sens », avant d'ajouter : « Vous me manquez tous les trois. Et surtout toi, ma femme. »

Les doigts de l'employé s'arrêtent.

– Je vous demande un instant, s'il vous plaît !

– Que se passe-t-il ?

– Je vérifie quelque chose, répond-il en tendant la main vers le ruban de papier.

Il cherche une marque, la bonne perforation. C'est étrange.

– Quoi ?

L'employé lui demande de bien vouloir reprendre.

– Dans notre appartement, j'ai fait agrandir le salon qui gagne sur la terrasse et commandé les graines que tu m'avais demandées.

Le télégraphiste s'interrompt de nouveau.

– Ça va pas ! dit-il. Je suis désolé, Monsieur Keathing, mais je crois qu'il y a encore un problème. Vous voulez bien attendre un instant ? ajoute-t-il, en reculant sa chaise pour aller prendre conseil auprès de son supérieur.

Keathing distingue leurs ombres derrière la porte vitrée. Willis s'est levé. Il semble ôter sa visière. Il agite les bras. Keathing fait un pas de retrait pour le laisser ressortir.

– Je suis désolé, Monsieur, mais rien ne passe aujourd'hui. On dirait que les lignes sont coupées.

– Comment ça ?

– Coupées. Rien ne passe. Ni en réception. Ni en émission. Depuis hier soir, nous ne recevons plus rien.

11

Emmy change de main. Son seau d'eau pèse des tonnes sous le soleil. Les rares coins d'ombre sont réservés aux femmes qui d'ordinaire déambulent dans Main Street, de boutique en boutique, les bras chargés de colis et d'enfants bien proprets. L'ombre est pour elles.

Emmy remonte la rue. Elle sue à grosses gouttes au milieu d'une voie traversée de rares charrettes. Quelques hommes longent Main Street et plongent dès qu'ils le peuvent dans la fraîcheur d'un bar ou d'un commerce quelconque. Il fait si chaud.

Elle traverse le carrefour en prenant soin de plaquer son seau tout contre ses jambes pour ne pas perdre d'eau. Tant pis si le bord incise son mollet gauche ! Tant pis si elle saigne un peu. Son seau est toujours plein. Emilia va être contente. C'est bien la première fois qu'elle n'en perd pas une goutte.

À la cabane, Emmy découvre sa mère dans une étrange posture.

Ses patates sont exposées à l'air libre. Le chiffon

humide qui devait les protéger s'est envolé. Elle a les paumes posées à plat sur ses cuisses. Ses épaules encadrent sa tête, lourde, basse, défaite. Elle n'a pas bougé au crissement de la barrière.

– Maman ?

Les rebuts de paille de son chapeau tremblent. Emmy devine sa tension et s'agenouille près d'elle. Elle pose son seau, puis sa main sur la main de sa mère. Elle s'empare du couteau dont la lame pointe en l'air. Sèche.

– Maman ? répète-t-elle en cherchant ses yeux d'opale.

Ses lèvres forment un arc de tristesse. Une petite larme surgit au coin de ses yeux, glisse le long de son nez, rebique sous la narine et tombe sur le journal étalé à ses pieds. La larme éclatée dessine une étoile d'encre.

– Monsieur James est venu, dit-elle. Il m'a lu ça

Emmy prend le journal. Son regard bute sur un « B », un « I », deux « L » et recompose le tout. Billy. Le nom de son père. Les épluchures cachent le reste. Elle les balaye et découvre l'histoire d'un repris de justice débarqué la veille de la fête de l'Indépendance. L'auteur précise que « Billy Evans remontait la rue en plein jour, dans le plus simple appareil, et que c'est dans cette posture qu'il est passé de vie à trépas ».

– Maman, ça veut dire quoi « trépas » ?

Sa mère tarde à répondre.

– C'est quoi ce trépas dont ils parlent ? Il est où ? C'est papa ? Il est où ? C'est où trépas ?

La mère relève la tête. Ses paupières rougies soulignent ses deux billes blanches.

– Ça veut dire qu'il est mort.

– Mon père ? Billy ? Mon père est mort ?

Emmy roule l'idée pour la domestiquer, tel un flot d'idées folles qu'il faut apprivoiser. Elle s'y brûle. Elle s'esquinte. Elle les retourne et les renverse, comme des aberrations.

– Pas mon père !

Ce verbe trépasser ne rime pas avec l'idée qu'elle se fait de son père sur le point de lui offrir une existence meilleure. Comment cet homme si fort pourrait-il se retrouver en pleine rue, raide et nu ? La fin ne peut advenir avant que tout commence. Main Street est juste derrière.

Sa mère occupe ses mains à tâtonner par terre pour rassembler ses patates, puis se remet à l'ouvrage, coupant ses tubercules, en deux, puis quatre, puis huit. L'espace se remplit du crissement de la lame dans la chair. Elle renifle une larme qui agace ses narines et essuie la suivante d'un rapide coup de manche. Elle poursuit. Encore une. Cela fait si longtemps qu'elle vit sans lui. Sa petite vie de cuisinière. Mais Emmy, comment fera-t-elle ? Elle y a tellement cru !

L'article est taché. La suite des lignes se fond avec celles de la page suivante, par transparence. Emmy décrypte le nom du cimetière. Potter Fields. Elle prend appui sur le sol, quitte l'ombre de l'orme, sans un mot, comme un spectre, et file droit vers l'aimant d'un père imaginaire plus fort que tout le reste.

Potter Fields est une friche perchée au-dessus de la ville, le bout de la ligne pour tous. Il forme un vaste rectangle de prairie gavée de chairs vaguement délimité par des haies d'églantines et de ronciers pleins de mûres. À gauche, la maison de brique du gardien. Emmy tape trois coups sur la porte et s'écarte. Elle recule toujours quand quelqu'un va ouvrir. La fille qui se pointe doit avoir six ou sept ans, une bonne tête de moins qu'elle et des yeux sur mesure pour une gosse de cimetière. Vagues. Inexpressifs. Couverts par une paupière qui retombe en blouse triste.

– Je cherche une tombe. Celle de… Monsieur Evans. Billy Evans.

La petite crispe un peu le front, puis se souvient soudain.

– Il est là-bas, répond-elle en désignant une allée tout au fond.

Emmy se retrouve devant des centaines de sépultures, des fosses, des renflements de terre, quelques pierres tombales, selon les religions. Comment s'y reconnaître dans ce marais de morts ?

– … Il est là depuis deux jours. C'est facile. La

terre est plus brune sur le dessus. Elle n'est pas encore sèche.

La jeune fille reste là. Elle attend. Elle hésite.

– Suis-moi, dit Grace, la fille du gardien.

Elle marche d'un pas sûr. Elle dit que depuis qu'elle est née, c'est son jardin, mais que personne ne veut jouer avec elle.

– C'était ton père ?

Emmy ne répond pas. Le passé ne convient pas. Elle vivait jusqu'alors au futur, espérant sa venue. Elle s'est prise à y croire, au présent de sa promesse. Et puis il est devenu l'impossible hypothèse du trépassé.

Ses pas transforment la terre sèche en poudre. Elle regarde droit devant, cadenasse son champ de vision. Ces pierres tombales l'effraient. Elles sont comme des couteaux enfoncés dans la terre dont seul le manche dépasse. Les noms sont effacés. L'encre des dates est gommée par la succession des hivers, les gelées terribles et les trombes d'eau, comme si la nature avait ajouté du mystère là où plus rien ne se joue.

La petite fille sait, elle. Elle sait les noms de ceux qui gisent sous terre.

– C'est juste là, dit-elle en désignant un renflement plus sombre, plus humide.

Emmy la remercie.

– Je dois repartir, dit Grace.

Son père est de retour dans le char drapé de noir du fossoyeur. Elle dévale le sentier pour le rejoindre.

Pourquoi Emmy n'a-t-elle pas cela ? Juste un banc sur lequel elle retrouverait son père. Ce n'est pas la première fois qu'elle jalouse un enfant qui rejoint son père. Elle éprouve si souvent ce picotement d'aigreur.

Elle s'approche de la croix de bois plantée dans la terre molle, lit les mots tracés à l'encre sur le panonceau, « Billy Evans (1834-1878) », et se projette, une fois de plus.

Il devait être grand, aussi grand qu'on disait. Elle devine la largeur de ses épaules. La terre a séché par endroits, aux marges du bourrelet que forme sa sépulture. Elle a repéré une pioche qui traîne près d'un tas de croix. Elle jette un coup d'œil vers l'entrée, puis vers le char du fossoyeur. Personne. Elle est seule. Ils sont seuls, elle et lui.

Elle s'empare de l'outil, ajuste son geste, inspire et enfonce la tête de la pioche d'un grand coup. Elle recommence. Fort. Tant pis pour le bruit. Elle frappe à se désâmer. Elle fouille au ras de la croix et finit par heurter une matière compacte. À mains nues, elle déblaye les bouts de terre où d'infimes fossiles se mêlent aux racines. Ses ongles sont noirs. Le cercueil est là. Il affleure.

Emmy reprend sa pioche et fourre sa longue langue de métal entre les planches de bois. Elle force dessus. Elle bascule. Elle peine. Elle force encore. L'une d'elles se fend enfin. Elle ne sent pas l'odeur et refuse de voir les asticots à l'œuvre. Elle se moque des enfers, des tabous et de l'horreur. Elle veut juste savoir. Le voir de ses propres yeux. La couleur de sa peau. Oui. Rien que ça ! La mort dépouille les hommes de leur vie, pas de ce qu'ils ont été. Emmy fouille ce cercueil comme elle ferait les poches d'un souvenir. Elle écarte des gravillons et sans doute quelques larves. Une bande de tissu fait le tour de sa tête pour maintenir sa mâchoire close. C'est donc vrai ! Il était blanc son père. Aussi blanc que les gens qui comptent. Elle aurait tant voulu marcher au bras de son père, à l'ombre et n'importe où ailleurs, partout où il l'aurait emmenée. Elle aurait tant voulu leur prouver qu'elle n'était pas que noire.

12

Anne Cook rabat les volets pour raboter un peu de la fournaise du jour. Les lignes des toits se troublent. Une vapeur indocile barbouille les faîtes gris ardoise ou brun bois, selon la matière des toits. Les trottoirs à l'ombre ont pris une teinte livide. Les hommes, les chiens, les rats et même les oiseaux déchantent sous ce soleil de plomb. Le baril de goudron de Fitzgerald ne fume plus. Sa pauvre mule divague. Ses antérieurs vacillent. Elle pique du museau puis, soudain, se redresse. Peut-être qu'elle rêve. Le fleuve pas loin est pris dans la torpeur. Son courant est trop faible pour brasser un peu d'air et offrir du vent frais à Memphis.

Les bras d'Anne Cook suintent. Sa nuque ruisselle et la pousse à remonter son chignon, encore, encore plus haut. Elle accroche ses mèches avec des épingles. Elle en a plein la tête, presque autant que de doutes sur la nature du mal qui cloue cette fille au lit. Sonia. La plus ancienne. Une fille forte, pourtant. Jamais malade.

Fitzgerald est nerveux. Il jette des questions à distance.

Sonia répond de son mieux, disant du bout des yeux ce que son esprit ignore. Le corps dit mieux que les mots. Il sait, lui, ce qu'on ignore. Celui de Sonia a déjà deviné, mais sa honte s'interpose. Elle enfouit tout ce qu'elle peut de ce mal qui la ronge. Elle refuse d'être malade. Elle a besoin d'argent pour acheter ce terrain qu'elle a vu l'autre jour. Ça va passer. Ça doit passer.

Mais le docteur insiste :

– Si vous voulez que je vous soigne, il va falloir me dire.

Bien sûr qu'elle veut guérir ! Et vite. Elle hésite, puis lance une salve de maux.

Un mal de tête, comme des coups de couteau.

Des nausées depuis la veille.

Une fièvre de poêle à frire, mais ça il l'a deviné.

Elle dit qu'elle brûle, qu'elle a mal dans le bas du dos.

Quand le docteur fait mine de prendre le temps de penser, elle se met à grogner malgré elle, à supplier qu'on ferme cette « putain de fenêtre », à cause de la lumière. Et puis, juste après, elle lui demande de l'ouvrir, cette même « putain de fenêtre », parce qu'elle a tellement chaud.

– J'étouffe, si vous saviez. J'ai soif. J'ai mal. De l'air, aidez-moi, dit-elle en se levant.

Le docteur s'exaspère.

– Arrêtez de gigoter comme ça. Restez au lit !

Sonia s'entête et passe près de lui pour gagner la fenêtre. Le docteur la rattrape du bout des doigts, de loin parce qu'il reste méfiant.

En tirant sur sa manche, sa chemise se déchire. Le médecin lâche prise. Le bras de Sonia est nu, comme le reste de son torse. Ses seins pointent. Son visage se tord. Elle n'a plus que cela de digne, ses magnifiques seins.

Sonia lui tourne le cul et se penche vers la rue. Le jour lui cuit les yeux. Anne Cook méprise ce petit médecin incapable de contenir son désir palpable.

– Au lit ! ordonne-t-elle en saisissant le bras de la jolie jeune femme.

Sonia semble découvrir que Madame Cook est là et fait demi-tour.

Fitzgerald cherche son pouls. Il ferme les yeux et compte, puis regarde sa montre. Mais Sonia recommence à déblatérer des sottises venues de nulle part, se plaignant des hommes, et de leurs mains et de leurs doigts, de tous leurs frétillements et de leurs envies d'anguille.

– Tu me veux, mon beau gars ? C'est moi que tu veux, n'est-ce pas ? Alors serre-moi, serre-moi fort. Oui, comme ça. Tu veux quoi, maintenant ? Tu veux que je me retourne ?

– Bougez pas !

– Tu veux quoi ?

– Elle délire ! dit le docteur en remontant ses manches.

Anne Cook a bien vu les yeux du docteur sur ses seins. Et cette façon qu'il a de la plaquer sur le lit, la main sur son bas-ventre, alors que juste avant elle le dégoûtait. Cette belle fille nue devant lui doit réveiller des choses plus profondes que la peur. Une pulsion archaïque. C'est vrai que Sonia est belle ! Si belle !

– Je ne peux pas faire grand-chose, dit-il. J'ai pas mes instruments. Et si le maire apprend que je me suis arrêté chez vous, ça risque de chauffer.

– Je comprends, dit Anne. Mais son mal… cette fièvre… Vous croyez ?…

Le docteur jette un dernier regard sur les seins de Sonia. Cligne des yeux. Essuie son front qui perle. Puis se reprend.

– Dites-moi, Sonia, est-ce que vous avez pissé récemment ?

Sonia éclate de rire. Elle voudrait se redresser, mais Anne Cook la repousse, violemment.

– Comment veux-tu que je pisse, imbécile ! grogne la fille, démente, avant de se laisser tomber dans ses gros oreillers, de se rouler comme si un mal nouveau lui traversait le ventre.

Fitzgerald se penche pour regarder sous son lit. Le pot de chambre est vide. Non. Elle n'a pas pissé.

– Pas une goutte depuis hier, précise une fille derrière qui observe la scène. On s'est relayées, docteur, pour la faire boire cette nuit. On sait qu'il faut boire pour faire descendre la fièvre.

– N'importe quoi ! coupe Sonia. Tu dis n'importe quoi ! Vous dites n'importe quoi !

Le docteur hoche la tête.

– Les reins font partie des organes vitaux. S'ils ne fonctionnent plus, ça peut vite mal tourner.

– Me laissez pas pourrir, gémit Sonia. Je ne veux pas pourrir comme l'autre.

Anne s'approche du lit.

– On va te tirer de là, dit-elle d'une voix posée. Docteur, j'ai des feuilles de frêne en bas et quelques queues de cerises que je réserve, au cas où.

– Très bien, répond-il, impatient de s'en aller. Faites-lui des infusions et puis des cataplasmes, aussi, que vous laisserez sur ses reins. Il faut qu'elle les préserve. C'est vital. Vous comprenez, Sonia ? Il va falloir boire, beaucoup, et vous reposer.

Sonia n'est plus la même. Elle est pétrie de trouille. Elle s'enfonce dans son lit. Elle se courbe comme une carpe sur une berge, happant l'air, cherchant l'eau.

– Le type, l'autre jour, il était dans quelle chambre ? demande-t-il.

– Billy Evans ?

– Oui.

– Cette même chambre, répond Anne Cook.

– Il ne faut pas qu'elle reste là. Faut la changer de lit.

On ne sait jamais. Elle a des symptômes inquiétants. Ça pourrait être la Fièvre.

Anne Cook sort de la chambre. Une grappe de filles s'entassent dans le couloir.

– Alors ? Alors ? Madame ? C'est grave ? lui demandent-elles.

– Vous avez entendu le docteur. Il va falloir m'aider. J'ai besoin de bras pour lui préparer un autre lit. On va la changer de chambre.

Les filles du couloir tortillent leurs réponses, passant leurs mains sur leurs lèvres, échangeant des regards ou fronçant tout ce qu'elles peuvent, leurs sourcils ou leurs robes.

– C'est contagieux, alors ?

– Pas plus qu'une vérole de marin ! prétend la mère maquerelle.

– Alors, pourquoi la garder là ?

– On peut tout de même pas la laisser, s'indigne une des filles, Kerenn, Irlandaise, longue tige mélancolique, d'habitude très discrète.

– La vérole on connaît, dit une fille à tignasse. Tandis que ça…

Madame Cook s'impatiente.

– J'ai besoin d'aide.

La fille noire se renfrogne. La brune suit. La rousse aussi, puis les blondes. L'une après l'autre, elles déclinent, d'un signe de tête pour certaines, d'un « Pas question » dédaigneux pour d'autres.

Au final, toutes s'en vont, laissant dans leur sillage et leurs jarretières des « pas envie de crever ».

Anne sait qu'elle aurait fait la même chose à leur âge et dans leur position. Elles se donnent assez de mal pour éviter le pire. Ici, elles gagnent peut-être dix fois plus que dans les champs ; elles sont aussi nourries, blanchies, logées et soignées quand il le faut, mais c'est si éprouvant de faire semblant d'aimer, de danser pour des salauds, de rire aux blagues d'édentés qui postillonnent autant que le fleuve par grand vent, puants, suants, de faire la sourde oreille quand les cloches du dimanche sèment leur métaphysique pendant que les corps s'emmêlent. Et si Sonia crevait ?

C'est trop. C'est bien trop cher payer. Elles n'ont plus rien à faire ici. Mansion House pue la mort. Même les clients se font rares depuis le bal de la semaine dernière. Elles vont se rhabiller. Elles trouveront mieux ailleurs. Loin de Memphis, si nécessaire.

Anne Cook fixe le docteur.

– Va falloir qu'on se débrouille tous les deux, dit-elle.

Elle s'empare d'un coin de matelas pour estimer son poids. Il est lourd. En le soulevant, quelque chose l'intrigue. On dirait un caillou ou quelque chose de gros planqué dessous. Anne Cook glisse sa main et tombe sur un rouleau.

– C'est quoi, ça ?

Des billets de dix dollars. Enroulés.

Sonia a du métier pourtant. Elle sait que dans sa chambre on ne laisse rien traîner. Il y a un coffre en bas.

– Ce sont tes gains ? demande-t-elle.

Sonia ne réagit pas.

Le papier des billets est raide comme s'ils venaient de sortir de l'imprimerie fédérale. C'est pas l'argent de Sonia. C'est celui de Billy Evans. Il n'y a qu'un type comme lui assez fou pour se trimbaler avec ça. Des billets de banque tout neufs. À peine sortis du coffre. On n'en voit jamais, des billets aussi neufs. Ils passent toujours par des mains officielles avant de circuler. Trop neufs pour être honnêtes. Billy a dû se servir, directement.

– Sonia, tu m'entends…

Elle garde les yeux fermés. Son visage a pris deux teintes de mauvais jaune.

Anne Cook tire deux billets pour se rembourser des frais engagés pour l'enterrement de ce pauvre type. Pendant qu'elle glisse le reste dans sa poche, un drôle de bruit l'alerte. Comme une déglutition. Puis le cri du médecin :

– Oh bon Dieu. Saleté de saleté de bon Dieu de bordel de merde ! Chierie !

Fitzgerald se retrouve couvert de bile et de grains noirs comme des fèves de café. Sonia vient de vomir. Elle en a plein la bouche. Et la chambre empeste plus fort que jamais.

– Qu'est-ce que c'est que ça, docteur ?

Il roule des yeux fous. Il s'asperge les bras et le visage de toute l'eau du lavabo. Il en déverse partout.

– Bon Dieu, mais quelle horreur, gueule-t-il en levant les mains comme pour faire barrière.

– Mais qu'est-ce qu'elle a, docteur ?

Sonia ne bouge plus. Ses yeux fixent le plafond.

– C'est le *vomito negro* !

– Le quoi ?

– Elle est contaminée. Le type de l'autre jour lui a refilé sa fièvre. C'est sûr, maintenant. Elle va crever, je vous le dis. Faut pas rester ici.

Il quitte la chambre en trombe sans demander son reste. Anne Cook se retrouve seule. Pétrifiée.

13

Keathing a passé la nuit dessus. Pendant qu'il écrivait, l'apprenti s'appliquait à relire chaque mot de son maître. L'article est long. Il devrait se dérouler sur six longues colonnes. Une pleine page.

Sa dernière ligne écrite, Keathing a jeté un œil sur le travail de l'apprenti. Il a relevé deux fautes d'orthographe dans le texte et une grosse dans la titraille. Mais il est encore jeune. Et il est volontaire.

Le texte est descendu en machine. L'apprenti Sullivan s'est planté devant son composteur. Comme il était de garde, c'est lui qui a eu la charge de l'assemblage final.

Keathing est resté derrière lui à peser chaque mot. Il s'est interrogé, hésitant à tout revoir. Il a retenu le manche de la presse à vapeur, celle qui ne fonctionne pas bien. Puis il l'a baissé pour lancer l'impression.

Une fois le journal paru, il y aura du grabuge. Mais c'est ce qu'on attend de lui, n'est-ce pas ? La vérité. C'est bien pour ça qu'on achète son journal. Et cette fois, il ne la retient plus. Il a joué le jeu du huis clos, des confidences du maire et des membres du Comité de santé publique. Il a retenu ses mots depuis l'assemblée de l'Opéra. Il a été réglo, jusqu'à maintenant.

– Vous êtes sûr de tout ça ? lui demande Sullivan, qui semble tout découvrir.

Cela fait quatre heures qu'il travaille sur ce texte. Il l'a corrigé. Il l'a composé. Lu. Relu. Et ce n'est que maintenant, une fois imprimé, qu'il en prend la mesure.

Tout est vrai. Tout ce que Keathing raconte sur cette grande page de une. Il raconte ce qu'il a vu.

La veille, Keathing avait croisé le vieux docteur Mitchell en milieu de journée. Le docteur avait achevé de goudronner l'air. Il se rendait près du fleuve.

« Kate Bionda est malade », dit-il.

Kate Bionda était bien connue des habitants de Memphis, et surtout des marins. C'était une pauvre fille qui tenait un snack près du fleuve. Keathing y allait parfois boire un verre ou manger un de ces petits pains aux lardons dont elle avait le secret. Il y avait toujours du monde chez elle, des Italiens, comme elle, des Irlandais, aussi. Ces gens avaient toujours des tas d'histoires à raconter. Keathing l'accompagna.

Avant d'entrer dans le snack, le docteur planta un cigare entre les lèvres de Keathing.

« On ne sait jamais.

– Quoi ?

– Si elle a eu cette sale fièvre, faut bien qu'on se protège, précisa le docteur.

– En fumant ?

– En recrachant la fumée, Keathing. Cela devrait faire écran. Cela vous étonne ? Faites juste comme moi. On ne sait jamais. »

Kate Bionda avait le visage creux. La peau jaune. Elle n'avait plus de fièvre. Elle respirait encore, le temps de leur raconter qu'elle avait vu le type qu'on avait enterré l'autre jour. Le Billy du journal. Il était venu chez elle en sortant de son bateau. Il cherchait le bordel de Madame Cook.

« C'est lui qui m'a refourgué son mal », avait-elle dit.

Puis elle dégobille de gros caillots de sang et se raidit.

« C'est la neuvième », dit le vieux docteur.

Keathing n'en revenait pas. Il était loin du compte. Pour lui, la fièvre n'avait fait que deux morts, trois avec Kate Bionda. Mais il y en avait d'autres. Déjà neuf, d'après Mitchell, sans compter ceux qu'il allait découvrir. Les isolés. Les misérables. Tous ceux qui ne pouvaient pas se payer les services d'un médecin.

« Surtout dans les faubourgs », précisa celui-ci.

Le vieux docteur avait donné ses consignes aux employés du snack. Il fallait qu'ils frottent ses surfaces au savon de Calvert. Il en avait une caisse qui datait de l'ancienne fièvre. Les deux employés noirs s'étaient mis à frotter chaque table, chaque chaise, chaque latte de bois du plancher et de la rambarde.

« C'est utile ? demanda Keathing.

– J'en sais rien, avoua Mitchell. Mais c'est tout ce que j'ai. Du goudron pour l'air et des savons antiseptiques. C'est plein d'acide phénique. Ça tue les saloperies et peut-être celles de cette fièvre. »

Quelles saloperies ? De quoi est faite cette fièvre ? Qu'est-ce qui la fait passer d'une personne à une autre ? Pourquoi est-elle contagieuse ? D'où vient-elle ? Comment la combat-on ? Keathing mitrailla le vieux docteur de questions. Il eut peu de réponses.

On avait emporté le corps de Kate Bionda. Les deux employés noirs finirent de tout laver. Le petit restaurant allait rester ouvert. On attendait du monde. Un vapeur était annoncé pour bientôt.

Keathing avait rangé son carnet de notes. Une fois chez lui, il lava sa chemise et prit un bain en se frottant tout le corps au savon de Calvert.

La maladie est là. Elle est entrée en ville et porte plusieurs noms. Fièvre jaune, Jack le Jaune, *vomito negro*, comme disent les gens de La Havane, ou « coup de bambou », pour reprendre l'expression des vieux colons français. Tous ces noms disent une seule et même chose, avec les mêmes symptômes, toujours dans le même ordre : fièvre, délire, absence d'urine quand les reins ont lâché, jusqu'à ce que le mal atteigne le foie. Et là, c'est la mort assurée. Un jour, les médecins comprendront comment le parasite s'y loge pour se multiplier. Un jour, de grands chercheurs étudieront les explosions de cellules qu'il provoque. Le pourquoi. Le comment. Un jour. Dans quelques années. Plus tard.

Pour l'heure, tout ce qu'on sait, c'est que le péril est là, qu'il est très contagieux et qu'il va faire des morts. Memphis doit savoir.

Le journal est sorti à dix heures du matin. À peine une heure plus tard, toute la ville s'agitait. Ce qui n'était qu'une rumeur, une crainte, était bien confirmé, étayé, avec des chiffres et des exemples développés sur toute la première page du *Memphis Daily*.

Il est à peine midi lorsqu'un brouhaha venu de la rue tire Keathing de ses pensées. Des gens passent sous ses fenêtres. Il ajuste sa chemise, ceinture son pantalon qui bâille à la taille depuis le début de l'été. Il n'aime ni les bretelles ni les cravates.

Il s'asperge le visage et sent ses poils de barbe. Drus. Secs. Le gris l'emporte sur le noir.

Des voitures remontent la rue, suivies de gens à pied, leur ballot sur le dos.

Dans l'angle, au-dessus du lavabo, Keathing croise son visage flapi. Ses yeux sont gonflés de poches de graisse. Son front gagne sur le peu de cheveux qui lui reste. Il sait ce qui l'attend.

Il traverse ses bureaux vides. En bas, ses machines sont à l'arrêt, et les boîtes pleines de plombs bien rangés. Les ouvriers sont là, tous massés près des fenêtres, fascinés par ce qu'ils voient.

Une procession de carrioles, de traîneaux, de charrettes, de haquets, de mules et de canassons défile sans interruption. Des centaines de personnes, hommes, femmes, enfants, s'y entassent parmi des tas d'objets jetés à la va-vite, des paquets de vêtements liés par de grosses ficelles, des cages à poules, des casseroles et des amas de vivres.

Des Irlandais à pied tirent leurs cochons en laisse.

Des fouets claquent, comme les cris des enfants.

Des femmes vont tête nue, rassemblant leurs gamins, s'inquiétant d'un coup de coude, d'un frottement, de peur d'être contaminées. Des clameurs. Des visages en larmes. Des gens qui sortent, ahuris, puis rentrent chez eux et en ressortent peu après, les bras chargés de tout ce qu'ils peuvent emporter.

C'est une mêlée folle, l'épouvantable image d'une

ville prise de panique, mise en échec, sans ligne de front visible. La mort va frapper sans égard. Elle ne discernera pas les bonnes ou les mauvaises fortunes, les qualités des gens. La Fièvre sera partout, dans les cases des Noirs, les cahutes de marins ou les maisons de maître, quels que soient leurs colonnes et l'éclat de leurs façades. Sauve-qui-peut général. La raison craque comme un vulgaire tissu.

Des hommes sans famille courent vers la gare, sans égard pour les autres, poussant, menaçant de leurs armes celui qui traîne devant. L'un d'eux vient de tomber. Personne ne le relève. Personne ne se risque à lui tendre la main.

Il va se faire piétiner ! pense Keathing.

Les chiens errants l'évitent ou sautent par-dessus. Keathing voit son journal dans une poche. Un homme tombé à terre se recroqueville pour se protéger la tête. Une charrette approche. L'homme évite de justesse les sabots de la mule, mais pas la roue qui suit et lui écrase la jambe. Il crie. Il appelle au secours. On l'évite. Il disparaît un temps, puis reparaît dans un écart de la foule. Il s'est relevé et repart à cloche-pied, porté par cette même frousse qui s'est emparée de tous, voisins et amis, commerçants ou pasteurs. Tous fuient.

14

Emmy a vu les James entasser des ballots dans leur voiture, chargeant tout ce qu'ils pouvaient dans le désordre. Sacs. Boîtes. Couvertures et coffre en laque. Monsieur James s'est assis à l'avant et a empoigné les rênes. Ses deux filles se sont hissées derrière et leur mère à côté d'elles, chiffonnée comme jamais, sans chapeau. Ils se sont évanouis, laissant dans leur sillage un nuage de poussière et la porte grande ouverte. D'ordinaire, ces gens-là ne quittent pas les lieux sans en avoir fait trois fois le tour. Ils sont attachés au berceau de la famille. Sa façade impeccable. Ses fenêtres pleines de carreaux, altières et transparentes. Les James sont comme tous les propriétaires, accrochés au passé, à leurs vestiges d'antan. Pas cette fois.

Emmy ne résiste pas.

Le nuage dissipé, elle s'avance vers l'entrée. Elle a toujours rêvé de savoir ce qui se cachait derrière les hautes colonnes d'une maison de Blancs. Elle franchit le palier, traverse le vestibule pavé d'un échiquier de dalles. La table est mise. Les bougeoirs allumés. Les beaux verres en cristal sont pleins de ce vin qu'ils dégustent chaque jour que Dieu fait. La purée de pommes de terre de sa mère fume encore dans leurs assiettes. Seule la viande est froide.

Emmy monte au premier. Elle s'imaginait tant de choses à propos des chambres des filles James. Elle est un peu déçue de voir deux simples rectangles de lits ponctués de coussins doux. Le bleu et le vert de leurs broderies rappellent les grosses fleurs des rideaux, mais rien d'ostentatoire, ni dorures ni brocarts. L'atmosphère est ouatée, comme si le bruit du monde butait contre les fenêtres, comme si rien ne pouvait perturber le bon air, la clémence de leur chambre. Elle aurait tant donné pour y dormir une fois, rien qu'une fois dans sa vie, savoir ce que cela faisait de n'avoir que le silence et le confort comme compagnons de rêves.

Une porte claque. Le cœur d'Emmy s'affole. Des employés ont pris des coups de fouet pour moins que ça. Emmy guette le danger. Pas de bruit suspect. Elle ne sent que les cognements de son cœur et l'odeur du jasmin. Emmy se rassure en frottant ses doigts l'un contre l'autre, le pouce contre le majeur, comme si elle saupoudrait un peu de sa peur hors d'elle. Elle a ce tic depuis le plus jeune âge, depuis que sa mère avait lâché sa main de gamine parce qu'elle avait à faire. Emmy devait rester des heures, toute seule dans leur cabane, à se patiner le derme, pulpe contre pulpe.

Sans doute est-ce le vent qui a fait claquer une porte.

Les domestiques ont filé. Elle a vu la gouvernante et le majordome disparaître dans la foulée des James. Il n'y a plus personne dans cette maison. Tout au bout du couloir, elle découvre la chambre des James, mari et femme. Immense. Dans un coin près de la fenêtre, elle caresse le bois d'un vieux bureau d'osier. Devant, deux fauteuils beiges et un guéridon de fer torturé à force de torsades. Elle feuillette le livre posé sur la petite table de marbre, *Les Contes de la véranda*. Elle l'ouvre. Elle commence à le lire quand elle entend l'appel :

– Emmy ! Emmy !

C'est la voix de sa mère. En bas.

– Emmy ! Où es-tu ?

Sa mère, d'ordinaire si calme, si résignée, pousse des cris affolés. De la fenêtre elle la voit qui agite les bras. Le gras ondule sous ses coudes. Elle se retourne deux fois, d'un vif mouvement du buste, pour lever le nez et la bouche vers la foule derrière, dans la rue, par-delà la barrière du grand jardin des James. Il se passe autre chose.

Emmy redescend et néglige les mots qu'elle devrait préparer pour justifier son crime, son intrusion chez ceux que sa mère appelle « les Maîtres ». Elle dévale l'escalier, traverse le salon et, sans plus de précautions, retrouve sa mère imprégnée de peur.

– Faut pas qu'on reste ici. Vite ! Vite, ma fille. Sauvons-nous.

Ce n'est pas que la maison des James, c'est toute la ville qui se vide de ses vieux et de ses enfants, de ses Noirs, de ses Blancs, de son monde.

Emmy fouille la cabane, empoche des pièces et deux billets, prend un châle pour elle et une laine pour sa mère, une jupe, une poêle qu'elle fourre dans sa besace, empoigne sa mère et se jette dans la cohue.

Mère et fille sont entraînées par la foule, les regards hagards, les prières marmonnées, les maigres ballots serrés et ces gosses ahuris qui demandent pourquoi avant de se mettre à chialer. Emmy entend des tas de mots qui reviennent. « La Fièvre ». « La mort ». « Le train » et « le mauvais sort ». Emmy se dit que c'est à cause d'elle que le mal frappe la ville, parce qu'elle a enfreint tant d'interdits, entre la maison des James et la maison des morts, à Potter Fields. Mais personne ne la regarde. Personne ne regarde personne. Ils fixent tous la gare.

Un révérend récite des passages de l'Apocalypse : *« Alors j'ai vu monter de la mer/ Une Bête ayant dix cornes et sept têtes/ Et sur les cornes des diadèmes/ Et sur les têtes des noms blasphématoires. »*

La peur se nourrit de l'ignorance. Chacun se figure le pire. La vague des rumeurs brise toutes les résistances. Même celle de la raison. Elle entend des bilans qui gonflent à chaque pas. Des voix évoquent onze morts.

Quelques pas plus loin, le bilan se porte à trente. Au carrefour suivant, il passe à cinquante-deux. Devant l'église épiscopalienne, il a encore doublé.

Emmy n'écoute plus. La gare n'est pas très loin. Elle marche du mieux qu'elle peut en tenant la main de sa mère, toutes deux ballottées et cognées à mesure qu'elles approchent. Il paraît que l'express doit bientôt arriver.

À l'entrée de la gare, la foule se fend en deux. Une partie la contourne par la gauche, vers les quais. Emmy se retrouve dans l'autre, les pieds dans le ballast, coincée entre les rails de la Compagnie du Tennessee. Elle se demande comment tous ces gens vont tenir. Ils sont presque mille. Un train ne suffira pas.

Au-dessus du quai, les aiguilles de l'horloge indiquent quatorze heures.

– Il arrive ! lance une voix.

Un cran de cadran plus tard, un feulement se forme, une sorte de souffle rauque fait frissonner les rails. C'est le train qui approche, et ses roues qui tressaillent contre la voie ferrée. Les quais sont noirs de monde. Il n'y a plus d'espace où tenter de se réfugier.

– On va se faire écraser !

Les gens s'agglutinent pour s'extraire de la voie. Des cris. Des coups. Des policiers qui tirent, moins pour ramener l'ordre que pour se faire une place. Eux aussi quittent la ville.

Le sifflet de l'express émet une stridulation folle. Le

conducteur hurle aux serre-freins des wagons de s'activer de toutes leurs forces. Il y a trop de monde sur les voies, beaucoup trop de monde. Il va y avoir un carnage. Des morts par dizaines si le train ne s'arrête pas. C'est la nature du drame. Sa mécanique infernale. On le voit venir de loin, lourd, massif, noir et sifflant, mais rien ne peut l'arrêter.

Le conducteur de l'express se cramponne à sa chaîne. Sa machine monstrueuse n'est plus qu'à un demi-mile. Elle freine, mais lentement. Elle alarme, mais en vain. Il n'avait pas prévu de s'arrêter, mais cela les gens de Memphis l'ignorent. La vallée se protège. Tout le pays se referme depuis que les premiers cas de fièvre ont été annoncés. Memphis a pris du retard. La ville a été coupée du monde parce qu'il n'y avait plus de lignes de communication.

Emmy perd la main de sa mère qui se fait piétiner, la tête contre le ballast. La masse humaine éclate. Beaucoup devront renoncer à s'extraire des voies. Emmy et sa mère ont une petite chance d'y arriver. Elles sont mieux placées que d'autres pour atteindre les quais. À portée de main. Mais le train approche. Emmy n'est plus très loin. L'express ralentit. Les roues rasent sa tête. La vapeur des bielles brûle son dos. Du bout des pieds, elle maintient sa mère plaquée derrière elle. La tôle basse des wagons de première la frôle. Emmy compte. Un wagon, deux, trois, puis un autre à claire-voie. Un autre encore avance, très lentement, puis s'arrête.

Au-dessus d'elle, Emmy aperçoit les talons et les bottes qui se ruent à l'intérieur. Ils se battent pour entrer. Des hommes se cramponnent aux rampes. Des jambes de femmes dérapent et écrasent les gens dessous, comme elle. Emmy ne peut rien faire. Elle est coincée à terre, entre le quai et les roues. Du sang coule dans ses yeux. Son crâne est entaillé. Elle en a plein le visage.

– Emmy ! Emmy !

Des sacs lui tombent dessus.

– Maman ! Tiens bon ! Maman !

Elle n'a pas assez de marge pour distinguer ce qui se passe, la main qui se tend vers elle, les doigts qui la saisissent, un bras qui la tire vers le haut et la voix d'un inconnu qui lui dit de s'accrocher.

Emmy se retrouve debout près du train.

– Et ma mère ! Aidez-la !

Sans comprendre ce qui se passe, elle se retrouve collée tout au fond du wagon, contre des tas de personnes aux vêtements déchirés, pleines de marques de griffures. Sa mère y est aussi.

– Ma fille. Où étais-tu ? J'ai eu si peur.

– Pardon, maman. Je suis désolée. Je ne sais pas ce qui s'est passé. Je t'avais perdue.

– On est dedans, maintenant ! poursuit sa mère. On est dedans !

Emilia se colle dans son dos. Longuement. Très longuement. De longues et lentes secondes qui ont valeur d'onguent. Emmy saigne encore, mais ce n'est qu'une entaille.

– Où es-tu blessée ? Guide-moi.

Emmy prend la main de sa mère et la pose sur son front.

– J'ai vu, lui dit Emilia, qui crache dans ses mains, les frotte et passe les doigts dessus.

Par la fenêtre baissée, des amas de gens se bastonnent pour monter. Mais le train va repartir. Un policier s'impose. De la crosse de son fusil, il frappe tout autour, sans la moindre distinction. Emmy reconnaît le type du quai, Arthy, le chef de la police. Sa crosse brise une mâchoire. Un dos. Une jambe. Il s'agrippe à la fenêtre, se hisse et retombe dans le wagon.

Le train passe les quais. L'express est lancé. Le brun du bois et le blanc de la pierre s'effacent devant le bleu du ciel.

Emmy passe l'heure qui suit blottie contre sa mère, craignant comme tous les autres qu'un doigt, un coup d'épaule ou un simple postillon ne vienne semer cette fièvre qu'ils fuient. Même les regards s'évitent. Pendant que le train file, silence et suspicion épaississent chaque instant.

Un homme aux cheveux gris se plisse et tousse. Il s'agite nerveusement. Tousse encore et s'accroche à la fenêtre pour se lever. Il dit qu'il a trop chaud. Mais tout le monde crève de chaud.

– J'étouffe !

Des femmes se couvrent la bouche et détournent la tête. Quelqu'un peste haut et fort parce qu'il vient de le frôler. Tout le monde s'écarte. L'homme gris se retrouve seul à la fenêtre. L'air s'engouffre dans sa bouche. Le vent boursoufle ses joues comme de simples baudruches.

Le train longe le comté d'Haywood et son lac. L'air est plus frais dehors. L'homme à la fenêtre gobe l'air. Emmy a vu sa langue. Elle est noire, comme couverte d'une poudre de charbon.

15

Anne Cook se retrouve dans une grande maison pleine de chambres vides, de longs couloirs sans joie, un piano sans pianiste et un creux dans le bide. Son dernier employé, celui qui tient le bar, marmonne des psaumes divers en essuyant les verres. Il plie son tablier, jette son torchon sur les bouteilles et sort sans un mot, en retard d'un exode. Les rues sont traversées par de rares traînards. Sans doute des hésitants.

Mansion House devient muette. Les filles, les employés de cuisine et les femmes de ménage sont partis, drainés par la cohue qui a vidé la ville. Anne Cook se retrouve dans cette maison de joie triste. C'est tout ce qu'elle avait. C'est tout ce qui lui reste. L'œuvre de tant d'années.

Elle est belle sa maison. Toutes les plaies de la Bible peuvent bien s'abattre sur la ville, elle ne la quittera pas. Il n'y aura pas de poussière sur ses meubles. Pas de brisures sur ses fenêtres. Ni rouille ni salpêtre. Elle gardera son lustre tant qu'Anne sera vivante.

Et puis, ils vont revenir, un jour. Ils finiront bien par faire demi-tour. Et sa maison sera prête. Impeccable. Comme toujours. Elle s'est donné tant de mal.

Kerenn, l'Irlandaise, est encore là. C'est la dernière des filles. Son visage oblong est plein d'étrangeté. Bien sûr, elle a été saisie par ce mouvement massif, ces cris, ces bousculades suivis d'un silence épais. L'effet de la sidération. Elle en a plein les yeux, de ce moment inouï. Sa face est embrouillée. On ne voit que ses contours, celui de sa mâchoire, l'arête de son nez, la vague forme d'un front, mais tout le reste s'efface. Face. Plis. Creux de vie ou rougeurs, tout s'estompe, jusqu'aux lignes de ses veines. Même leur bleu est gommé. Kerenn est réduite à une vague esquisse. Des pommettes anodines. Des yeux sans le moindre éclat. Une bouche dénuée de genre, ni fine ni pâle ni rien de spécial. Le regard glisse sur elle.

Kerenn pourrait se fondre dans le vide si elle n'était pas perchée sur un corps fascinant, presque spectral. Un corps tout en longueur. En langueur. Ses jambes interminables. Ses hanches corsetées ont la légèreté d'une oscillation d'onde et la forme éthérée des vestales. Ses seins sont haut perchés et ses épaules comme deux têtes d'aiguille prolongées de fils de bras.

Elle est là depuis quelques semaines. Elle s'appelle

Kerenn mais tout le monde la surnomme « la grande », ou « la longue ».

Elle fait partie de ces filles de joie qui cachent bien leur jeu, se griment d'innocence jusqu'à ce qu'on touche au point qui, niché au creux d'elles, peut mettre tout en branle, des jambes, du ventre aux lèvres. Les hommes l'aiment. Elle est douée.

La putain désœuvrée se traîne dans le dos d'Anne Cook. Elle cherche quelque chose à prendre avant de s'en aller. Elle fait des tours. Elle hésite.

– Qu'est-ce que tu fais encore là ? demande Anne par bravade. T'as pas peur, toi ?

La fille tâte un fauteuil. Soulève un petit coussin. Passe la main sous l'assise et replace le coussin. Elle longe ensuite le bar et ses chaises alignées. Elle retient sa réponse en passant devant le piano et soupire en effleurant la laque. Elle dessine quelque chose du bout des doigts, puis retourne s'asseoir. Anne Cook suit son manège. Elle prend beaucoup de temps à croiser et décroiser les cuisses.

– Alors, que fais-tu là ? répète-t-elle en creusant un peu plus le trou qu'elle a au ventre.

– Je... euh, je ne sais pas, Madame.

Elle se penche en avant sur son siège et enfouit ses longs bras dans les plis de sa jupe.

– Tu n'as plus rien à faire ici. Il n'y a plus personne. C'est fermé, regarde.

– J'ai compris, Madame, mais je...

Ses « euh », ses blancs, ses riens agacent Madame Cook. Elle a bien mieux à faire que d'écouter cette fille. Couper l'eau. Fermer le gaz. Clore les volets des étages. Défaire tous les lits et ranger les coussins en priant pour que ça passe.

– Il n'y a plus de travail. Regarde ! Y a plus personne. Rentre chez toi, petite. Retourne d'où tu viens. T'as eu ta paye ? Achète-toi un billet. Il y aura bien un autre train, ou un bateau, ou je ne sais pas, moi… une carriole ! Il te reste bien quelque chose ?

– Vous allez vous moquer.

– C'est pas vraiment le moment. Y a plus personne pour rire.

Kerenn recroise les jambes pour la énième fois.

– Y avait un gars à Vicksburg qui me courait après. Un type gentil. Pas riche, mais avec des bonnes manières. Il est revenu l'autre soir pour le bal des fées.

– Un blondinet ?

– Oui. Il disait qu'il venait pour moi. Il venait de trouver un logement tout prêt.

– Début du mois ? demande Anne Cook en devinant la suite.

– Justement.

– Loyer à payer d'avance, j'imagine ?

– Il était venu pour moi, Madame. Il était jeune. Il allait trouver un emploi.

– Et puis ?

– Il n'avait rien pour m'attendre. Je lui ai prêté de quoi payer son mois.

– Un gentil gars…, ironise Anne Cook.

– Oh, Madame. Oui. Vraiment gentil pourtant. Très tendre, avec des bonnes manières. J'y suis passée tout à l'heure. Il avait disparu.

– Comme les autres ?

– Emporté par cette foule. Je ne sais pas trop quoi faire. S'il faut que je l'attende. Ou que je m'en aille aussi. Mais j'ai rien pour payer. Et puis, je le connaissais pas si bien que ça, en vrai, ce garçon. Ça fait pas une semaine qu'il est venu me retrouver. C'est peu pour se lancer, non ?

– Pauvre fille ! lâche Anne d'un ton de parfait mépris, blasée qu'une de ses filles puisse encore se faire prendre par ces berlues de tendresse, ces fumées rose bonbon, ces boniments d'amour.

L'histoire fait des rimes tristes avec les faibles, elle tisse des tragédies dans les têtes imbéciles pour déjouer le quotidien, prendre le banal de court. C'est toujours la même chose. À chaque fois, ces gamines se font prendre, corps et fric. Madame Cook en connaît chaque refrain, chaque mesure, paroles, musique et chute. Elle sait aussi que la longue fille va se mettre à pleurer. Elle va enfouir son visage dans ses mains et dire qu'elle se trouve sotte, si sotte d'y avoir cru.

Kerenn est là, assise. Niquedouille sans le sou, sans

nulle part où aller quand tout le monde fuit. Anne Cook vient de changer d'idée.

– Tu vas rester pour m'aider.

La longue réfrène ses larmes.

– Oui ?

– Mais tu ne pleures pas, hein ! C'est compris ? Je n'en peux plus des pleurnichardes.

Kerenn tremble en ravalant son sanglot.

– Oui, Madame Cook.

– Alors suis-moi, dit-elle en lui expliquant les consignes du docteur. Il faut brûler le matelas de la chambre 12. Je ne pourrai pas le faire seule.

– Celui de Sonia ? demande Kerenn, remballant son début de sourire.

– Tu veux rester ici ?

– C'est que…

– Alors, monte avec moi. On a du travail. Mansion House reste ouverte. Et t'auras du boulot, très bientôt, je te le dis, moi. Tu vas trimer en attendant le retour de ton prince charmant. Tu le gagneras, ton argent. Et comme ça tu seras libre. Quand t'en auras de côté, comme moi, tu l'enverras bouler lorsqu'il reviendra quémander tes dollars. Tu verras. Il reviendra et tu ne voudras plus de lui, crois-moi !

Cette fois, Kerenn sourit.

Dans la chambre du second, elles font le tour du lit. Anne se positionne à la tête du matelas, Kerenn de l'autre côté. Elles enroulent la grosse masse pleine de bourre de coton, puis la glissent hors du sommier.

– On va jeter ça dans la cour. Je vais compter jusqu'à trois et on va le balancer.

Kerenn se dévisse la tête pour éviter l'odeur. Le matelas sent le foin souillé, sans doute plein de mauvais germes. Elle le tire vers la fenêtre.

– T'es prête ?

Il est trop large. Il faut le plier. Mais là encore, ses coins butent contre les montants. Elles s'y reprennent. Plient. Pressent. Poussent de toutes leurs forces.

– On y est presque !

Un côté vient de passer. La masse roulée s'engage, mais elle coince à la fin. Elles s'obstinent, les bras tendus comme si elles forçaient par le cul une mule braquée. Madame Cook cale son coude sous le matelas et donne des coups d'épaule pour le faire tomber.

– Et voilà, clame-t-elle enfin. Bon débarras !

Elle se penche par la fenêtre. La poussière soulevée lui remonte au visage. Elle en a plein le nez et les yeux.

– Ça va pas nous refiler la fièvre ?

– Va savoir ! dit Anne Cook en remarquant ses yeux.

Brun foncé, comme l'ébène. C'est rare chez une Irlandaise. D'ordinaire, ces filles-là ont des couleurs dans l'œil.

– Je sais que j'ai eu tort pour l'argent.

– T'es une godiche, une vraie ! dit Anne, avant d'éclater de rire. T'as même plus de quoi t'enfuir. Franchement ! Quelle putain de blague !

Elle jette un coup d'œil à la chambre. La plus belle du bordel. Combien de dollars a-t-elle dépensés pour en faire ce qu'elle en a fait ? Des centaines. Pourvu que les clients reviennent vite.

Dehors, il n'y a plus de traînards, plus personne dans les rues. Memphis est une ville morte. Combien de fous y demeurent ? Pas beaucoup, se dit-elle. Le piquet de l'arrière-cour a perdu sa petite chèvre. Les chiens, les chats sauvages, les rats ont disparu. Seul reste Darwin, le jeune chimpanzé, qui les regarde faire du bout de sa chaîne.

Kerenn porte un bidon de pétrole.

– Pose-le là, près du matelas en vrac.

Anne Cook jette des draps dessus, la couverture et toute la garde-robe de Sonia. Puis l'asperge de combustible.

– Voilà, ma fille. Il n'en reste plus une goutte.

C'est bien la première fois qu'Anne Cook l'appelle « ma fille ». L'usage du possessif est une marque d'estime. Elle l'applique aux anciennes. Kerenn est là depuis peu. La voilà adoubée par cette brève apostille. Ensemble, l'une près de l'autre, elles regardent ce tas de coton se transformer en brasier. Le combustible forme d'abord un étrange liseré bleu. Un ruban de feu lourd qui enveloppe le matelas et finalement se gonfle, s'amplifie, passant du bleu au jaune, puis à l'orange vif. L'odeur du pétrole a désormais fondu.

Les flammes ont pris la main sur tout et s'attaquent à chaque fibre. Le blanc de la bourre brunit. Et son coton dégage un vague souvenir, le regain d'une odeur du temps où Madame Cook vivait chez son père. Un immigré. Un Français d'origine installé à Louisville. Un maraîcher-brocanteur qui se plaignait toujours de ne plus avoir sa femme pour lui tenir compagnie. Ce souvenir net revenait. Son père, Anatole, et son haleine vineuse, et ses gestes brusques, et ses cris effrayants quand la petite Anne omettait de ranger la maison. Elle n'avait que dix ans. Elle n'avait que lui au monde. Il la terrorisait lorsqu'il revenait de travers, débagoulant sa bière et pissant contre la porte, le mur ou son lit.

Le brasier monte si haut dans le ciel ! Il pue. Il brûle. Il fait mal aux poumons.

Anne Cook se souvient qu'elle prenait des coups de pied, dans les reins, dans les seins, pour un oui, pour un non, pour un regard par en dessous, pour un geste de défense quand il s'approchait d'elle. Et au bout de cette hargne, il revenait piteusement lui demander pardon. C'est pratique le pardon. C'est le mot tout-puissant que son père bafouillait en frottant tous ses bleus comme pour les effacer.

Comment pourrait-elle oublier ?

Le souffle du brasier. Le crépitement des fibres.

Un soir, son père avait les doigts qui puaient fort le

hareng. Il s'était mis en tête qu'elle s'assiérait près de lui, tout près, très près. Elle s'était méfiée parce qu'il sentait fort l'alcool des marins. Il avait insisté. Elle avait obéi et ce père trop veuf se mit à lui palper les bras, les jambes, puis l'entrejambe. Une fois de plus. Elle aurait d'autres bleus. Il demanderait pardon. Anne se leva d'un coup. Elle ne voulait plus de ça. Son père la suivit. Il y avait une bougie sur la table. Elle en fit le tour. Il était rouge de rage. Elle saisit une bouteille. Il brandit un bâton. Elle voulut reculer. Il se mit à gueuler. Le bâton frappa la table. La bouteille se brisa. La bougie tomba dessus. Des flammes d'alcool cavalèrent tout le long du bois et se mirent à couler. Tout s'embrasa. Son père éclata de rage, disant que c'était de sa faute et qu'elle allait le payer.

Comme il la menaçait de son bâton, Anne saisit le goulot d'une bouteille. Elle la brisa et fit de son tesson une arme. Mais les projections d'alcool éclaboussèrent son père bien avant qu'elle ait eu le temps de brandir son bout de verre. Le feu sauta sur lui. Il se remit à hurler, mais de douleur cette fois. Quand elle ouvrit la porte pour fuir, l'air s'engouffra et attisa le feu qui dévorait son père.

Il finit cramoisi, comme le cœur de sa fille, qui quitta Louisville. Les faits remontent à loin. Il lui fallut tout refaire. Seule. Pas à pas. Oublier. Apprendre. Dormir au bord des routes. Vagabonder, au risque de se faire interpeller. Passer une première nuit en taule. Attendre, sans rien dire. Tout ignorer du drame qui s'était joué chez elle. Pleurer devant le juge. Jurer ne rien savoir. Retourner en prison et laisser son voisin de cellule raconter son histoire.

16

Emmy s'est logée dans son coin, la bouche sèche. Elle se dit que ce train a déjà parcouru des villes, des continents de miles, depuis le temps qu'il roule. Le type à langue noire n'a pas bougé. Il a chaud, comme tout le monde. Ils crèvent tous de soif. Elle salive et suçote son palais. Elle passe sa langue sur ses lèvres et aggrave sa soif par le sel de sa sueur. Sa mère derrière, calée entre les planches et son dos. Elle sent le ranci des bestiaux. Ce wagon devait en être plein. Par chance, il était vide à la gare de Memphis. Par chance ? Pas certain. Elle et les passagers sont tous pleins de doute, persuadés au départ qu'ils fuyaient l'abattoir. Maintenant, ils se demandent si la mort n'est pas là, parmi eux. Des excréments séchés souillent les cloisons et le sol. Ils sont tous pris au piège de l'homme au teint jaune pisse.

Le roulis ne berce personne. À chaque fois que le wagon passe un bourrelet de soudure, qu'une nouvelle longueur de rail est franchie, la menace s'enracine comme une vrille et sème autour d'elle de gros copeaux de frousse. Le type est affreux. Il est si laid. Il va mourir, c'est sûr. Il finira en terre, comme son père. Non. Pas penser. Refouler ce souvenir d'outre-tombe. Fermer les yeux. L'effacer. Ne rien dire à sa mère. Jamais. Emmy en avait plein les ongles, de cette maudite terre qui lui avait pris son père. Et si tout était lié ? Elle n'aurait jamais dû fouiller ce coin de cimetière, violer l'ultime demeure de cet homme, ni celle des James non plus. Ève a perdu le Paradis parce qu'elle était curieuse. C'est ce que disent les religieuses de Saint-Mary.

Un murmure se répand. Le nom d'une ville circule, vite dit :

– Shelby.

Le passage des bourrelets prend plus de temps. L'air du wagon devient rare. Ils approchent. Des gens se bousculent pour voir ce qui se passe. La lucarne est étroite. Ils sont une dizaine à y passer la tête.

– C'est bien ça, c'est Shelby ? lui demande sa mère.

– Je ne sais pas, maman.

Dans un coin de lucarne libre, elle voit vite passer un poteau bardé de signes. Elle devine la barrière d'un passage à niveau, mais pas de nom de gare. Rien ne l'indique.

– Alors ?

Des curieux à la lucarne se retournent.

– C'est bien ça, c'est Shelby, dit l'un d'eux. Mais nous ne sommes pas les bienvenus, on dirait.

Une haie d'hommes ceinture le quai. Ils ont sorti leurs

armes. Des revolvers et des fusils. Leurs canons suivent le passage des wagons. Ils menacent de tirer sur le premier pauvre type qui s'aviserait de descendre. Certains glissent un doigt sur leur cou comme pour les avertir.

– Alors quoi, ma fille, dis-moi ?

Une voix de femme lui répond :

– Ils ne veulent pas de nous. Personne ne veut de nous. C'est à cause de…, ajoute-t-elle avant de se remettre à tricoter des soupçons sur le pauvre type du fond.

Au bout du quai, un homme fait signe au conducteur. Il indique quelque chose situé un peu plus loin.

Ses voisins s'interrogent.

– Qu'est-ce qu'il dit ?

– C'est pas clair.

– Il lui demande de s'arrêter plus loin ?

Le train a encore ralenti.

– On dirait bien. C'est bon signe, non ?

Comme tout le monde écoute, on entend plus nettement les bruits des autres wagons. Des râles. Des appels au secours. Des gens qui supplient qu'on leur apporte à boire. Puis le fracas d'un battant, vers l'avant. Un coup de feu claque. Le cri d'un blessé. Un nuage de poudre. Un corps tombe sur le quai et la haie des gens de Shelby recule comme un seul homme. Les passagers sont prévenus. La porte claque à nouveau. Un écho de verrouillage, métallique. Elle se referme.

– Là-bas ! crie un type en secouant son fusil. Plus loin ! Vers l'Orbion.

Le sifflet de l'express lui répond. Le train prend de la vitesse. La fumée de sa cheminée brouille les environs de cette ville, ses maisons, ses femmes, ses hommes, à l'abri de leurs foyers. Ils sont de plus en plus rares, remplacés par du vert. Une lisière. La forêt. L'humidité. Des méandres et des lacs. Des bois encerclés d'eau, des racines jusqu'aux troncs.

Dans le wagon d'Emmy, les passagers s'écartent pour laisser passer l'air. Les terres alentour sont gorgées de bayous, d'entrelacs, de bras morts, de lagunes, de langues sablonneuses, de lais, de confluents, d'affluents asséchés, de chenaux anastomosés et d'arroyos récents… toute une polyphonie de mots qualifiant ce que l'eau peut faire à la terre, bien poreuse en surface et étanche par en dessous. Un peu comme ce type dans son coin qui sue, exsudant tout ce qu'il peut, sans jamais parvenir à se débarrasser de sa fièvre. Le ver est dans le fruit. La bête est dans le train. L'air humide est si lourd. « On étouffe », dit-il.

Une mère passe son petit par l'étroite lucarne et s'y glisse à son tour. Emmy entend le bruit qu'elle fait quand elle retombe de l'autre côté. Elle roule sur des cailloux. Elle se relève indemne. Elle a eu de la chance. Elle a pu s'en tirer.

Pas longtemps.

Des coups de feu éclatent. C'est le destin qui s'acharne. Un chasseur était là, sentinelle cachée, protégeant ses petits à lui, sa famille. Deux coups de feu. Deux balles. Bon tireur. Une pour la mère. Une pour l'enfant.

Le train poursuit sa course. Plus personne n'ose bouger. La terreur est partout. Dedans. Dehors. La mère d'Emmy gaspille un peu d'air en chantant. Emmy reconnaît cette mélopée. C'est celle qu'elle entonnait le dimanche à l'église de Beale Street :

« Seigneur, nous voulons
Traverser le Jourdain
Pour gagner notre demeure
Traverser le Jourdain.
Seigneur, nous le voulons
Traverser le Jourdain
Pour notre dernière demeure
N'entends-tu pas l'Appel ?
Celui de l'Évangile ?
C'est l'Appel qui nous guide
Vers notre terre promise
Ou tout n'est plus que Paix. »

Pendant que sa mère chante, Emmy distingue clairement une longue stridulation, un bruit de fonte frottée contre la fonte. Ce sont les sabots des freins. Leurs mâchoires sont à l'œuvre et font décélérer tous les compartiments.

« Traverser le Jourdain
Traverser le Jourdain
Seigneur, nous le voulons... »

Soudain, tout s'arrête. Emmy tangue et bascule, emportée par la force d'inertie. Des ordres sont lancés. Des coups de crosse claquent sur les cloisons. Quelqu'un dégonde quelque chose. Un bruit de chaîne qui se détend. Les passagers du train étaient cadenassés, sans le savoir. On déverrouille leur porte. Les battants s'ouvrent. La lumière se répand. Le fiévreux se met à gueuler.

– Non ! Non ! Fermez ça ! supplie-t-il en enfouissant sa tête. Ça fait mal !

Emmy relève sa mère. Elle pousse sur ses grosses jambes lestées par cette attente. Elle saute du train puis tend les bras vers elle. Emilia est lourde. Une fois sur le bord des rails, elle rajuste son talon. Des hommes les encadrent.

– Vite ! Vite ! dit l'un d'eux.

Leur peloton de fusils s'étire jusqu'au fleuve. Emmy guide sa mère dans la pente. Sur les rives de l'Orbion, des tréteaux sont dressés. Emmy compte trois tonneaux et des centaines de gourdes que les passagers vident avant de les replonger dans le fleuve. Certains s'aspergent d'eau. D'autres n'ont qu'une seule idée : entasser dans leurs bras tout ce qu'ils peuvent attraper – pain, lait, fruits secs ou frais. Chacun pour soi.

– Buvez et dégagez ! On ne veut pas de vous !

L'Orbion n'est qu'une étape. Pour ceux qui s'obstineraient, les gens de Shelby ont sorti une paire de gros chiens excités, crocs dehors, prêts à mordre tout ce qui passe et prendrait l'allure de proies sur un seul mot de leurs maîtres.

En amont des tréteaux, une bousculade éclate. Deux fusils se lèvent et tirent. Des balles se perdent en l'air et ramènent un peu d'ordre. Ils n'ont rien fait de mal. Ils crèvent seulement de frousse à l'idée de repartir. La locomotive fume.

Emmy boit à la gourde en épiant du coin de l'œil le molosse qui grogne. Elle se retourne souvent pour vérifier que son maître le tient bien. Ses crocs sont des poignards. Et le molosse s'excite de sentir toute cette peur.

Emmy entend des bruits de chute, des corps précipités et des éclaboussures. Des cris. Quelqu'un qui la bouscule. Sa mère est emportée. Elle dévale le peu de pente qui va de la rive au fleuve. Elle va tomber à l'eau.

– Emmy ! Emmy ! Aide-moi.

Le molosse frôle sa cuisse et fiche ses crocs dans un mollet plus loin. Emilia bascule. Elle risque de se noyer. Emmy n'a pas le choix. Elle s'y jette à son tour. Sa mère ne sait pas qu'il y a tant de fusils. Qu'elles n'ont aucune chance. Elle n'a pas vu les corps des fuyards abattus. Elle ignore le courant et la largeur de l'Orbion.

Elles ont de l'eau jusqu'aux hanches. Emilia lui

adresse des tas d'ordres perdus. Effarée, elle attrape l'air autour.

– Emmy, t'es là ? T'es où, ma fille ? Vite !

– Derrière toi, répond-elle en tapant dans son dos.

Emmy frappe assez fort pour qu'elle bascule et évite toutes ces balles qui fusent, qui s'enfoncent dans un bras, qui font se cabrer un homme. Puis le courant les emporte. Ses pieds raclent le fond. Emmy agite les bras comme du temps où sa mère lui apprenait à nager. Seule sa tête est hors d'eau. Elle sent la vase sous elle, gluante, ponctuée de galets gras d'algues. L'eau de l'Orbion est opaque, tant elle charrie de boue. Emilia roule sur le ventre.

Ils sont quelques-uns à se laisser entraîner. Autant de têtes et d'épaules qui dépassent, jusqu'à ce que des remous en avalent quelques-uns puis les recrachent plus loin, à bout de souffle ou défaits. Deux chiens jappent sur les berges. Mais aucun ne se jette à l'eau. Ces bêtes s'en méfient. Emmy tente de retenir sa mère. Est-ce une jambe ? ou un bras ? Elle attrape ce qu'elle peut. Elle lui échappe encore. Une balle se loge entre elles et griffe la surface. Une autre plonge près d'Emilia.

– Ah !

L'eau de l'Orbion se charge soudain d'un goût ferrugineux. Elle en a plein la bouche. C'est le mauvais goût du sang. Emmy sent que le courant l'entraîne loin de sa mère.

– Maman !

Emilia a disparu. Le goût du sang aussi.

Emmy tourne sur elle-même et la cherche partout.

Elle aperçoit une masse noire en amont, une ombre emportée et un bout de tissu gonflé par une bulle d'air qui crève. Elle s'enfonce. Elle coule. Plus rien…

– Non ! Maman ! Non !

17

Les journalistes du *Daily* ont refermé leur plumier, ramassé leurs feuilles, empoché leur calepin, puis l'un après l'autre, en file indienne, dans un ordre parfait, ils ont quitté le journal sans un mot pour Keathing. Tous pensaient que c'était lui qui avait mis le feu aux poudres. Il n'aurait jamais dû publier cet article. Ils en avaient parlé pourtant, la veille, en conférence de rédaction. Neuf morts, c'est quoi ? Le maire avait raison. On n'allait tout de même pas affoler toute une ville pour une poignée de victimes ! La dernière épidémie de fièvre jaune n'avait tué que les faibles, les chétifs et les vieux. Pourquoi semer la panique ? Les sœurs de Saint-Mary étaient prêtes. Avec des dizaines de lits disponibles. Memphis était paré. La ville avait survécu au choléra, puis à la peste. Keathing n'aurait pas dû publier cet article. La peur s'attrape plus vite que la vérole.

Les ouvriers ont mis plus de temps à se décider. Les typographes ont rangé leurs plombs dans leurs casses. Lettre après lettre. Délicatement. Ils se sont concertés une dernière fois dans la journée. Ils ont laissé passer la première vague des fuyards. Ils ont regardé partir la dizaine de journalistes. L'un d'eux a demandé s'il y avait du travail, des articles à composer. Keathing a levé les mains au ciel. Non. Qui allait les écrire ? Qui achèterait le journal pour les lire demain ?

Les ouvriers se sont rassemblés dans un coin de la salle. Puis ils ont décidé. Ils ont rangé leurs blouses.

– Si vous n'avez plus besoin de nous, on va y aller, patron.

Les uns après les autres, les ouvriers sont passés devant lui pour lui serrer la main. Keathing n'a rien dit. Ils ont franchi la porte. Ils se sont mis à courir pour traverser Court Square. Keathing les a suivis des yeux jusqu'à ce que le dernier disparaisse. Le flot s'était tari. La poussière retombait, et bientôt la lumière passerait du blanc au brun.

Keathing n'en croyait pas ses yeux. Étaient-ils tous partis ?

Il a enfilé sa veste et remonté Main Street. Il a tourné vers Second, longé les boutiques et n'a vu que des volets. Tous fermés. Des rideaux de fer tirés et des milliers de traces au sol. Des fers à cheval. Des coins de talons. Des points laissés par les cannes des plus vieux. Des lignes tracées par les roues des chariots. Des débris divers. Des morceaux de verre, de ferraille, de bois. Un manche de casserole. Une boîte de conserve éclatée. Et un silence épais comme une condamnation. Et s'il avait eu tort de publier cet article ?

Keathing arpente les rues, la tête basse, plus lourde que jamais. Il bifurque vers le sud. Il reste du monde ici. À mesure qu'il s'enfonce dans les faubourgs, il sent que la vie résiste à l'abri des cabanes. Il distingue des silhouettes. Des froissements. Quelques voix. Ces quartiers de cabanes n'abritent que des pauvres. Ceux qui restent malgré eux, parce qu'ils n'ont même pas de quoi se payer un billet ou une paire de chaussures. Des étrangers, Allemands, Irlandais ou Italiens. Et des Noirs. Une grande majorité de Noirs reclus dans leurs cahutes, calfeutrés, silencieux, pour tenter de tromper le mal et de déjouer la fièvre qui rôde. Les murmures sont de mise, bien pires que des messes basses. Ils avouent l'impuissance. C'est bien la première fois que ces faubourgs se taisent. Même le temple est désert. Keathing n'en revient pas.

En tournant vers le fleuve, un bruit de craquement l'attire. On dirait le bruit que ferait une chaise à bascule sur un plancher. Il s'approche. Une lucarne est ouverte. Son rebord est couvert de la poussière du jour, mélange de sable et de terre. En tendant un peu le cou, il aperçoit une femme assise dans le noir. Son corps oscille au rythme de sa chaise. Elle porte un nourrisson, tout blanc, tout pâle, comme elle.

– Pardon, Madame, je ne pouvais pas deviner, dit-il.

Elle a un sein à l'air. La bouche de son enfant

cherche le téton trop haut. Il geint, il rumine l'air en vain, mais la mère ne l'aide pas. Elle n'a pas répondu. On dirait qu'elle dort. Mais alors, d'où vient l'oscillation de sa chaise ? Keathing s'avance dans l'angle. Une mouche vient de se poser sur le nez de la femme, remonte vers ses yeux entrouverts. Elle devrait la chasser, au moins d'un geste réflexe. Mais elle ne cille pas. La mouche redescend et se repaît de ce qu'elle a trouvé au coin de sa bouche. Elle est morte, son petit dans les bras. Et pourtant elle se balance.

– Y a quelqu'un ? lance-t-il.

Dans le dos de la morte, derrière le haut dossier de sa chaise, une main brune toute fripée se dessine. La chaise s'est arrêtée et une femme noire avance. Elle est voûtée. Elle traîne les pieds au sol.

– Je prie pour son âme ! Je suis seule à prier ! Ils sont tous partis quand ils l'ont vue ce matin. Je suis restée avec elle, Monsieur. Je suis restée là toute seule, avec le petit de ma maîtresse. Paix à son âme. Et personne qui est venu. Malgré que le petit il braille. Y a personne, Monsieur, qui a voulu s'en mêler. J'ai même pas de lait pour lui. Je suis trop vieille. Faut bien qu'il boive. C'est pour ça que je le laisse. Y a bien encore du lait, non ? Il faut bien qu'il prenne des forces.

La femme saisit le nourrisson et le cale dans ses bras. Elle ramasse ses langes et l'enveloppe comme une larve. L'enfant ne gémit plus. Il ferme les paupières. Il va s'endormir.

– Et son mari ? demande Keathing en parlant à voix basse parce que le moindre son porte loin.

La servante claque sa langue. Elle a quitté la chambre, et Keathing suit le bruit de ses pas. Elle remonte un couloir. Elle descend quelques marches et fait couiner une porte avant de sortir dans la ruelle.

– Faut l'aider, Monsieur. Faut le conduire à Saint-Mary, chez les sœurs. J'ai besoin de vous, pour qu'elles le laissent rentrer. Toute seule, elles me croiraient pas. Vous voulez bien, Monsieur ? J'ai pas de lait. Pas de quoi dans mes seins. Je suis trop vieille et faut qu'on trouve quelqu'un pour lui. Chez les sœurs on s'en occupera bien. Y a un endroit pour les enfants comme lui.

Le couvent de Saint-Mary est l'un des plus vastes du pays. Il accueille toute l'année des dizaines d'orphelins. Sa haute grille est fermée. Keathing fait le tour et découvre près du muret la cloche des visiteurs. Son tintement porte loin. Pourtant, les religieuses tardent.

– Elles sont peut-être parties elles aussi.

Mais une robe noire approche. Elle déverrouille la grille, ouvre et prend l'enfant.

– C'est le fils de Madame Trefla. Ma maîtresse l'a appelé Carl. Prenez soin de lui, s'il vous plaît.

– C'est vous le père ? demande la sœur sans un regard pour la femme noire.

– Non, non, répond Keathing. Juste un passant.

La religieuse soulève le lange qui recouvre le nourrisson. Son crâne est recouvert d'un fin duvet tout blond. Il a le teint bien clair. Pas de trace de jaunisse. La sœur lui presse le ventre. Il gémit faiblement.

– Il a l'air sain, dit-elle. Je veux bien le prendre mais il faut qu'elle vienne aider.

La vieille servante a compris. Elle s'engouffre par la grille. Elle ne résiste pas, même si elle sait déjà que ce couvent sera bientôt pire qu'une léproserie avec tous les malades qui vont s'y réfugier. Keathing entre aussi pour signer un registre. Il est devenu témoin. Si un jour quelqu'un venait réclamer cet enfant, il serait sollicité. Dans les pas de la sœur, il découvre les lieux. Une grande cour intérieure. Un étage. Des bureaux et deux immenses dortoirs. Chacun compte une vingtaine de lits. Le premier est réservé aux adultes malades. Il y en a encore peu. Le second est pour les orphelins. Tous les lits sont pris. Certains abritent deux, voire trois enfants.

– Les fratries, dit la sœur.

– Ils sont malades ? lui demande Keathing.

– Non, pas eux. Dieu les en préserve !

Keathing signe le registre. La vieille femme noire est au travail. Elle va assister les sœurs sans demander son reste. Lui est pressé de rentrer. Il a vu. Il a compris. Il a assez de matière pour écrire trois colonnes. Elles iront en une. Quand ? Il l'ignore. Dès qu'il trouvera le temps d'écrire, de composer et de publier le tout. Seul.

Puisqu'il n'y a plus personne au journal. Il racontera ce qu'il a vu.

En regagnant la grille, il se fait bousculer par une sœur qui se précipite vers la sortie. Un moment il remue l'idée qu'elle prend la fuite elle aussi. Comme tant d'autres. Une deuxième le bouscule. Puis une troisième. En regardant devant lui, Keathing distingue les flammes qui s'élèvent dans la nuit.

– Au feu ! Au feu !

Juste en face du couvent, la grange est en feu. Une de ses vitres explose. Les flammes lèchent le bois de sa façade et montent jusqu'au toit.

Keathing prend le seau qu'on lui tend et s'approche. La chaleur est intense. Dans la rue des secours s'organisent. Les gens viennent des faubourgs. Ils sont une dizaine. Des Noirs, pour l'essentiel. Certains portent des seaux, d'autres n'ont que leurs mains. Très vite, ils s'alignent entre la citerne et la grange. Les seaux vont de main en main. Keathing est au milieu et voit le géant T. Brown au front. Une sœur fait des prières. Une autre se met à pester contre « cette foutue bâtisse qui ne leur attire que des emmerdements ».

T. Brown lance un coup de pied pour faire céder la porte. Tout l'intérieur est pris, rongé par un feu infernal qui l'empêche d'avancer. Il recule d'un pas. Il faudra beaucoup d'eau avant d'en venir à bout.

Keathing prend un seau, fait un pas, tend le bras et le passe. La chaîne s'organise. Elle s'installe dans son rythme. Très vite, son bras droit s'ankylose. Ils sont si peu nombreux. D'ordinaire, c'est toute la ville qui accourt pour ce genre de drame. Là, ils ne sont qu'une dizaine, sans compter les bonnes sœurs.

L'une d'elles s'exclame soudain :

– C'est lui, je l'ai vu. C'est lui qui a mis le feu tout à l'heure. J'étais là. Je l'ai vu.

T. Brown sort de sa ligne.

– Où ça ? demande-t-il en frottant ses yeux pleins de suie.

– Là-bas, répond Keathing, qui était bien placé pour voir le bonhomme désigné.

D'après lui, ils sont même deux.

– On y va, lance le géant T. Brown.

18

Anne Cook regagne sa chambre. Simplement décorée. Sans chichis, n'était cette méridienne recouverte d'une magnifique peau de tigre. La grosse tête du félin est si bien conservée qu'elle lui sert d'accoudoir. Anne Cook s'y allonge. Elle aime bien se retrouver là, sur cette peau offerte par un passionné de chasse. Un de ces aventuriers qui à trente ans en paraissaient déjà le double. Un Anglais, membre de la Société royale de géographie de Londres. Prétendument lord. Passionné de photographie. Il avait insisté pour la prendre sur cette peau. Anne Cook s'y résolut. Elle pouvait bien poser quelques minutes pour un type qui lui offrait ce merveilleux trophée. Il recouvrit quelques plaques de verre de collodion. Releva son trépied. Disparut sous le drap noir et s'y reprit à plusieurs fois parce qu'elle avait bougé. Le lord était très beau, le visage buriné et des gestes virils. Il fit son portrait et elle passa un bout de nuit avec lui allongée sur cette peau. Parfois, elle y repense en se déshabillant.

Sur le mur, elle accroche sa robe pareille à celle d'hier, identique à celle de demain. Elle porte toujours les mêmes. Rouge et noir. Un ruban dans le dos. Une ganse à la taille et des volants frivoles. Elle se moque des modes. Elle plaît quand elle veut plaire. Il suffit d'un coup d'œil, d'un sourire qui se cambre, et l'affaire est entendue. Anne Cook navigue à vue, au gré de ses envies qui sont comme des coups de vent et passent toujours très vite. Elle n'a pas besoin des hommes. Elle les baise quand elle veut et les plume le reste du temps grâce à ses filles. Tant et si bien qu'à ce jour ils ont fait sa fortune. Que demander de plus ? Du bonheur ? de la joie ? Elle en a.

La nuit tombe. Il est tard, comme la chaleur rend la peau de tigre collante, elle se glisse dans son lit. Elle se retourne. Elle s'agite. Quelque chose la gêne encore. C'est comme si des grains de sable lui agaçaient les cuisses. Elle a beau se relever, les épousseter de son mieux, ça la gêne. Elle change de chemise de nuit. Elle boit un peu d'eau fraîche. Ça la gêne. Elle se vrille dans les draps. Allongée côté droit. Puis de l'autre côté. Ça la gêne toujours. Incliner la tête d'un quart pour pointer le plafond. Lever une jambe, puis l'abaisser. Repousser les draps et lever l'autre jambe. S'enfoncer plus avant dans son gros oreiller. Se boucher les oreilles. Compter quelques moutons. Aller jusqu'à cent trois. Rien ne vient l'apaiser. Cette gêne se vrille en elle et son esprit s'accroche à tout ce qui palpite autour.

Et si la mort revenait ? Voilà ce qui la trouble. Si la mort revenait ? Elle était juste au-dessus, quand elle a pris Billy, puis Sonia, puis tous ceux listés dans le *Daily* de ce matin.

Le feu réveille les spectres. Ceux de son enfance ressurgissent. Son père. Sa mère aussi. C'était il y a longtemps. Sa mère est morte au lit. Dans un lit comme le sien. Étroit. À peine assez large pour un couple. Anne l'avait surprise allongée près de son père. Immobile. Lui caressait sa main. Il pleurait. La petite Anne voulait savoir ce qui se passait. En guise de réponse, son père n'avait rien trouvé de mieux que de lui claquer la porte au nez. Ce jour-là, Anne venait de perdre sa mère. Le corps fut enlevé. Anne tenue à l'écart. De tout. Son père se mit à boire comme un veuf.

Elle haïssait tout de lui. Parfois elle se disait qu'il avait tué sa mère, comme ça, sur un coup de tête, dans une de ses colères qui le prenaient, avant de retomber tout aussi brusquement. Il pouvait être si doux. Il disait qu'il les aimait, elle et sa mère, plus que tout. Puis ça recommençait. Impossible de prévoir ses réactions. Il frappait sans prévenir, comme la mort. Le jour il était calme. C'est la nuit que ça changeait. Depuis, Anne se méfie des hommes, des nuits, et des mots doux d'amour. Son lit étroit ne laisse guère de place aux hypothèses.

Le vent fait faseyer le brise-bise. Anne sort de son lit de nuit blanche et pousse la fine dentelle. Elle observe l'extérieur. Le carré de cour en friche se noie dans la pénombre. Gayoso Street est muette. Tous ses bars sont déserts. Les volets sont tirés. Des planches clouées aux portes protègent les stocks restants. Ne restent qu'un lourd silence et une poignée de rescapés qui se terrent chez eux. Certains croquent des gousses d'ail et se signent sans un mot. Anne se souvient des secondes qui avaient précédé une tornade à Louisville. C'était comme si le ciel avait pris son élan, capturant l'air ambiant, se morfalant des peurs et des nervosités. Le ciel s'amalgamait de gris, de noir, de sombre, de toutes les tensions de la ville, pour tresser des éclairs à faire sursauter le diable. Les enfants s'étaient tus. Brutalement. Comme ce soir.

Les bras croisés, le menton à l'affût de la moindre trace de vie, Anne passe au crible les façades sans lueur. Tout le quartier est en berne.

Et au-delà ?

Elle sort pour aller voir. Elle traverse la terre remuée par les becs et les vers, piétine des bouts de racines et les fientes laissées par une poule asthmatique qui fait de la résistance. Elle dresse un peu la tête par-dessus la barrière. Un halo de gaz teinte la nuit. Dessous, rien ne passe, ni homme ni chat ni rat, seulement une pulsation d'insectes qui s'embrouillent puis s'écartent.

Un bruit sec retentit.

Comme une vitre brisée.

Au loin elle voit des flammes s'élever haut dans le ciel.

C'est plus qu'un matelas brûlé. Du jaune et du rouge se répandent au-dessus de la ligne des toits. Un flamboiement intense viole la nuit.

Deux silhouettes dévalent Second Street. Une vitrine est brisée. Des bouts de verre dégringolent. Des objets brinquebalent et les deux ombres rejaillissent en semant derrière elles des rires et des breloques. Un coup de feu éclate.

– Baissez-vous ! lui ordonne une voix.

La balle se fiche dans le bois de la barrière.

Une main lui courbe l'échine. Anne distingue des chaussures. Un pantalon de toile. L'odeur forte de l'encre.

– C'est vous, Keathing ?

– Chut, répond-il, sans dégager sa main.

Anne se débat. Elle n'a pas l'habitude qu'une main d'homme l'entrave.

Les deux silhouettes se fondent aussi prestement que des truites dans le cours de la nuit.

Keathing claque les pans de sa veste, puis tâte le côté de son crâne. Anne se relève elle aussi, les bras croisés sur sa chemise de nuit. Une fine étoffe de soie souligne ses hanches et ses seins haut perchés.

– Que faites-vous dans mon jardin ? dit-elle, vexée de se retrouver là, dévoilée, sans mystère, Ève de proximité offerte sans manière au seul homme de toute la ville qui snobait son bordel.

– Je reviens de chez les sœurs, des types ont mis le feu à leur grange.

– Et vous êtes venu vous réfugier chez moi dans mon jardin ?

– Pas vraiment, répond-il en regardant sa main pleine de sang.

– Vous êtes blessé ?

– Juste au-dessus de l'œil, on dirait.

Anne Cook prend la tête de Keathing et la tourne. Elle tente d'attraper un peu de la lumière. Difficile de dire si l'entaille est profonde. Elle plisse les yeux. Et dans un coin de son champ de vision, elle aperçoit des formes qui courent vers eux. Trois hommes. L'un d'eux paraît immense. À mesure qu'ils s'approchent, elle en reconnaît un. C'est l'imposant T. Brown. Le barbier de Memphis est flanqué de deux types noirs.

– Alors ? demande Keathing.

– Ils sont trop loin, répond T. Brown essoufflé. On ne les rattrapera pas, pas sans arme en tout cas.

De l'autre côté de la barrière, T. Brown s'adresse aux hommes qui l'accompagnent :

– Merci les gars. Retournez au faubourg, maintenant. On ne sait jamais avec ces tarés. Quand l'envie de feu les prend, ils peuvent faire n'importe quoi.

Keathing laisse dire T. Brown. Entre eux, le contentieux est ancien. Il remonte aux émeutes de 1866, lorsqu'une partie de la ville a été incendiée, laissant des dizaines de victimes sur le carreau. C'était il y a longtemps. T. Brown crache par terre et s'en va.

La veste de Keathing est tachée de sang. Anne Cook reprend sa tête et devine un éclat.

– On dirait une grosse écharde.

– C'est la balle qui a fait ça, dit-il. Je crois qu'un bout explosé de la barrière s'est planté près de l'œil.

– Oui, tout près. Je vais m'occuper de ça, Keathing. Suivez-moi.

19

Emmy tâtonne dans le néant des marais. Elle titube et s'embourbe. Ses yeux sont inutiles. Ils glissent sur un dégradé de noirs gluants où le ciel d'encre se fond avec une boue salace qui la suce goulûment. Elle en a jusqu'aux genoux. Elle poursuit à pas lourds, à pas lents, entravés. Ses mains palpent des formes qui naissent au-dessus des eaux, qui se dressent à sa hauteur puis s'entortillent aux branches, mi-rameaux mi-rhizomes, comme des cheveux de sorcière, ou pire, des serpents. Elle en a tellement peur depuis le jour où une religieuse lui avait dit de se pencher, plus bas, de se plier encore, encore, pour voir sous le ponton la longue forme qui remuait comme un doigt de titan.

« Anaconda, dit-elle. Méfie-toi de ces serpents. Ils avalent les enfants. »

Le mot l'avait marquée.

Anaconda. Le diable rampant.

– Maman !

Tous les dix ou quinze pas, Emmy répète cet appel.

Sa mère. La présence, la protection d'une mère. Emmy a plus que peur. Elle est épouvantée. Et si elle marche encore, c'est à l'instinct, sans pensée, poussée par une force vitale qui se débat contre cette gangue de boue et de frayeur. Elle a trompé les chiens en y noyant sa trace. Mais s'en sortira-t-elle ?

Emmy tremble de froid, de frayeur et de faim. Elle a semé le groupe des évadés. Ils ont quitté le boyau pour prendre des sentiers plus aisés et, au passage, une balle. Elle a entendu des coups de feu suivis de râles, des aboiements, puis plus rien. Une dizaine de fuyards. Et parmi eux, sa mère. Elle était si près d'elle. À portée de main dans le fleuve. Emmy avait nagé de toutes ses forces pour contrer ce courant. Elle battait l'eau. Elle la coupait, des bras, des jambes, pour qu'elle lui rende sa mère. Elle a plongé la tête dessous. Dix fois. Cent fois. Elle ouvrait grands les yeux dans ces eaux troubles pleines d'algues, de rebuts de terre remuée, de mucus et de sable. Le courant l'emportait. La rivière l'a happée tout entière dans son lit, dans son ventre, comme cet anaconda qui hante ses cauchemars.

– Maman !

Emmy fait dix pas de plus et poursuit sa prière avec l'obstination des vrais désespérés, ressassant sans raison, psalmodiant sans discontinuer des litanies perdues.

Elle bute contre une racine. Elle bascule en avant et sent une liane mouvante qui glisse entre ses doigts. Elle se redresse d'un bond et hurle. Il y a bien quelque chose qui se faufile dans la vase. Une forme gluante et longue qui vient de passer sous elle. Emmy a eu de la chance. Ce n'est qu'une anguille.

Elle a de la boue partout. Sur les mains. Plein sa robe. Elle pèse tellement lourd. Il faudrait qu'elle s'enfonce plus avant dans le boyau, là où l'eau est plus claire et donc plus légère. Mais son corps n'en peut plus. Ses plantes de pieds sont gelées et ne sentent presque plus la morsure des cailloux. Son sang est allé voir ailleurs, du côté des poumons, du cœur, du foie, des reins. Sa mécanique intime a pris la main sur tout. La biologie commande. Emmy ne remue que ses peurs. Son corps s'occupe du reste.

– Maman !

C'est la voix étranglée qui rejette l'impossible. C'est le bruit sibyllin de l'inintelligible, d'un présent englouti sans avant, sans recours. Elle s'effondre, stupéfaite, et la faune des marais prend le relais de la nuit. Le plongeon d'une belette, le passage d'un héron, le vol d'un engoulevent et tout le tintamarre des appels des rainettes, crapauds-buffles, crapauds verts, calamites ou communs qui coassent et s'unissent sous la lune. Emmy est prise au piège.

20

Keathing se laisse conduire, sans parler. C'est mieux ainsi. Surtout avec une maîtresse femme comme Anne Cook. Dès qu'il se figure des choses concernant le beau sexe, la réalité s'interpose, comme un retour de bâton. Cela fait bien longtemps qu'il a retenu la leçon. Keathing est nul en femmes.

À douze ans, le pauvre était tombé raide dingue de sa voisine de banc. Il la retrouvait les dimanches, à l'heure de l'office. Quand il chantait, il avait l'impression que leurs voix se mêlaient. Ils enchaînaient les psaumes. Ils se levaient, s'asseyaient, communiaient. Il acheta un petit livre de prières qu'il posa sur son banc. La jeune fille lut le mot qu'il y avait glissé. L'office commença. Ils chantèrent les mêmes refrains. Ils se taisaient ensemble. Il rougit, beaucoup. Plus qu'elle. Le dimanche suivant, elle avait changé de banc.

Quelques années plus tard, il croisa une grande blonde qui s'appelait Asa. Elle débarquait en ville. Il porta sa valise. Elle avait loué une chambre et le trouvait charmant. Comme il détestait les dimanches, ils se virent un samedi. Elle parlait mal anglais. Elle dit qu'elle venait du pays des Vikings. Un jour, ils se retrouvèrent à l'écart près des champs de Potter Fields, d'abord sous un arbre parce qu'il venait de pleuvoir, puis sous un grand ciel bleu. Ils se revirent plusieurs fois. La Suédoise accepta sa main et ses lèvres et ses mots. Il souhaitait l'épouser. Elle répondit peut-être, quand il gagnerait de quoi entretenir leur foyer. Keathing insista. Il la rejoignit plus tard, là-haut, près de Potter Fields. Ils se roulaient dans l'herbe, ils emmêlaient leurs langues, il la tenait dans ses bras et ses yeux clairs riaient, et les siens se figuraient déjà des tas d'avenirs blonds avec de grands yeux de Viking, comme elle. Pendant qu'il l'enlaçait, elle disait «*Jäbvla mygga*». Pour lui c'était l'amour. Il retint la formule.

Il acheta un bouquet et fit le pied de grue devant sa porte. Quand elle consentit à sortir, il lui dit : «*Jäbvla mygga*».

Elle se contorsionna. Elle riait et pleurait et finit par lui demander pourquoi il disait cela.

« Ça ne veut pas dire je t'aime ?

– Mais non ! Pas du tout, grand nigaud : "*Jäbvla mygga*", en suédois, ça veut dire "saloperies de moustiques". »

C'est vrai que ce jour-là, dans le parc, il y avait des moustiques.

Elle adressa un signe à un homme qui passait.

Elle lui laissa le bouquet.

La fille sentait le jasmin, comme Madame Cook ce soir. Keathing s'était juré de ne jamais fréquenter ce genre d'établissement. Sans doute avait-il peur d'y croiser sa Suédoise ou une autre. Il s'était souvent trompé.

En entrant dans Mansion House, Keathing découvre un élégant salon. Des tentures soyeuses. Des tapis orientaux. Un bar en chêne verni.

– Voilà mon singe, dit Anne Cook.

Keathing en a entendu parler.

– Le fameux Darwin !

Son journal regorge d'anecdotes croustillantes sur ce bordel, ses bals, ses histoires d'animaux, les sorties de ses filles en ballon plus ou moins dirigeable. Les lubies de la mère Cook font vendre son papier.

Pourtant, que sait-il d'elle ? Il l'a croisée en ville, au spectacle ou dans des boutiques de Main Street. Il connaît sa silhouette, son visage, son regard patiné par les milliers de coups d'œil échangés avec d'autres. Il sait ce qu'on dit d'elle et l'attachement qu'elle porte aux filles de Mansion House. Bien payées. Bien soignées. Bien mieux traitées que dans tous les autres bordels.

Mais ce qu'il ignorait, c'était le timbre de sa voix. Quand elle lui a dit « Suivez-moi », elle a révélé des inflexions suaves et sûres. Il aurait dû dire non. Il n'a rien à faire là. C'est contre ses vues et tout ce qu'il publie depuis des années dans son journal.

– Attendez-moi, dit-elle. Je vais chercher de la charpie.

Elle a l'âge de sa femme. Un châle lui couvre les épaules, et ses jolies fesses pommelées valsent sous la soie de sa chemise à fleurs. La part d'ombre de Keathing fait le reste du chemin. Elle l'entraîne irrésistiblement sur la pente d'un désir dont il ignore le nom. Il n'a plus l'habitude de renifler les femmes. Les hommes sont comme les chiens. Ils aboient quand ils veulent et aiment par la queue. Pas lui. Quinze ans de mauvais mariage ont créé des résistances. Et depuis qu'il vit seul, il s'abstient, comme ces curés qui pensent que pour aimer il ne faut pas aimer. Comme si ce verbe splendide conjugué au pluriel se fanait en essaimant. Mais là, le déhanchement de la reine des maquerelles fait sauter ses retenues. Il suit ce balancement, reluque sa jolie nuque et son chignon de cheveux relevé comme un bouton de rose.

– Pourquoi me regardez-vous ainsi ? s'amuse-t-elle.

– Je… je suis juste rassuré qu'on ne vous ait rien volé, bafouille-t-il.

– Ah, c'est pour ça, répond-elle, déçue, puis elle marmonne quelque chose qui tombe entre elle et lui.

– Si j'étais vous, Madame, je ne resterais pas là. C'est dangereux avec ces types qui rôdent. Hier encore, Kate…

– … Je sais. Je vous ai lu, Keathing. Suivez-moi, dit-elle en gagnant le petit salon.

Elle montre le canapé, pose une grosse boîte sur la table basse et s'assied.

Keathing est plein de sang. Il n'ose pas s'adosser. Il reste sagement assis, ses deux mains sur ses genoux. On dirait un gamin.

Pendant qu'elle vide le contenu de sa boîte, pinces, alcool, catgut et aiguilles, Keathing lui raconte ce qu'il a vu. La mère et le nourrisson. Le réfectoire de Saint-Mary. Il met de l'ordre dans ses souvenirs pendant qu'elle relève la bougie.

– Les sœurs ont pris le nourrisson.

Anne Cook passe l'aiguille dans la flamme pour la désinfecter. Puis s'approche de la plaie près de l'arcade sourcilière. Pour distraire la douleur, elle s'efforce de le faire parler.

– Et après ?

– J'ai vu les dortoirs du couvent.

Elle pique. Il se crispe et se tait.

– Mais encore ? demande-t-elle, pendant qu'elle fait saillir une petite écharde.

– Celui des orphelins est plein. Dans le premier, réservé aux adultes, il y a trois ou quatre lits de pris seulement.

Il a une autre écharde. Plus profonde. Elle l'a vue. Elle replante son aiguille.

– Vous me faites mal.

– Ça passera ! Poursuivez, ordonne-t-elle en tenant fermement son crâne.

Keathing grimace. Il inspire puis poursuit :

– J'ai parlé avec cette vieille femme noire avant de partir. Et elle m'a fait des remarques étonnantes.

– Ah oui ?

– Elle m'a dit que la Fièvre frappait les Blancs plus durement que les Noirs.

– Et c'est vrai ?

– Si on observe les faits, c'est assez vrai. Les premiers morts sont presque tous blancs. Vous le savez comme moi. Billy Evans, Sonia… Depuis la semaine dernière, je n'ai vu qu'un seul Noir tomber. C'était le mécanicien du *Natchez*. Mais depuis, aucun.

– Effectivement, c'est troublant ! dit Anne en tamponnant son arcade sourcilière.

– Cette vieille servante m'a raconté qu'elle vivait à Memphis depuis la naissance de la ville. Elle prétend que c'est la quatrième fois qu'elle subit cette fièvre. La première fois, c'était en 1828.

– Pas grand-chose, franchement, marmonne-t-elle.

– À chaque fois qu'elle revient, elle est plus meurtrière. Surtout pour les Blancs. Les Noirs, eux, sont moins touchés. Comme si leur constitution créole les protégeait mieux que nous.

– Voilà ! dit-elle en plaquant la charpie. On y est ! Ce n'était pas grand-chose cette blessure, Monsieur Keathing. Trois éclats de bois !

– Vous dites ?

– La plaie. Votre plaie. Elle est propre, désormais.

Keathing détend ses muscles.

– J'aimerais bien savoir si c'est pareil ailleurs. Dans les autres villes touchées, comme La Nouvelle-Orléans ou Greenville. Mais cette ordure de maire nous a coupés du monde en trafiquant les lignes de la Western Union. Le saviez-vous ? On ne peut plus rien envoyer, ni recevoir. J'ai compris ça hier chez le télégraphiste.

– Ah oui ? Attention, ça va un peu piquer.

Mais Keathing chasse l'idée. Ce n'est ni l'heure ni le moment d'étaler ses déboires, la tête entre les mains de la belle Madame Cook.

– C'est supportable, dit-il, avant de reprendre ses diatribes contre ce foutu maire.

Elle dodeline de la tête. Elle cherche le bon angle. Lentement. Vers la lumière. Un détail l'intrigue. Elle pioche une pince plus fine. Puis une aiguille. Une odeur se répand. Comme un mélange d'alcool et de chlorure de chaux qui le renvoie soudain au front, pendant la guerre contre le Nord. Les médecins l'appelaient le « doux whisky ». C'était l'ancêtre du chloroforme. Madame Cook en répand quelques gouttes et plaque la charpie sous le nez de Keathing. Ça y est. Il se tait. Elle va pouvoir le recoudre.

21

Un volet mal fermé tranche la clarté du jour. Sa lueur palpitante strie le canapé vert, la table basse et la main droite d'Anne Cook. Cela fait des années qu'elle se lève aux aurores, comme guettant quelque chose ou quelqu'un. L'aube est l'instant des possibles, quand les rêves refluent et que le réel s'installe.

Ce matin, Anne Cook a loupé le coche. Il y a eu d'abord un grincement, puis le couinement des gonds. Elle a entrouvert un œil jusqu'à ce qu'un paquet de lumière achève de l'éveiller.

– Quelle heure est-il ? râle-t-elle, encore embuée des vapeurs de la veille.

La silhouette qui s'avance à contre-jour est celle de Kerenn. Anne Cook va se relever, mais un poids sur sa cuisse la retient. Des poils. Une barbe. Des cheveux. Une odeur étrangère.

– Vous me faites mal ! dit-il, pendant qu'elle se dégage.

L'arcade sourcilière de Keathing est gonflée. Du catgut la traverse.

– Pardonnez-moi, Madame Cook ! Je ne savais pas que…

Elle retire sa main de sous la tête de Keathing et palpe scrupuleusement les boutons de sa chemise. Ses seins dardent sous la soie.

Kerenn, un brin stupide, laisse passer quelques secondes avant de faire demi-tour. Jamais aucune fille de Mansion House n'avait surpris la patronne avec un homme. Certaines prétendaient même qu'elle leur préfère les femmes. Anne Cook laisse dire et se donne tout loisir d'aller de l'un à l'autre, femme, homme, selon l'humeur, mais toujours discrètement.

– Cette porte ! jette Keathing vers la longue inconnue qui daigne enfin sortir.

Anne Cook replace son châle et lance vers Keathing un bref coup d'œil. La quarantaine agile. Encore svelte pour son âge. Le dos plutôt musclé. De jolies mains. Un profil droit, malgré le sang coagulé qui lui gonfle le coin de l'œil. Il devait être beau quand il était plus jeune. Anne Cook chasse la mèche qui lui tombe sur les yeux. Elle sent son odeur. Elle en a plein les doigts. En repoussant la porte qui donne sur le grand salon, elle bute sur Kerenn qui se tenait juste derrière.

La fille se redresse. Anne Cook hausse les épaules. Kerenn, confuse, passe sa main sur son front.

– Frappée de curiosité, dit la mère maquerelle.

– Je le trouve très beau, Madame.

Anne Cook étouffe un rire, une minauderie de jeune fille. Cela faisait quelque temps qu'elle ne s'était pas réveillée avec l'odeur d'un homme sur elle.

Elle ramasse son chapeau et s'apprête à sortir.

– Où allez-vous, Madame ?

– Chez le docteur Fitzgerald, le médecin. J'ai fait comme j'ai pu, mais je ne voudrais pas que sa blessure s'infecte.

– Quelle blessure ?

– Je te raconterai.

La fille la regarde, perplexe.

– Quoi ? lance Anne Cook.

– Vous comptez sortir dans cette tenue ?

Anne Cook baisse la tête.

– Où ai-je la tête ? dit-elle, en regagnant la chambre.

La glace de son armoire est piquée depuis des lustres. Elle est aussi haute qu'elle et presque aussi étroite. Elle y tient de pied en cap.

Elle rajuste une mèche au-dessus de son oreille et pince un peu ses joues pour reprendre des couleurs. Lorsqu'elle s'approche tout près, une auréole de buée se forme sur la glace. Elle lui renvoie une image qu'elle estime honorable. De grands yeux bruns en amande, un petit nez en trompette, des pommettes altières et une ombre au menton.

Sur l'étagère du haut qui coupe l'armoire en deux, elle

attrape une boîte en bois de cèdre verni. Elle contient son précieux rouge à lèvres, d'un rouge de fanfare, qu'elle a fait faire par un apothicaire de Seattle, à base d'huile de baleine. Elle l'étale sur ses lèvres en faisant la grimace, souligne leurs contours, en bas, en haut et dans les coins sans jamais dépasser. Ses dents sont si bien alignées qu'on pourrait se figurer qu'elle les a fait limer comme font parfois les femmes des vieux colons français. Puis elle rengaine son rouge.

Jolie, pense-t-elle en se tournant de trois quarts. Les roses qui perdent leurs feuilles s'appellent des gratte-culs. Le mien n'est pas si mal. Je les enterrerai toutes.

D'ordinaire elle consacre moins de temps à ces fadaises. Son allure. Sa beauté. Elle est très naturelle.

Ce matin, c'est différent. Elle est allée puiser une robe différente, noir et jaune, ornée d'un petit col qu'elle a fait arrondir.

– Comme ça. Oui ! dit-elle en passant le doigt sur un pli qui souligne bien ses seins.

On la suivra du regard. Et pourquoi pas Keathing ? Le cocu et la pute. Tout Memphis sait que la femme de ce monsieur le trompe avec un autre, là-bas, loin, à New York. Anne Cook revoit ses yeux d'homme mûr. Ses doigts sentent encore son odeur. Il était à sa main. Elle aurait pu faire de lui tout ce qu'elle voulait.

Ding ! Ding !

Le tintement vient de la rue.

Ding ! Ding !

C'est le retour du réel au son du fossoyeur, avec son dais noir et ses franges qui pendouillent.

– Sortez vos morts !

Ding ! Ding !

Sa voix de fonctionnaire ajoute du pire au pire. Elle nasille et fait des vrilles. Elle s'enferre dans l'aigu et s'encoche comme un plomb sur les façades et les fenêtres.

– Sortez vos morts !

Ding ! Ding !

Anne Cook se penche pour voir. Elle a moins peur de la mort que de sa pompe. La mort, elle l'a déjà vue. Elle connaît son odeur. Celle du cramé et de l'oubli forcé. Sa mise en scène, en revanche, toute cette solennité l'oppresse avec ces deux chariots laqués de noir et brillants de laiton, tous ces corps empilés dans des boîtes vernies, la canne, le crêpe et la cloche… Pourquoi faut-il que les morts passent si lentement ?

Elle remballe ses manières. Le vent d'ouest soulève un nuage de poussière qui enveloppe le convoi. Il va faire chaud encore. Très chaud. Du sable se mêle au gras de ses belles lèvres rouges. Sa coiffure s'embrouille. Au loin elle devine la silhouette d'un type qui traverse bizarrement. Il court en sautant à cloche-pied. Il semble retenir son pantalon d'une main et de l'autre un paquet. Il a semé quelque chose. Le bonhomme fait demi-tour, le ramasse, lance un grand coup dans une porte et disparaît.

Plus haut, dans la rue, du côté de chez le médecin, Anne Cook entend le hurlement d'une femme.

22

Emmy sent un étrange mouvement. Un élan qui ballotte tout son corps malgré elle. Elle a les lèvres collées et retrouve sur sa langue l'acidité de la bile qui revient chaque fois qu'elle fait une crise d'épilepsie.

Cette fois, personne n'appelle son nom. Personne ne tente de la faire revenir à la réalité. Elle y revient seule, vaguement, par les saccades qui se produisent sous elle.

La lueur du soleil pique ses paupières closes. Rouge vif. La sueur dégouline au creux de ses yeux. Sa tête tangue en rythme sur quelque chose de strié. Elle devine un plancher. Le bruit d'une roue qui tourne. Des fers qui tapent le sol au pas. Le crépitement des cailloux écrasés. Des ombres glissent sur elle. Du vert. Du sombre. Du frais. Des murmures tout près. Quelqu'un tousse, puis se tait.

Emmy voudrait tourner la tête pour voir, mais cette simple rotation lui fait beaucoup trop mal. C'est toujours comme ça quand elle se remet d'une crise. Son corps est à la peine. Ses jointures coincent, comme si elle avait pris mille ans. Ça passera. Elle le sait. Des souvenirs lui reviennent. Elle immobile. La nuit épaisse. Elle n'avait plus de nuances. Emmy était plongée dans une immense tache d'encre. Des bruits étranges faisaient couiner l'air. Le froid. Une voix de femme. Sa mère disparue dans une autre tache d'encre, rouge celle-là. Tendre la main. Rattraper cette image. Emmy voudrait pouvoir s'extraire de ce cauchemar. Elle bouge ses pieds nus. Elle sent les gravillons coincés entre ses orteils. Une entaille à la cheville à cause d'une racine. Et l'odeur de la boue. C'était vrai, donc.

– Maman !

Emmy ramène contre elle ses bras, ses genoux. Pour parer au vertige de cette chute dans le gouffre du manque, elle se pelotonne. Elle n'a plus de mère. Elle est seule. Infiniment seule. Tout ce qui lui reste, ce sont ces poings, ces jambes qui ne servent plus à rien.

Ça recommence.

Un mouvement de roulis. La sueur qui pique ses yeux. Ses paupières rougies. La roue. Le craquement des cailloux dans un bruit d'os brisés. Et la voix de cette femme qui chante.

Emmy ouvre les yeux. Sa tête repose sur un sac de grosse toile. Une corde enroulée. Une pioche. Des pelles et des sacs l'entourent. Elle glisse son coude sous elle pour se retourner. Elle est encore faible. En relevant la tête elle aperçoit deux dos. Un homme tient des rênes. Une femme porte un chapeau. Un simple feutre, terne et mou. Elle fredonne quelque chose en fixant le bas-côté.

– Je crois qu'elle a bougé !

La femme se retourne.

Emmy s'est rendormie.

Elle tire la toile de lin pour la protéger du soleil.

– Faut la faire boire, dit l'homme.

– On est presque arrivés. Regardez, c'est juste là, après ce talus.

La femme reprend sa place et fixe la route devant. Ses épaules remontent haut de part et d'autre du cou. Elle sait ce qui l'attend. En partant ce matin, elle a lu les affiches placardées dans Shelby : « Le fléau de Memphis. »

Il y en avait partout en ville depuis que des fuyards avaient sauté du train. Plein le marais. Des hommes. Des femmes. De rares enfants. Comme ils s'obstinaient à se cacher, il a fallu les tuer. Pas question que la Fièvre se répande jusqu'ici. Ils n'auraient pas dû venir. Ils n'avaient pas le droit. On ne se répand pas quand on porte ce mal. Une fosse fut creusée. On y jeta dix corps et de la chaux par-dessus. On n'en reparlerait plus. Mais plus tard dans la nuit, quand les fusils et les chiens avaient poussé plus loin, ils trouvèrent cette fillette engluée dans le marais. Elle avait, paraît-il, un visage de Gorgone. Il fallut se mettre à trois pour l'extraire de sa gangue. Elle était quasi morte, pourtant son cœur battait. L'un d'eux l'entendit même appeler après sa mère. Elle fut ramenée en ville. Elle serait épargnée, mais conduite à l'écart dans la ruine d'un ancien lazaret, vestige du choléra.

Cette jeune fille était « la rescapée des marais ».

Des curieux s'approchèrent. Une femme protesta auprès du maire qu'on n'avait pas le droit de faire ça. Elle contourna la gare de Shelby. « La rescapée » était là, dans la boue, séchant en plein soleil. On eût dit une brindille. Elle lui faisait pitié. Elle supplia les hommes d'attendre quelques minutes. Elle avait dans l'idée de la ramener chez elle. On la traita de folle, d'inconsciente. On lui dit que jamais elle ne pourrait revenir. Pas question qu'elle leur ramène la Fièvre. Elle croisa le révérend, un homme respectable, dont la parole allait sans doute la convaincre.

– Je veux la ramener chez elle, à Memphis.

– Cet élan de votre cœur mérite un examen, remarqua le révérend.

– Quel élan ? Quel cœur ? Ce dont il s'agit, révérend, c'est de courage. Et je n'ai pas le courage de supporter ce qu'on nous impose sans rien faire.

Le révérend dit Providence. Elle répondit fatalité.

– Cela fait trop longtemps que je me sens inutile.

– Mais vous ne savez rien de cette gamine. Vous voyez ce lazaret ? On va l'y maintenir pendant sa quarantaine. Elle prendra du repos. Elle aura de quoi manger. Et si Dieu le veut, elle s'en sortira. Qui sait ? C'est juste une précaution pour notre communauté. Protégeons-nous du mal. Le Seigneur nous épargne. Le mal vient d'ailleurs. À Memphis les gens tombent par centaines. Priez pour eux, ma fille. Pourquoi contrecarrer le dessein de Dieu le Père ?

– Par faiblesse.

– Par faiblesse ? Quelle faiblesse ?

– J'ai la faiblesse de croire que la charité n'est pas morte. Comprenez-moi.

– C'est du suicide ! Vous n'avez pas le droit. Dieu n'aime pas les trompe-la-mort.

– Oh non, révérend ! J'aime trop la vie.

– Vous serez bannie, alors. Adieu !

La femme fit atteler une charrette à ses frais. Elle convainquit le charretier de l'aider. Trente dollars. Il ferait le voyage et la laisserait sur place, avec « la rescapée ».

– Et pour le retour ?

– On s'est mis d'accord. Je resterai là-bas.

– Oui, mais moi, faut bien que je rentre.

Il en obtint dix de plus. En tout, cela ferait quarante

dollars. Une fortune ! Qu'importe. Elle avait de l'argent. Elle avait même de quoi se payer une suite à l'hôtel Peabody, à Memphis. Le seul encore ouvert, d'après ce qu'on disait. Elle n'avait rien à perdre.

Après six heures de route, l'homme et la femme touchent au but. Elle vient de voir le panneau qui annonce Memphis. Elle fouille dans sa poche pour y prendre le papier sur lequel elle a noté l'adresse de l'hôtel, à l'angle de Main Street et de Monroe.

Du haut de la colline, ils distinguent clairement le quadrillage serré des rues, comme dans toutes les grandes villes.

– Main Street commence là.

– Probablement, dit-elle.

La femme se retourne pour saisir sa sacoche.

– Bon Dieu, où est-elle passée ?

– Vous dites ? demande l'homme.

– La fillette ! Elle n'est plus là. Je ne comprends pas.

L'homme se retourne à son tour. Personne, seulement des traces de boue. Au loin il entend la cloche du fossoyeur.

Ding ! Ding !

– Sortez vos morts !

Ding ! Ding !

Il en frissonne. Elle aussi. Ils échangent un long regard.

– On l'a perdue. On pourrait peut-être rentrer ? dit-il.

Comme elle ne répond pas, l'homme tire sur sa rêne gauche et fait demi-tour.

23

Anne Cook glisse son arme dans son sac et remonte Main Street vide. Le docteur Fitzgerald habite trois blocs plus haut. Les portes sont condamnées. Des grosses planches barrent tout : fenêtres, vitrines. Les rares logements habités sont peuplés d'ombres lointaines, de rideaux vite tirés.

Une vieille dame et sa fille déboulent du coin de la rue. Elles vont bientôt se croiser, mais à quelques pas d'elle, la fille tire brutalement sa mère par le coude et change de trottoir. Au carrefour suivant, un gros type à sale mine trace aussi droit qu'une balle. Il a le nez baissé et fume comme un pompier. Anne Cook l'a reconnu. C'est un de ces mauvais jouisseurs qui laissent à Mansion House plus d'ardoises que de bons souvenirs. Il fait un pas de côté et la regarde comme la peste. Anne Cook s'en souviendra quand tout cela sera fini et qu'il se ramènera, la bouche en cœur, réclamant une nouvelle. Il paiera ce mauvais regard.

Elle traverse le petit pont. Personne. Elle s'approche

de la grande épicerie. Autrefois, c'est-à-dire hier encore, il y avait un clébard attaché juste devant. Un chien de garde bien dressé, un petit bâtard sans race que les enfants du coin gâtaient de cochonneries. Le chien a disparu. L'épicerie a été saccagée. Elle a rarement vu ça. Même du temps des émeutes de 1866, on ne voyait pas cela. La vitrine est fendue de part en part. Un trou en plein milieu. Des grands bouts de verre pointent comme des sabres géants. Il y avait des centaines de boîtes de conserve alignées sur ses étals et autant de bouteilles. Ils sont vides. Près de la caisse fracturée, un comptoir plein de gâteaux. Des roulés. Des crêpes épaisses. Des recettes allemandes très recherchées ici par les clients bourgeois. Ils sont tous écrasés dans le fond, comme si un coup de vent les avait balayés.

Elle pense aux deux types de la veille, les pillards. Deux hommes en quelques secondes n'ont pas pu tout prendre. D'autres sont venus après. Des profiteurs. Des vautours.

Fitzgerald habite plus loin, dans une maison banale, bâtie sur le même plan que les autres. Étroite. Deux étages. Deux fenêtres par étage. Un bardage de planches recouvre sa façade. Seule la couleur de sa porte la distingue des autres. La sienne est bleue.

Au rez-de-chaussée, elle longe la fenêtre du salon réservé aux patients. Place ses mains autour de ses yeux pour scruter l'intérieur. À gauche de l'entrée se trouve son cabinet. Elle distingue une lumière, mais pas de docteur en vue. Il est sûrement là-haut avec femme et enfant.

– Docteur Fitzgerald ! lance-t-elle en frappant à la porte.

Anne Cook n'a pas envie de se retrouver face à sa femme malade.

Elle tourne la poignée.

Comme la clenche n'est pas mise, elle s'ouvre sans résistance.

– Docteur ? Vous êtes là ? C'est moi, c'est Anne Cook ! Vous voulez bien descendre ?

Elle entre dans le cabinet. Table, chaises, divan et petites bouteilles alignées sur le bord de la fenêtre. Elle ne sent pas l'odeur de l'éther ou du camphre. Une vieille bible est posée sur la chaise, un marque-page en sort. Son bureau à cylindre est fermé. La salle d'attente est vide. Les bougies sont changées. Il y a des feuilles séchées qui embaument la pièce et même un bouquet de fleurs tout au fond, dans le coin.

– Docteur ?

Il n'a pas pu partir. Tout est trop bien rangé. Et puis, avec une femme qui vient de perdre son enfant, il n'a pas pu faire ça. Elle doit être là-haut. Impossible autrement. Elle hésite. Si c'est la fièvre qui a provoqué sa fausse couche, inutile de s'exposer.

Elle aurait fait demi-tour si un craquement de parquet ne l'avait intriguée. Le bruit vient du premier.

– Docteur, répondez-moi !

Et s'il s'agissait d'un pillard ? Elle vérifie son arme. Le revolver est chargé. Elle est prête à se défendre. Il suffit de tendre le bras devant elle. Elle fermera les yeux si c'est trop difficile. Elle n'a jamais tiré sur quelqu'un.

Elle monte l'escalier sur la pointe des pieds. À gauche, les chambres. À droite, la salle à manger. S'il y avait des voleurs, ils prendraient la vaisselle. Anne tend l'oreille. Pas un bruit. Sa main est moite. Le cran de sûreté est levé. Elle inspire. Pointer. Tirer. Prête ! La porte bâille à peine. Elle la pousse du bout de son arme et découvre une pièce bien tranquille.

Les bruits viennent de l'autre côté du couloir. Elle entend des frottements, puis un cliquetis vif, aigu, qui ressemble au chien d'un revolver armé. Le cœur d'Anne s'affole. Elle le sent bastonner jusque dans ses oreilles. Son bras tremble. Son arme ne vise plus rien. Prise d'une panique soudaine, elle dévale l'escalier. Elle saute les dernières marches. Et se retourne par réflexe parce qu'elle sent un mouvement. Elle pointe bêtement son arme. Elle tremble, tant et si bien qu'elle a une chance sur mille d'atteindre sa cible. Elle vise de trois quarts, la bouche contre l'épaule, les yeux à demi clos, et découvre une fillette. Sa chemise est trop grande. Elle écarquille les yeux. Son visage est couvert de cheveux blonds collés. Sa tête s'incline un peu. Ses lèvres sont craquelées. Elle ouvre la bouche, mais aucun son n'en sort. La petite recommence. Anne Cook est fascinée et distingue une forme étrange dans sa bouche. C'est sa langue. Elle semble couverte de filaments noirs, comme le pelage d'une bête.

La puanteur se répand. Une odeur d'abattoir qu'Anne Cook a déjà sentie. Elle relève le coude pour l'éviter. Elle inspire dans son bras. Son arme ne pointe plus rien.

– Où est ton père ?

La fille n'émet rien de mieux qu'un feulement rauque affreux.

– Écarte-toi un peu, s'il te plaît. Je vais monter.

La petite recule dans le couloir et s'arc-boute contre le mur.

Anne Cook grimpe quelques marches.

– Recule encore.

Dans la chambre, elle découvre un lit vide aux draps souillés de bile et de caillots de sang. Madame Fitzgerald est assise dans un fauteuil d'angle. L'ancienne beauté de Memphis est nue. Son visage est enfoui sous une masse de cheveux blonds. La reine de tant de bals, de l'Indépendance, de mardi gras, de Thanksgiving et de Christ Church, joyeuse comme un pinson, légère comme l'enfance, toujours virevoltante, est avachie dans ce fauteuil. Voilà tout ce qui reste d'elle, ce corps creux, sans substance, comme une simple serpillière.

– Où est-il passé ?

La petite a rejoint le fauteuil de sa mère. Celle-ci balaye les mèches qui lui cachent la vue. Sa bouche est sèche aussi. D'une tristesse infinie. Elle lève à peine le nez et désigne la fenêtre ouverte.

– Je l'ai chassé, dit-elle.

Anne descend l'escalier. Le soleil cogne si fort qu'il bride son souffle. Elle recommence et expire de son mieux pour cracher cette puanteur qu'elle garde dans le nez. Elle monte ses mains aux hanches. Elle se gonfle pour prendre tout l'air qu'elle peut et chasser ce qu'elle vient de voir. Cette femme. Cette fille. Cette ville. Ces voleurs. Cette horreur.

Elle profite d'un coin d'ombre. Elle reprend ses esprits. Pourquoi se donner tant de mal ? Keathing n'est rien pour elle. Elle a assez d'argent pour faire comme les autres. Fuir. Loin. Le plus loin possible.

Une charrette vient couper le flot de ses pensées. Elle reconnaît T. Brown, le barbier des faubourgs. Il emmène quatre hommes noirs armés de fusils. Ils portent le veston rouge du régiment des Zouaves que commandait T. Brown du temps de l'occupation yankee. À la fin de la guerre, il avait restitué ses galons et son arme. Il n'y avait plus de Sud, plus de Nord, plus de Yankees, plus de confédérés. Il n'y avait qu'une armée, fédérale. T. Brown quittait le métier des armes et devenait barbier.

– Tout va bien, Miss Cook ?

– Ça ira, oui. Ça ira.

Un de ses hommes saute à terre. Avec son vieux fusil il va se poster pas loin, juste devant la banque au carrefour d'Hernando. Il vérifie l'entrée, le rideau de fer tiré. Il s'adresse à son chef :

– C'est bon, ça tient.

L'homme se campe sur ses jambes, son fusil bien en main. Un autre s'est placé devant l'épicerie pillée. Il y reste. Il ne bouge pas.

On dirait que T. Brown a reformé sa milice.

Sa charrette est repartie.

Anne Cook a repris ses esprits. Elle regarde devant elle. La façade d'un immeuble. Une main pousse un rideau. C'est lui, pense-t-elle. C'est sûrement Fitzgerald qu'elle a vu tout à l'heure, courant dans le nuage de sable, avec son ballot de linge. Et le cri était sans doute celui de son épouse. Anne Cook sent la colère qui monte. Bien sûr que c'est lui. Elle traverse la rue. Fitzgerald s'est réfugié chez le tailleur d'en face. Il bat des bras, se défend, se justifie devant cette femme qui l'agrippe par la manche, qui le griffe, l'insulte et le traite de lâche.

– Mais c'est elle qui voulait !

Son col est déchiré. Sa chemise est en vrac. Elle le tire par le bras et lui fait quitter son coin, près de la caisse éventrée.

– Ta femme, ta fille et moi, on a besoin de toi !

Le docteur est plein de larmes et balbutie des phrases plus lamentables que lui :

– Mais je ne peux rien faire.

Elle devient rouge furieuse.

– T'es médecin ! T'es l'homme de l'Art. Soigne !

– Mais on ne peut rien faire, Madame Cook. Je vous jure.

– Tu ne vas pas rester là pendant que la Fièvre les tue. Sors ! Sors ! crie-t-elle en le poussant dehors. Si cette Fièvre ne te prend pas, c'est moi qui te tuerai, de mes mains, je te le jure, Fitzgerald ! Dépêche-toi !

Et elle lui botte le cul pour bloquer toute idée de repli ou de fuite.

– Vite !

Mais Fitzgerald est lâche.

En traversant la rue, il regarde ses chaussures, tourne soudain les talons et se met à courir.

Anne fouille sa ceinture. Elle agrippe la crosse, tend le bras, caresse un peu la détente de son arme, vise, pointe, inspire enfin. Profondément. Elle prend tout son temps. Elle mesure la distance et son acte. Elle est seule dans cette rue. Elle tire une première balle qui ricoche sur le sol. Le médecin se retourne, hurle des mots inutiles et se remet à courir. Sa deuxième balle se perd.

– Faites pas ça, Miss Cook !

T. Brown agrippe son bras.

– Gardez vos balles, Miss Cook. Vous en aurez besoin. On en aura bien besoin pour protéger notre ville.

24

Keathing n'est pas du genre à céder sans se défendre. Mal de tête. Longs frissons. Des coups de lame dans le foie, enfoncés jusqu'aux reins, qui l'obligent à se ratatiner, comme un porc-épic. Il sait que le mal est là. Il en tremble, le pauvre. Il en claque des dents.

Est-ce une punition ? Le doigt de Dieu pointé sur ses errements de la veille ? Parce qu'il a osé vibrer devant la beauté d'une femme que tout condamne. L'entremetteuse. La tenancière de bobinard. Patronne d'un lupanar. Anne Cook, pourtant. De chair et d'os, brune, intense, et sa voix de rogomme qui vient de faire irruption dans sa solitude d'homme. Si sûre d'elle. Parfois moqueuse. Elle ourlait ses jolies lèvres pour dérouler des phrases douces comme des onguents. Elle a passé la nuit le menton en avant, le cou au-dessus de lui, comme une arche délicieuse. Et sa main de sorcière, mi-femme, mi-louve, faisait des allers-retours avec son aiguille et son fil. La belle savait s'y prendre. Elle lui parlait sans cesse, comme pour l'étourdir, bien mieux que le « doux whisky ». Il a tout aimé d'elle, jusqu'à ses mèches de cheveux qu'elle rabattait de l'index pour les coincer derrière ses oreilles. Ils étaient tous les deux. Un peu lui. Beaucoup elle, et parfois cette jeune fille évoquée. Emmy Evans, la fille du réprouvé. Keathing la laissait dire tant que ses doigts agiles s'activaient sur lui, passant le fil, tamponnant sa blessure. Son souffle, tout près. L'odeur de sa peau moite. Le moindre mouvement de ses lèvres. Ses pupilles dilatées et ses cils battants. Il n'a rien répondu quand elle a dit du bien de Billy. La pute flattait l'escroc. Ils pouvaient bien s'entendre. C'était dans l'ordre des choses. Elle a saisi le fil restant. Elle l'a glissé dans sa bouche. Elle a relevé les lèvres. Elle a de si belles dents, blanches, bien alignées. Il a deviné sa langue coincée juste derrière. Elle a serré la mâchoire et donné un vif coup de tête. Le fil s'est brisé net. Elle avait terminé et le silence a fait son œuvre. Keathing a tourné la tête. Anne s'est penchée à peine. C'est dans les épaisseurs de ces instants, dans le creux de ces mots, que se loge le sentiment. L'homme jeune s'y répand. L'homme mûr s'y glisse. Keathing dégringolait.

Le réveil a été brutal.

Peut-on balayer en une nuit des années de vie de famille, de convictions, de morale bien ancrées ? Et si tout cela n'était qu'une épreuve ? Pourquoi pas ? Une simple tentation ? L'absence est un plan incliné qui pousse vers l'inconnu. À mi-chemin de la glissade, c'est encore un remords. Une fois ce point franchi, c'est l'amour ou le calvaire.

– Aïe, mais c'est pas vrai ! grogne-t-il.

La douleur est revenue. Lancinante comme une vrille. Elle cloue là ses pensées et le ramène à lui, plié en deux. Keathing serre les dents pour éviter de gueuler. Il serre tellement fort que ses muscles lui font mal. Keathing se diabolise. Il maudit ce Billy dont elle disait du bien. C'est lui qui a semé cette saleté en ville. Sa douleur le rend mauvais. Elle a besoin d'une cible pour dévier ce supplice. C'est à cela que servaient les boucs émissaires, autrefois. Les Grecs bardaient leurs boucs de flèches pour en faire les porteurs, les émissaires, à proprement parler, des fléaux de leurs cités. Keathing a trouvé le sien : c'est Billy et cette pute. Ils lui ont refilé le mal. Et maintenant, il trinque. Mais il n'est pas comme eux. Il n'est pas fait de ce bois. Il est moral, lui. Il est digne. Il n'a jamais versé dans le commerce des corps ou celui des idées. Il est juste. Réglo. Il défend depuis toujours la même cause à la tête du journal. La bonne cause. La bonne morale. Une idée de la vertu, bien pure, bien blanche. Il ne change pas d'idée comme on va au vestiaire, au gré des modes et des mouvements d'opinion. Que fait-il là ? Que fout-il là ! Keathing est devenu grec. Le pire des Grecs possible. Si Anne Cook pouvait voir ce qu'il pense, elle aurait honte, c'est sûr.

Elle lui tournerait le dos. Et alors ? Elle est bien faite, pense-t-il. Il pourrait voir son cul. Qu'importe ! Ce n'est qu'une pute parmi d'autres. Elle et les autres, elles lui tournent toutes le dos ! Toutes les femmes le fuient. Qu'elles aillent au diable, donc. Elle et les autres ! Toutes. Boucs émissaires. Memphis mérite mieux qu'elles. Au diable ! Au diable ! Comme pour les Noirs. Ils tiennent, eux ! C'est cela ? Ils tiennent face à la Fièvre ? Au diable, au diable tous ! Les Noirs, les putes et les escrocs.

Nouveau coup de poignard. Cette fois, il pleure de rage. On dirait qu'une main vicieuse plonge sa lame au creux de lui et s'entortille au fond.

Aïe. Bon Dieu, mais j'en crève de ce truc ! pense-t-il avant de s'évanouir.

Quand il revient à lui, Keathing ouvre les yeux. La fille longue est près de lui.

– Buvez, dit-elle.

Keathing fait comme il peut. Allongé sur le côté, il renverse un peu d'eau sur le canapé.

Kerenn prend un chiffon et lui tamponne le front. Il est brûlant comme la plaque d'un poêle de fonte, pétrifié de douleur, replié, telle une abeille qui a perdu son dard.

Dehors, dans la ville, un volet claque. Le vent vient de se lever. Deux coups de feu éclatent. Keathing cherche un point d'appui. Il cale ses paumes et tente de se déployer, comme s'il pouvait tromper la douleur qui le mine. Mais l'étau se resserre. Il sent qu'il va vomir.

– Madame ! Madame Cook, venez vite ! Votre ami n'est pas bien.

25

Emmy écarte les bras pour profiter de la brise. Elle se laisse embarquer dans le sens du vent. Voile maigre. Timon d'elle. Trinquette de ses jambes maigrelettes. Elle a le teint d'un spectre avec toute cette boue sèche. Elle marche comme elle peut.

Tout s'est passé si vite.

Un enchaînement de détails l'avait tirée de sa torpeur. Un rayon de soleil avait percuté ses paupières. Puis l'écho d'une cloche avait achevé de l'éveiller. Tout ricochait en elle. La lumière. La mort. La rivière et sa mère. Le boyau des marais. Le roulis de la charrette qui faisait craquer les pierres. L'insupportable chant de cette femme inconnue. Et l'autre dos sans un mot.

Où allaient-ils ? Que voulaient-ils ?

Emmy souleva la toile et se laissa tomber. Elle roula discrètement sur le bas-côté du chemin. La charrette disparut. Elle regarda devant, derrière. Un sentier de renard traversait une prairie. Elle reconnut les lieux. C'était le mamelon de Memphis. Elle comprit seulement qu'on la ramenait chez elle. Trop tard. Elle poursuivit à pied. Elle dévala la pente. Elle aperçut le clocher de Saint-Mary plus bas. Elle traversa le pont et remonta Wellington vers le couvent des sœurs, construit en pierre.

Elle approchait. Il se dressait, avec ses murs bien élevés, bien solides, faits de grosses pierres de taille et de carreaux épais. À l'intérieur, l'orphelinat. Devant, les classes du rez-de-chaussée où se rendaient les filles James. Il fallait être bien née, bien blonde pour être admise dans ce berceau des consciences où les demoiselles s'élevaient vers le plus et le mieux, des horizons de vertus conjuguées en trois temps. D'abord celui de Dieu, intransitif et éternel. Puis celui de la famille, pluriel et composé, où chacune apprenait à tenir sa place près d'un bon petit mari et d'une tripotée de gosses. Reste le temps du pays, au passé plus-que-parfait. Ce pays, c'est le Sud et ce qu'il était avant. Un paradis perdu, souillé par les idées imposées par le Nord. C'est pour la cause qu'elles prient, pour ses défenseurs, les hommes du Ku Klux Klan qui défilent en secret dans des draps impeccables, cagoulés, torche en main, laissant dans leur sillage un pendu comme celui qu'Emmy avait vu l'autre jour.

Le vent la pousse vers le poteau du pendu. Il a disparu depuis des semaines. On n'en reparlera plus. Memphis et ses faubourgs et tous ceux qui s'entassent dans les cases nègres en ville préfèrent oublier ces suppliciés.

Emmy ne l'oublie pas. Elle remarque l'encoche qui marque la patère. Deux tours de corde. Elle se souvient. Elle connaissait la fille de ce pendu.

Plusieurs fois par semaine, elle la retrouvait dans la vieille grange située juste en face du couvent. Ses planches étaient teintées d'huile de vidange. Son unique fenêtre était couverte d'un papier gras. Elle n'avait aucune grâce comparée au couvent. Mais elle était assez grande pour abriter leur classe. C'est là que sœur Francesca s'accrochait à l'idée de faire école malgré tout aux rebuts de la ville. Elles étaient une dizaine de jeunes filles à y suivre des cours sans miracles, des classes sans illusions, quand tout est joué d'avance. La condition fige tout. Pourtant, cette bonne sœur s'obstinait à défier le destin, à tordre le hasard pour leur donner une chance, même minime.

Emmy remonte Wellington, passe l'angle du couvent et remarque le trou béant. Des poutres fument encore. Des parpaings noircis s'entassent. Un ramassis de planches, de verre et de zinc en vrac. Des religieuses s'activent. Certaines ont remonté leurs manches et transportent un bibelot rescapé, une chaise ou un livre aux tranches gondolées comme un pavé de grès. Une rigole d'eau et de suie serpente entre leurs jambes.

Emmy fait le tour des voiles noirs, scrutant de loin les allures, détaillant les profils. Sœur Annette et son visage moucheté de petits grains de beauté. Sœur Charlotte et ses gestes vifs. Sœur Jenny et sa longue mèche rousse qui colle contre sa joue. Elles ont chaud. Elles crèvent de chaud sous leur longue robe.

– Emmy ?

C'est elle. Juste derrière. Sa maîtresse de la grange. Sœur Francesca et ses excès, trop d'idéaux, trop de menton, trop d'yeux, trop de hanches et des sourcils exprimant mille et une émotions. Cette fois, c'est l'étonnement qui les fait se rapprocher.

Elle lâche sa pile de livres. Elle tend les bras vers elle. Sœur Charlotte l'accompagne. Les jambes d'Emmy se dérobent. Ses forces s'enfuient sous terre, comme l'eau dans cette rigole. Les deux religieuses l'encadrent. Emmy est épuisée.

Elle en a traversé pourtant des chagrins, des épisodes iniques, quelques bouffées de fièvre, des absences, mais jamais rien de si profond. Emmy est retombée dans l'état des marais.

Des miettes de phrases sont jetées autour d'elle. La mère supérieure qui demande ce qui se passe. Sœur Francesca qui exige de l'aide. Un refus. Un cri. Un silence interminable, suivi du froissement des robes.

Un long couloir ponctué de brefs halos qui éclairent l'aile ouest du couvent Saint-Mary. Une pointe d'odeur de camphre. La fraîcheur d'une grande pièce. Le grincement d'une tringle qui atténue le jour. Le vertige inconscient de son corps basculé. Comme un rêve. Le silence.

La douceur d'un lit dans lequel elle s'enfonce. La fraîcheur d'une éponge qu'on lui passe sur les jambes, les épaules et les bras.

Des sœurs l'ont acceptée.

26

Keathing passe la main sur son visage. Sa peau est lisse, rasée de frais. Il se frotte les yeux. Il palpe ses joues. Ses pommettes sont saillantes, presque pointues. Sa figure a perdu de sa flaccidité. Il est cloué au lit, dans une chambre tapissée de couleurs, et ceinturé de tuyaux qui émettent parfois des gargouillements de boyaux. Toute cette lumière le gêne. Une silhouette approche. Un bras s'avance.

Keathing passe la main sur son visage. Des poils drus crissent sous ses doigts. Toujours cette chambre et ce lit. Les volets clos hachurent la lumière du jour. Il rassemble ses coudes. Ses épaules forment deux boules. Le matelas se creuse sous lui. Mais il ne parvient pas à se relever. Il fait si chaud. Une main se glisse sous sa nuque. L'eau qui s'écoule dans sa gorge a le mauvais goût des fièvres.

Keathing passe la main sur son visage. Sa peau est douce. Ses joues sont si pleines. Elle sourit. Pas d'un simple sourire qui tend vaguement ses lèvres. Elle sourit de tout elle, ses yeux, son front, sa poitrine et son âme. C'est Josephine, sa femme. Il la revoit à vingt ans et il l'aime comme un fou. Elle lui montre son ventre gonflé d'une vie à naître. Elle est fière de lui donner cet enfant. Il bouge comme un garçon. Elle dit qu'il sera beau comme lui, fort comme lui, intelligent comme lui, et qu'un jour, ils travailleront ensemble pour faire de ce journal le plus grand de tout le pays. Ils passent des nuits entières à se faire des serments. L'avenir leur appartient. Une femme l'aime.

– Sortez vos morts !

Ding ! Ding !

– Sortez vos morts !

Ding ! Ding !

Keathing passe la main sur le sillon qui part de son œil et traverse sa joue. Il est rêche. C'est la trace d'une tristesse. Depuis combien de temps est-elle partie ? Il se frotte les yeux. Il chasse les grains de sable. Il est seul dans son lit. Josephine n'est plus là. Le marchand de sable est mort, tous les héros sont morts, et les mythes et les dieux ont condamné la ville. Il a mal dans le bas du dos. Il a vomi du sang et ses souvenirs s'emmêlent. Il se redresse. Il s'agite. Il voudrait aller voir. Il y a peut-être un message. Les lignes de la Western Union sont sûrement rétablies. Une main ferme le retient.

– Ça recommence !

Il s'obstine et tente de mordre la main qui l'entrave.

– À l'aide ! Venez m'aider, s'il vous plaît ! Toute seule j'y arriverai pas !

Keathing voudrait tendre la main et se caresser le visage. Tous les matins du monde il fait ce même geste. Ça le rassure. Ça veut juste dire qu'il est vivant. Mais une ceinture de cuir est tendue sur son torse. Il a les bras liés. Les jambes aussi.

– Vous n'avez pas le droit ! Laissez-moi ! Laissez-moi !

Il se souvient du Noir que le Klan avait puni, juste avant le 4 Juillet. C'est le monde à l'envers. Il s'imagine le pire, surtout quand on lui fourre un chiffon dans la bouche. Il ne peut plus parler. Il est comme le Noir de l'autre jour. Il étouffe. Ses joues sont gonflées d'un tissu plein de morve. Il se débat comme un diable. Il sent la compression des sangles sur ses bras et ses jambes. Il recrache le chiffon et se remet à gueuler jusqu'à ce qu'une rangée de phalanges s'écrasent sur sa mâchoire. Il en a le souffle coupé. Il râle encore un peu, et une autre rangée le cueille au niveau de la tempe.

– Mais vous l'avez frappé, Monsieur Mitchell. Pourquoi ?

– On n'a plus de chloroforme !

Keathing peut lever le bras pour se toucher le visage. Il est tellement surpris de pouvoir faire ce geste qu'il ouvre un peu les yeux. Sur ses bras, il découvre des traces violacées. La morsure des sangles. Il se sent mieux. Il n'a plus mal au dos. Il plonge la main sous le drap et se palpe le torse. Il est plus creux qu'avant. Ses côtes pointent sous sa chair. Il a perdu du gras. C'est pour ça qu'il a faim. Il rejette les draps.

– Ça ne va pas recommencer ! dit quelqu'un.

L'odeur du tabac lui parvient. Il fouille sa chambre du regard et découvre un nuage de fumée. Un homme le traverse et s'approche.

– C'est vous, Mitchell ?

Le vieux docteur Robert Wood Mitchell roule son cigare au coin de sa bouche et pose sa main sur le front de Keathing.

– Vous avez eu de la chance ! dit le médecin. On dirait que c'est passé.

– La Fièvre ?

– Vous lui avez tenu tête. C'était pas de tout repos, avec vous. Vous êtes du genre coriace. Mais on dirait que c'est bon.

Keathing lui tend la main pour qu'il l'aide à s'asseoir.

Mitchell range son carnet. Le nom de son patient revient sur une quinzaine de pages. Les dernières. Le docteur a tout noté, dans le moindre détail. L'heure de ses réveils. La température extérieure. Ses pulsations cardiaques. La posologie très précise de ce qu'il lui a fait prendre. Une cuiller à café de jus de laudanum matin et soir. Une pincée de poudre de Douvres pour redoubler la dose. Parfois un caillou de sucre sur lequel il versait une goutte d'élixir parégorique, comme du temps du choléra. Il a aussi noté la quantité d'essence de térébenthine et la nature des herbes utilisées pour faire les cataplasmes.

Il l'aide à se redresser

– Vos notes ? demande Keathing.

– Oui. Je consigne tout ce que je vois. Cette semaine, vous êtes le deuxième à vous tirer d'affaire.

– Sur combien ?

Les joues du vieux docteur se creusent pour tirer une bouffée de son cigare.

– Le deuxième sur des centaines. Ce n'est pas ce qu'on peut appeler un bon ratio.

– Deux pour cent.

– Deux pour mille. On a dépassé le millier de morts depuis le début de l'épidémie. Oh oui, facilement !

– Ça fait combien de temps que je suis là ?

– Une semaine, Keathing. Les gens tombent comme des mouches. Le fossoyeur n'a même plus le temps de les ramasser tous. Heureusement que les miliciens de Brown l'aident. Ce matin, on a fait le tour de la ville. On en a ramassé une vingtaine. Rien qu'en une heure. Des macchabées qu'on nous a signalés. Mais ça, c'est sans compter tous ceux qui crèvent en douce. Il doit y en avoir plus. Beaucoup plus. Surtout dans les faubourgs où les pauvres s'agglutinent. Même les Noirs crèvent maintenant. On croyait au début qu'ils étaient immunisés. Mais c'est pas vrai, Keathing. J'en ai ramassé quelques-uns. Pas beaucoup, certes, mais quelques-uns quand même. Les Noirs meurent aussi, Keathing.

– Qui est l'autre ?

– L'autre ? répète le vieux docteur, encore pris dans l'élan de ses démonstrations.

– Le survivant, comme moi…

– Ah ! C'est votre cher ennemi, Flippin, le maire. Vous êtes les deux premiers rescapés de cette saloperie, dit-il en saisissant le pot de chambre sous le lit.

– Je ne veux rien partager avec cette raclure de maire, grogne le journaliste en crachant par terre. Revoyez vos statistiques. C'est un pour mille.

Le vieux docteur s'esclaffe :

– Ha, ha ! C'est plus fort que vous, ça, Keathing.

– C'est à cause de lui tout ça…

– Il n'a pas fait ce qu'il fallait. Je sais, Keating. Vous avez pas mal raison. Mais c'est de l'histoire ancienne. Si vous saviez tout ce qui se passe… Ces pillards, vers

Christ Church. On a bien d'autres chats à fouetter que cet abruti de maire. Ah ça !

– J'en ai vu deux l'autre jour. Ils ont brûlé la grange.

– Deux. Oui, deux, la semaine dernière…, dit le médecin, avant de changer de sujet. Maintenant que vous semblez rétabli, vous allez peut-être pouvoir vous débrouiller tout seul, non ? Envie d'aller pisser ?

– Oui.

Mitchell lui tire le bras. Sa tête lui tourne un peu. Keathing est encore très faible, mais il insiste pour marcher jusqu'au cabinet du couloir. Le docteur l'accompagne.

Par une porte entrouverte, Keathing aperçoit deux femmes dans un lit. Une mère et sa fille.

– Et elles ?

– C'est la femme de ce charlatan de Fitzgerald. Avec sa fille. Pour elles, c'est la fin. Elles vivent leurs dernières heures.

En longeant le couloir, une femme débarrasse le docteur du pot de chambre. Keathing reconnaît Kerenn. Ses yeux sont noirs de cernes. Sans poser de questions elle dévale l'escalier.

– Mais qu'est-ce qui se passe ici ? demande Keathing.

– Je vous raconterai, dit le médecin. Je vous raconterai plus tard, quand vous aurez pissé.

Keathing se retrouve seul dans le cabinet de toilette. Il soulève sa chemise et vise l'urinoir. Sa pisse sent la gomme ammoniaque. Il doit se tenir au mur pour calmer le tangage. Une fois son affaire faite, il saisit la petite chaîne qui pend au-dessus de lui et actionne la chasse d'un coup sec. C'est le bruit qui le hantait, celui des eaux usées qui passaient nuit et jour dans les tuyaux de sa chambre. Ça lui revient maintenant. Ce bruit de ruissellement lui rappelait sa Jo qui se faisait couler des bains pendant d'interminables heures.

En regagnant sa chambre, il tombe sur Madame Cook et Kerenn de chaque côté de son lit. Elles tendent de nouveaux draps. Elles frappent des coussins qu'elles agitent au-dessus de la fenêtre.

Anne Cook fume. Et quand elle tire sur son cigare, sa jolie bouche forme un pli merveilleux.

– Enfin debout, Keathing.

Comme il reste interdit, incapable de trouver quoi que ce soit pour qualifier sa stupeur, Anne Cook ouvre les bras et désigne d'un geste de comédienne le lit propre qui l'attend. Keathing tire bêtement sur sa chemise. Il a les cuisses à l'air et s'assied tout penaud sur le bord du matelas. Anne Cook passe derrière lui en posant sa main sur son épaule de schnock. Il ne sait plus quoi dire.

– Laissez-vous faire, l'ami !

27

Depuis quelques jours, les stocks de Mansion House diminuent à vue d'œil. Le bordel s'est rempli. La plupart de ses chambres sont de nouveau occupées.

Au premier étage, Keathing en occupe une. Les femmes Fitzgerald sont dans la chambre voisine. Et les deux chambres suivantes sont prises, elles aussi.

Au deuxième, Kerenn garde la sienne. Le vieux docteur Mitchell a insisté pour s'installer à côté. Une petite porte communique entre leurs chambres. C'est la condition qu'a posée Mitchell. D'accord pour officier comme docteur résident à Mansion House, mais dans cette chambre et pas dans une autre. Le bougre a le béguin pour la longue fille. Anne Cook a accepté. Kerenn n'a pas dit non. Le médecin s'est installé avec son matériel. Et depuis, il soigne de son mieux tous les patients qui viennent. Trois autres chambres sont prises. La veuve Walsh est là. Monsieur Smith aussi. Et ce matin, les miliciens de T. Brown ont déposé un nouveau pensionnaire.

Anne Cook aurait pu refuser de les prendre chez elle. C'est elle qui paye tout. Les frais. Les traitements du docteur. Le stock de vivres. Sa cave. Mais elle a basculé. Comment ? Pourquoi ? La cloche du fossoyeur, les appels au secours des femmes isolées, les délires de Keathing qui invoquait les siens ont secoué des bontés qu'elle avait enterrées sous le bordel de sa vie, tout cet argent gagné sur le dos des mathurins venus claquer leur paye entre les jambes des filles, des placiers de passage, des saisonniers des champs confondant le sang de bœuf avec un hyménée, des vierges artificielles et des authentiques nymphettes. Elle en a tant usé ! Plusieurs fois elle a essayé de se souvenir des noms de toutes les filles venues comme Vénus et reparties vénériennes, sylphides syphilitiques, déesses à chaude-pisse encensées par des fous qui les traitaient de reines. Anne Cook, reine du vice. Reine d'un bordel fermé. Reine d'un coffre inutile. Reine d'une cave sombre et froide. Reine d'aucun homme. Reine de personne, ni enfant ni parents à qui rendre des comptes. Elle s'est mise à vouloir qu'on cite son nom en rêve, qu'un homme comme Keathing l'appelle à la rescousse, pas pour quelques secousses. Non ! Ni pour une nuit d'ivresse. Tout cela s'achète. Non. Elle voudrait qu'on l'appelle, elle, pour un peu de tendresse. Pourquoi pas elle ? Hein ? Pourquoi pas ? On lui dirait merci. Oui ! On lui devrait des vies. Oui ! Tout cela n'a pas de prix.

Aujourd'hui, Anne Cook ne se lève plus aux aurores

pour guetter quoi ou qu'est-ce. Elle a enfin réussi à rengainer ses hontes.

D'après l'inventaire de ce matin, il ne lui reste plus grand-chose. Un morceau de viande salée. Du riz. Quelques pommes de terre à peine germées. Du vin, certes, plein la cave. Mais pas de quoi tenir face à cette crise qui dure encore. Deux semaines déjà. Deux semaines que la fièvre a changé la donne.

Anne Cook tire sur la chaîne de Darwin et l'installe à l'avant de son buggy. Il a le nez creux, ce bougre de chimpanzé. Il sent la menace aussi bien qu'un chien de chasse. Elle n'a pas envie de se retrouver comme d'autres assaillie par une grappe de pillards. Ils volent tout ce qu'ils peuvent. Ils fouillent les maisons. Dévalisent les commerces. Les miliciens de T. Brown s'efforcent de faire face. Mais les autres sont nombreux. Très nombreux. Peut-être deux ou trois cents. Et depuis quelques jours, les rescapés ont faim.

– Allez ! lance-t-elle en claquant sa badine sur la croupe de sa mule.

Elle va au Peabody, le grand hôtel du centre. C'est là que le maire Flippin s'est établi avec ses conseillers : le chef du télégraphe, un représentant de la Compagnie des chemins de fer de l'Ouest et un délégué d'une société philanthropique baptisée les Howards qui fait de son mieux, paraît-il, pour envoyer des vivres, des médecins, de la charpie et des médicaments. Ils logent tous dans cet hôtel. C'est plus simple.

En chemin, elle croise une vieille fille hébétée et suante, et deux miliciens en faction devant la Bourse du coton. Les grilles sont tirées. La Bourse est tragiquement vide, comme le reste de la ville. Le soleil brûle les trottoirs, les toits et les citernes d'eau croupie. Les miliciens survivent à l'abri d'un coin d'ombre, torse nu sous leur gilet de toile rouge.

Sur les portes des maisons, elle remarque les croix. C'est comme ça qu'on procède pour signaler un cadavre.

La demeure des James ne porte aucune croix. Mais ses vitres sont brisées. La porte est grande ouverte. Sa façade est noircie par un départ de feu et ses parterres de fleurs ont été labourés par les pillards, sans doute. La première fois qu'Anne Cook s'y est rendue, c'était il y a dix jours. La maison tenait bon, sans ces marques de saccage. Elle avait traversé le grand jardin. Dans la cabane du fond, elle cherchait la petite Evans, la fille de Billy. Elle avait une lettre pour elle, un paquet de bonbons et un rouleau de billets. Elle a laissé la lettre et gardé les billets, en attendant.

Anne Cook y retourne avec son singe. Elle contourne le grand orme. La cabane est en place. Il n'y a pas âme qui vive. Le mot qu'elle a laissé est toujours sur son clou. Elle repart déçue. Elle aurait bien voulu voir le visage de cette gosse, savoir si elle avait les beaux yeux de son père. C'est pour elle qu'il pleurait. C'est d'elle qu'il parlait sans cesse dans sa cellule. Il disait qu'elle était la plus belle des enfants. Anne Cook savait que sa mère était réputée belle. La femme noire et l'homme blanc. La petite fille métisse. La petite Emmy. Les petits enfants comme elle sont rares. Les Noirs les méprisent. Les Blancs les agonissent. Ils sont considérés comme le fruit d'une union séditieuse.

L'hôtel Peabody n'est plus qu'à quelques tours de roues. Il se dresse haut dans le ciel. Après la Bourse du coton, c'est le deuxième plus grand bâtiment de la ville. Tout en pierres blanches, radieuses. Les piliers de son fronton sont dans l'esprit du Sud, comme la maison des James. Classiques. Mais l'intérieur diffère. Le hall est pavé de briquettes étroites, qui forment un plancher vague fait de creux et de saillies, allant de l'ambre au bistre. Ses talons claquent sur le sol. Darwin se laisse guider. Ce parterre les fascine à chaque fois, lui comme elle. Il pousse des petits cris depuis qu'une lumière bleue a frappé son visage. Elle provient des vitraux en ogives qui transforment le jour du Sud en lumière exotique.

Un bonhomme l'attend dans le coin. Debout devant son pupitre, le visage rond, le menton enfoui sous le gras de son cou, lui fait penser à la boule qu'on coince en haut d'un bilboquet. Un registre est posé devant lui.

– Vous faites partie des volontaires ? demande-t-il.

– Je suis Anne Cook, de Mansion House.

– Ah ! Pourquoi êtes-vous venue, alors ? ajoute-t-il,

avant de remarquer le singe qu'elle tient au bout de son bras.

– Pour obtenir de l'aide.

Elle l'entend déglutir. Ses épaules redescendent. Il note son nom dans le grand registre et lui indique la salle du fond.

– Pour les réclamations, faut voir avec le maire en personne, Madame…

Anne Cook arpente un long couloir qui sent fort le tabac. Le singe passe les doigts sur les murs. Il laisse des traces de noir. Quatre murs blancs, un plancher et une table de poker. Des verres. Des bouteilles. Quelques hommes se retournent vers elle, et se taisent. Flippin est là. Le chef de la milice, T. Brown, aussi. Il y en a deux autres qu'elle ne connaît pas. Tous sont déçus de la voir et cherchent derrière elle.

– Je n'ai plus beaucoup de vivres.

– On attend une livraison, justement, dit le maire en regardant le singe, qui voulait le mordre l'autre soir.

– J'ai des bouches à nourrir.

Anne fait le décompte des patients sous le regard de T. Brown. Cet homme impressionnant l'observe avec un air d'estime, évaluant tout le bon et le mauvais que cette femme porte en elle.

– Qu'est-ce qu'il vous faut ?

– De la farine. Des légumes. Un peu de viande, aussi. Avez-vous de la viande ?

Elle a sorti sa liste. Pendant qu'elle se demande ce qui

ferait plaisir à Keathing – du rhum ou du whisky ? –, des bruits de pas l'intriguent. Ce sont les fers que porte le fossoyeur. On l'entend venir de loin. Les mains jointes, les traits tirés, les joues creuses, il attend patiemment. Elle s'en écarte un peu.

– Ce sera tout ? demande le maire.

– Et de l'alcool ? Avez-vous de l'alcool ?

– Les volontaires de Houston ont promis d'en fournir.

– Si le train arrive, remarque T. Brown.

– Oui. On attend des sacs de vivres. De quoi tenir. Pour tout le monde, même pour vous, lance le maire au fossoyeur. Quand le train passera. Ça fait des jours qu'on l'annonce. Il finira bien par venir, n'est-ce pas, lance-t-il à T. Brown, qui ne réagit pas.

– Et mes clous ? intervient le fossoyeur. J'ai plus de clous, moi. Comment je fais pour mes cercueils ? La fosse commune est pleine. J'ai presque plus de planches ni de chevilles. Le menuisier me dit qu'il va manquer de bois. Il faut qu'on soit livrés, Flippin. On n'a plus de quoi faire. On court partout avec mes gars. Y a des croix plein la ville. Comment on fait sans clous ?

– Ils sont morts, dit le maire. Pas besoin de vous presser.

T. Brown lui jette un regard mauvais. Ce maire est un idiot. Avec tous ces cadavres, le choléra menace. Tous ceux qui ont fait la guerre le savent. Si on enterre les morts, ce n'est pas seulement pour leur âme. C'est aussi pour protéger les vivants de la vermine et des miasmes.

– On va manquer de chaux, Flippin. C'est très grave !

– Je...

T. Brown coupe le maire, qui va dire une sottise :

– Prenez sur les maisons, dit le chef des miliciens. Dans les faubourgs, au sud de Gayoso, il y a beaucoup de maisons abandonnées. Prenez les planches. Ôtez les clous. Vous direz que ça vient de moi !

– Mais on va m'arrêter. La police me prendra pour un brigand.

– La police ? Quelle police ? lance T. Brown. Il n'y a plus de police.

Le géant a raison. Tout le monde le sait. Arthy, le chef de la police, a fait partie des premiers fuyards Et ses hommes ont suivi. Presque tous.

– La police, c'est moi maintenant. Mes hommes vous laisseront faire. Je passerai le message. Et puis, de la chaux, on va vous en trouver, fossoyeur. Je me souviens qu'il y avait un vieux stock de l'armée à Fort Pickering. On s'en occupe.

– Je compte sur vous !

– Et moi, ajoute le maire, je vous demande une chose. Arrêtez cette putain de cloche !

– C'est l'usage, Monsieur le maire.

– Elle sonne tous les quarts d'heure. C'est bon. On a compris. On n'en peut plus de l'entendre. Je vais la faire interdire, moi, cette putain de cloche. Nuit et jour. Je peux plus la supporter.

Le maire se ressert à boire. Il n'est pas encore saoul. Il tiendra quelques heures.

– Vous avez vu toutes ces croix ? Oui. Oui bien sûr. Y en a tellement ! C'est pas possible... Quelle hécatombe ! J'en peux plus moi, j'en peux plus ! Que Dieu nous protège. Que Dieu nous protège tous. Vous. Moi, dit-il en se signant.

Il lève les yeux vers Anne. Elle devine ses pensées.

– Je ne prie pas, répond-elle.

Le maire tourne une idée, imperceptiblement. Il rumine quelque chose.

– On vous a vue traîner près de la maison des James.

– Oui, c'est vrai, répond-elle, agacée par cet homme sans consistance.

Même Darwin s'impatiente. Il tire sur son bras. Il veut quitter les lieux.

– Vous cherchez la petite Evans ?

Toute la ville le sait. Elle a fait passer le mot.

– Vous avez des nouvelles ?

Darwin s'accroupit sur son séant, les genoux remontés, les bras autour.

– Elle s'appelle bien Emmy, la gamine de l'escroc ?

– Oui.

– Elle est chez les sœurs, laisse tomber le maire Flippin. Et va falloir prier pour la retrouver vivante. Personne ne sort vivant de Saint-Mary. N'est-ce pas, Monsieur Brown ? C'est pire qu'une léproserie.

28

Emmy s'est retrouvée tout au fond d'un couloir dans lequel tout résonne, les pas comme les rumeurs. C'est comme ça qu'elle a su que le recteur avait fui et que deux religieuses étaient mortes. Lesquelles ? Leurs noms ne lui reviennent pas. Il y a tellement de sœurs ici. Il n'y a que cela, des sœurs ceci ou sœurs cela, cachées sous des capes d'un autre âge. Et quand l'une d'elles croise un homme en soutane, elle l'appelle « mon père ». Ça résonne. Tout résonne et lui rappelle qu'elle est seule, sans sœur, ni père ni mère.

Plus tôt, elle a capté des bouts de conversation entre la supérieure, mère Constance, et sœur Francesca. Constance ne voulait plus d'elle.

La mère supérieure disait qu'elle n'avait plus de place avec tous ces enfants, malades ou orphelins, qu'on leur confiait chaque jour.

Sœur Francesca a insisté.

La mère supérieure a conclu que c'était son affaire,

qu'elle devrait se débrouiller, car il n'y avait pas de lit pour une petite négresse.

Cette mère prétendue supérieure n'a pas assez d'âme pour la garder. Pourtant, elle passe de longues heures tournée vers l'absolu comme un hibou vers le ciel. Combien de fois par jour les sœurs abandonnent-elles leurs tâches, les enfants malades et tout le reste, pour prier, les yeux clos, la tête sous leur cape noire, les manches sur les mains, repliées sur elles-mêmes, pour tous les hommes et Dieu le Père ? Il n'y a plus de relatif. Plus la moindre nuance de foi ou de couleur de peau. La supérieure et ses sœurs adorent en chœur une croix de bois. Elles psalmodient dans une langue déjà morte, en un chœur sans cœur.

Sœur Francesca reparut. Elle avait l'air contrite par cette conversation avec sa supérieure. Emmy se sentait perdue. Sa mère gisait quelque part. Son père était en terre. Tout se dérobait, comme dans les marais. Pourquoi ce couple absurde, celui de la charrette, l'avait-il ramenée là, au cœur même d'un drame qui ne voulait pas d'elle ?

– La mort ne veut pas de moi. La mère supérieure non plus. Que vais-je faire ?

– Ne perds pas la foi, Emmy.

– Je n'ai pas perdu la foi, ma sœur. C'est elle qui m'a laissée tomber. Et je lui en veux, si vous saviez comme je lui en veux !

– Chuuut ! Parle plus bas, Emmy. Ces choses-là ne se disent pas.

– Mais c'est vrai, pourtant. C'est si vrai !

La brave religieuse essuya ses larmes et posa la main sur son thorax, en un geste d'apaisement, comme si elle reprenait la main sur sa respiration. La petite se laissa faire. Elle cessa de trembler.

– Ici, lui dit Francesca, la vérité est secondaire. Qu'importe ce qui est vrai ou pas. L'essentiel, c'est de croire. Tant pis si c'est absurde. Ce n'est pas encore vrai, mais ça le deviendra un jour ! Crois-le.

– Mais…

– Chuuut, ma fille. Repose-toi. Les épreuves que tu viens de traverser sont terribles. Je le sais. Mais tu ne dois pas perdre espoir. Tu n'es pas seule, Emmy.

C'était l'heure des matines, puis vint celle des laudes, que les religieuses allaient passer les mains jointes en prière, quand des cris des enfants les appelèrent au secours.

Intriguée, Emmy quitta son lit. Elle prit le petit escalier. Un couloir très étroit et tout au bout une salle. Immense. Carrée. Pleine de râles et de ronflements. Une ribambelle d'enfants vivaient là.

L'un d'eux se mit à hurler quand il la vit entrer et se pelotonna tout au fond de son lit de camp. Un autre éclata de rire. Il avait près de dix ans et jouait à quatre pattes avec un bout de bois et une roue en acier.

Elle compta trois rangées. À gauche, celle des garçons. Au milieu, les nourrissons, et à droite, derrière un rideau tiré, l'espace des fillettes. Emmy voyait l'ensemble. Certains étaient couchés. D'autres, accroupis, regardaient droit devant eux, bras croisés, renfrognés. Dans un lit du premier rang, elle remarqua une tête parfaitement immobile. Ses yeux étaient ouverts. Comme sa bouche. Son voisin de lit se leva et alla vers la fenêtre. Son visage était jaune comme de la paille de litière.

– Il fait chaud. J'ai si chaud. Aidez-moi !

Il tapait à la fenêtre. Il suppliait qu'on l'ouvre.

Une fillette se redressa dans son lit et plaqua ses mains sur ses oreilles. Tout ce bruit. Et cette odeur infâme, de pisse et de vomi.

Emmy fit demi-tour. Elle avait de la chance de se retrouver seule dans la cellule de la sœur. En longeant la paroisse, elle entendit les chants. Clairs. Harmonieux.

La supérieure lisait :

– *Le Seigneur t'a porté comme un homme porte son fils, tout au long de la route que tu as parcourue.*

Et les sœurs répondaient :

– *Seigneur, que ta promesse me soutienne et je vivrai : ne déçois pas mon attente.*

Et toutes ensemble elles clamèrent :

– *Nous te supplions instamment, Seigneur Jésus, à*

l'heure où tu fus conduit à la croix pour le salut du monde : pardonne-nous les fautes commises et protège-nous pour l'avenir. Toi qui règnes pour les siècles des siècles. Amen.

Quelles fautes ? Quelle protection ?

Emmy pria de toutes ses forces pour que le Seigneur les abandonne, elle, la supérieure et ses sœurs, à l'exception de Francesca, et regagna sa cellule. Elle y resta seule un moment. Puis la religieuse la retrouva. Son visage était serein, comme après chaque prière.

– Je suis allée voir les autres.

– Quels autres ?

– Les autres enfants. Ceux que la supérieure veut bien garder.

– Tu restes avec moi, Emmy.

– Je suis bien contente de ne pas être là-bas, dans ce dortoir. Il y avait un garçon qui criait près de la fenêtre.

– Ah. On a retrouvé son corps. Il a sauté après les laudes.

Sœur Francesca se signe et prie pour le garçon.

– Cette fièvre est un démon, dit-elle. Elle souffle des folies. Je t'interdis d'y retourner, Emmy. Tu entends ? N'écoute plus leurs cris. Laisse-les appeler. Ces enfants sont aux prises avec le démon. Mais bientôt, Dieu prendra soin d'eux. Nous avons bien prié.

– Je ne veux pas y retourner.

– C'est mieux ainsi, dit la sœur. Qu'il en soit ainsi.

La sœur s'allonge. Elle ferme les yeux et commence à gémir :

– J'ai tellement mal à la tête.

Elle ôte sa coiffe. C'est la première fois qu'Emmy voit ses cheveux. Ils sont bruns, courts et rares. On dirait le duvet d'un bébé.

29

Keathing prend la chemise qu'elles ont pliée pour lui. Il enfile ses manches, en éprouvant ses muscles. Chausse ses bottes. Le sol tangue un peu. Il ferme les yeux. Se redresse. Recommence, plus doucement. Pour enfoncer ses bottes, il cogne ses talons contre le sol. Voilà ! Comme ça, c'est bien ! Il attrape son chapeau et quitte sa chambre.

Dans le grand salon, il croise le vieux Mitchell qui badine avec Kerenn. Sa nouvelle vie dans ce bordel a l'air de lui convenir. Il est souriant. Très à son aise. Il semble avoir gagné en énergie vitale.

– Voilà notre rescapé, lance Mitchell, tout en joie.

La longue fille approche son épaule de celle du vieux docteur. Sa main remonte et lui caresse la nuque. Mitchell incline la tête et coince les doigts de Kerenn entre sa joue et son épaule. Il l'embrasse en souriant.

Keathing pense « Au suivant ». Il est celui qui sort. Presque à regret maintenant qu'il assiste à cette scène. Qui se souciera de lui ? Il s'apprête à rentrer chez lui.

Il va retrouver son lit bateau, ses bureaux, ses machines d'imprimerie. Cela fait des siècles qu'il n'y est pas retourné.

– Madame Cook n'est pas là ? demande-t-il.

– Ah non, tiens ! fait la fille avec un ton de surprise. D'ordinaire à cette heure, elle prépare les repas, mais pas là. Pas ce matin. Je ne sais pas où elle est. Elle dort peut-être encore, qui sait ?

Keathing éprouve une pointe de déception.

– Vous la saluerez bien de ma part.

– Je sais qu'elle s'est couchée tard hier. Il a fallu préparer une autre chambre. On va avoir un nouveau client…

– Patient ! corrige Mitchell.

– Oui ! Oui ! Patient, dit-elle dans un éclat de rire qui ressemble davantage à une explosion de joie, presque une déflagration, qui les prend de court, Keathing le premier, mais aussi le vieux docteur qui se demande s'il va tenir face à tant d'énergie.

– Ah mais non ! Voilà, dit-elle en s'accrochant au bras de Mitchell. Ça me revient. Elle est chez les sœurs de Saint-Mary. Où avais-je la tête ! Faut dire que j'ai pas trop dormi. Cela faisait bien longtemps que j'avais pas passé une nuit pareille ! Hein, docteur ?

– Je vais vous laisser, dit Keathing. Je reviendrai plus tard.

Il remonte Second Street. Il a soif. Il a faim. Il est vivant, et c'est comme un miracle. Il redresse le cou pour sentir tous ses muscles. Il ne cherche pas l'ombre qui se déroule sous les façades. Le soleil n'est plus rien face à la fièvre qu'il a connue. Il pense à Madame Cook, à sa bouche, sa voix, ses gestes, ses doigts et le berceau de ses épaules. Il marche au beau milieu de la rue et un sourire lui fend la moitié de la gueule. C'est absurde. Mais c'est plus fort que lui. Bientôt il retournera la voir. Bientôt, oui.

Au carrefour de Monroe, il passe devant le grand hôtel Peabody. Ses volets sont ouverts. Sa façade de pierre blanche resplendit au milieu des bâtiments de bois ternes. Une charrette pleine de sacs s'arrête devant l'entrée. Il n'est pas très surpris. Il a entendu dire que c'était là que les gens de la ville venaient se ravitailler.

Il fait un pas de côté en voyant le maire sortir en titubant de l'hôtel. Il irait bien lui cracher toute sa haine. Flippin ne tient plus debout. Il est rond comme une barrique. Deux pauvres types l'encadrent. Un Blanc et un Noir, en vestons de la milice. Sans eux, le maire s'écroulerait.

Court Square est encore à une centaine de pas, mais déjà, il devine un étrange campement. Des dizaines de tentes parfaitement alignées et la fontaine de marbre au centre. Leurs toiles beiges proviennent des stocks de Fort Pickering.

En s'engageant dans ses allées, il remarque des fusils,

avec leurs longs canons et leurs minces baïonnettes. Des armes d'un autre temps. Des hommes sont en faction. Des Noirs. Des Blancs.

– C'est quoi ce campement ? demande-t-il au premier type qu'il croise.

– La milice.

Le type rejoint un groupe de quatre hommes. L'un remue de l'argile dans une bassine en fer qui branle à chaque tour de bâton. Un autre fait de la charpie. Avec une méticulosité de fourmi, il délite les trames, tire les fils. Le troisième a des gestes mécaniques. Il prend. Il tourne. Il attrape une fiole en verre, visse un bouchon et la range dans la caisse à ses pieds. C'est de l'huile de castor. Keathing en avait déjà vu une, près du lit à Mansion House. Un autre milicien se penche au-dessus d'un baril plein de goudron et l'enflamme. Sa fumée sature l'air.

Certains l'ont reconnu et lui adressent un signe. Keathing est une figure de Memphis. Sa gravure est parue plusieurs fois dans le *Daily.* Tout le monde sait que ses bureaux sont situés de l'autre côté de la place.

Des miliciens s'écartent. Les voix sont retenues. La dernière fois qu'il a vu un camp pareil, c'était pendant la guerre, au tout début, quand les confédérés croyaient en la victoire. Ils étaient fiers et sûrs. Ils passaient de longues heures à graisser leurs armes et à cirer leurs bottes… jusqu'au premier coup de canon. Là, ils ont déchanté. Le camp fut démonté. Les toiles furent rangées en attendant la revanche. Ce sont les mêmes tentes qu'il longe. Les mêmes lits. Mais cette fois, l'ennemi a changé de visage. Il n'a pas d'uniforme. Il ne respecte pas de règles. Il est déjà en ville.

Au milieu d'un groupe d'hommes, il reconnaît T. Brown. Il est debout. Il porte une chemise et par-dessus ce veston rouge qu'il voit un peu partout. Il parle comme un chef. Il s'agite et indique des directions. Les hommes autour de lui l'écoutent attentivement. Tous sont armés. Ce campement est le leur. Ils sont tous miliciens et forment l'armée de T. Brown.

Arrivé devant chez lui, Keathing éprouve une profonde lassitude. Il ne dit plus un mot. Ses lèvres sont sèches, aussi sèches que son gosier. La porte de l'imprimerie est fermée. Il va l'ouvrir quand il entend des hommes pousser d'autres hommes. Des miliciens encadrant un groupe de types menottés et en haillons avec des gueules mauvaises, des gueules de chiens battus qui semblent guetter l'occasion de se carapater. Ils sont conduits au tribunal de Memphis. Le juge n'est plus là, pourtant. Il a fui depuis longtemps. Keathing ne comprend plus.

– Ce sont des pillards, Monsieur. On va les conduire devant le juge.

– Le juge ? Mais quel juge ? demande Keathing.

– Je sais pas, moi. Le juge… De toute façon ils vont finir en taule. Comme les autres. En taule, ces salauds-là ! Y viennent même pas de chez nous. C'est que des vagabonds, des profiteurs. Ceux-là, on les a pris près de la gare. Y squattaient une maison, une belle maison, pour sûr ! Avec des lits pleins de draps. Ils avaient la belle vie et faisaient bien des misères à deux jeunes femmes. Les filles Adams. Vous connaissez ?

– Adams, le négociant ?

– Oui, ceux qui habitent sur Wellington Street. C'est tout ce que je sais, Monsieur ! Allez, avancez nom de nom, lance le milicien.

Le groupe disparaît dans le tribunal.

Keathing fouille sous le trottoir. Sous les planches de bois, il pousse un morceau de brique et tâte la terre dessous. Les clefs ne sont plus là. Son cœur se met à battre plus vite. La porte n'est pas fermée. Il la pousse et se replonge dans cette odeur qu'il aime. La plénitude de l'encre, la pointe ferrugineuse des machines et l'agacement des graisses. Il n'y a pas d'ouvriers, mais les machines sont là. Par chance. Sous leurs bâches. Les galées bien alignées. Les casses à terre. À première vue, il ne manque pas un plomb. Il voit le gros rouleau de papier qui se débine un peu. Il est si soulagé.

Keathing se retourne. Les presses. La rotative qui lui a coûté si cher. Tout est en place. Au premier, les bureaux de la rédaction sont vides. De la poussière les recouvre. Il en a plein les doigts. Des carnets. Des feuilles volantes. Des exemplaires de la dernière édition.

Des bracelets élastiques et les épluchures de fruits divers que Sullivan, l'apprenti, laissait toujours sur sa table.

Il prend le verre qui traîne. Il sent encore un peu la tourbe. Il a soif. Il doit avoir de quoi boire dans sa chambre. Du vin. De l'eau. Ce qu'il faut. La porte de la chambre est ouverte. Il entrevoit son lit. Une boîte de conserve traîne au sol. Des draps froissés en boule. L'odeur d'un corps. La sueur. Et l'acier froid d'un canon collé entre ses yeux qui le fait soudain loucher.

30

Anne Cook n'en revient pas. Il y a l'odeur. Mais surtout cette masse noire, celle de la religieuse avec laquelle la jeune Emmy partage sa cellule. Chacune est de son côté. Emmy a son lit dans un renfoncement, une sorte de petite cave accolée à une autre, plus grande. Le sol est tapissé de sciure de bois. Les murs sont faits de pierre sombre et le plafond en double ogive imite les vieilles églises du temps des Espagnols.

Anne Cook s'habitue vite à la pénombre. Mais c'est cette vision qui la sidère. Une silhouette allongée, immobile. Un visage tapissé d'une étrange matière. Sombre. Palpitante, au point de donner l'impression de se compacter et de se dilater par secousses.

La mère supérieure reste en retrait.

– C'est notre sœur Francesca, dit-elle.

Anne détaille ce masque affreux. Des mouches ! Des centaines de mouches, comme des graines de pastèque. Elle en a plein les yeux, les narines, la bouche.

Anne balaye l'air, chassant tant bien que mal ces

essaims obstinés, qui partent et reviennent pour se remettre à la tâche. Aimantés.

Elle allume un cigare. Emmy se tient tapie au fond de son coin de cellule. Elle n'ose pas prendre la main qu'Anne Cook lui a tendue.

– Tu ne dois pas rester là. Fais-moi confiance. Viens, dit-elle en s'approchant.

Mais la petite s'obstine. Elle a caché sa tête. Elle ne veut plus rien voir.

La fumée chasse les mouches. Anne est pressée de sortir. Elle s'assied sur le lit d'Emmy. Elle lui parle de son père.

– Vous le connaissiez ? demande-t-elle sans relever la tête.

– Je connaissais ton père, oui. Il parlait souvent de toi.

– Il était où ?

– Je te raconterai. Plus tard. Pas maintenant. Il ne faut pas rester là. Ces femmes ne peuvent plus rien faire pour toi.

– Notre sœur Francesca va bientôt nous quitter, balbutie la supérieure.

Le front d'Emmy est tiède. Aussi frais que la cellule. Il est aussi plein de terre.

– Alors ? lui lance la supérieure.

Anne Cook la rejoint dans le couloir.

– Cette petite n'a pas de fièvre, répond-elle. Je ne comprends pas, vous me disiez qu'elle était mourante.

Sœur Francesca est mourante. Elle ne passera pas l'heure, elle. C'est sûr. Mais pas la petite.

La mère supérieure tord le cou pour regarder l'enfant.

– Et pourtant, ce matin, elle était brûlante. Je vous assure.

– Elle n'a pas de fièvre ! Je sais de quoi je parle. Allez voir par vous-même.

– Ah ça non ! J'ai assez de cas comme ça ! s'écrie-t-elle, le visage aussi blanc que sa coiffe.

Anne Cook tire une bouffée de son cigare.

– Alors, apportez-moi une bassine d'eau chaude et un linge propre ! ordonne-t-elle.

Comme elle tarde à répondre, Anne se retourne, agacée, et renouvelle son ordre.

– Maintenant !

Anne s'agenouille, les mains sur la fillette, avec l'envie de bastonner cette mère affreuse, cette sœur supérieure avec sa robe de serge, son voile et ses rangées de boutons de bois sur lesquels sont gravés un crâne et une paire d'os en croix. Comment peut-on porter la mort sur soi, autour du cou, en bandoulière ou en boutons ? La terre aspire déjà bien assez de morts comme ça. Anne ne comprend pas ces femmes qui s'appellent sœurs entre elles et qui se vouent tout entières à l'amour de Dieu le Père pendant que les autres crèvent. Elle préfère ses filles qui se louent de la tête aux pieds à l'amour sans amour, pour tenter de vivre un peu.

Une religieuse arrive. C'est une novice, plus jeune. Elle porte une bassine en fer-blanc dont le contenu valdingue et menace de se renverser quand elle la pose à terre.

– Et un torchon, s'il vous plaît !

Anne le trempe et nettoie le visage d'Emmy. Un bruit mat résonne dans le couloir. On dirait une boîte cognée contre la pierre. La jeune novice rougit. Anne ne relève pas. Ensemble, elles soulèvent la jeune fille et ramassent l'oreiller.

– Voilà, très bien, dit-elle, pendant qu'Emmy s'adosse.

– Je peux m'en aller maintenant ? demande la religieuse.

Anne la laisse sans réponse.

– Alors c'est toi, Emmy ? C'est un joli prénom, dit-elle tandis qu'elle la nettoie. J'ai eu une fille un peu plus âgée que toi qu'on surnommait Emmy. C'est ton prénom ou un diminutif ? C'est un diminutif, je parie. Oui. J'en suis sûre. Elle venait d'Italie, elle parlait des tas de langues. Italien. Russe. Français, comme moi, et anglais comme nous toutes. Elle chantait même parfois. Les hommes en étaient fous. Elle était très jolie. Comme toi, d'ailleurs. Tu es très jolie, tu sais. Tu as de qui tenir !

Anne tord le linge au-dessus de la bassine. Le ruissellement de l'eau, le cliquetis des gouttes qui rebondissent sur le fer emplissent l'air d'un son clair. Anne recommence plusieurs fois. Plonge. Essore. C'est comme une litanie qui accompagne ses mots. Un aller-retour sonore. Plonge. Essore. Un fil tendu entre elles. Plonge. Essore. Une liturgie de l'eau qui captive la novice. Plonge. Essore. Le torchon devient chair. Elle le passe dans le cou de la jeune fille.

La novice reste là, les bras ballants cette fois, écoutant tout ce qui tombe de la belle voix d'Anne Cook.

Elle passe aux jambes, maintenant. Les pieds d'Emmy sont noirs de crasse.

– Je crois qu'il nous reste une paire de draps propres, déclare la novice.

– Bonne idée ! Ça pourra me servir. J'en manque.

– Mais vous savez…, se reprend la religieuse.

– Et une chemise aussi, la coupe Anne. Elle aura besoin d'une chemise propre.

Emmy ouvre grands les yeux. Elle a vu quelque chose dans le couloir. Quand Anne se retourne, il n'y a rien. La jeune fille insiste. Ses doigts s'agitent. Son index est tendu. Un nouveau bruit de boîte et le dos d'un homme courbé juste à côté de la porte.

Deux cercueils sont posés.

– Qu'est-ce que vous faites là ? lance Anne.

Deux hommes en veston répondent qu'ils obéissent aux ordres. C'est la mère supérieure qui leur a demandé de l'aide.

– D'ailleurs, la voilà, dit l'un d'eux.

– Continuez ! lance la supérieure. Allez ! Allez ! Ne restez pas là !

Les deux miliciens se replient et soulèvent les cercueils.

La supérieure a le visage crispé d'avoir crié de loin. Elle passe devant Anne comme si de rien n'était. Mais celle-ci la rattrape.

– Qu'est-ce que vous faites ?

La mère supérieure se cabre, l'air méchant.

– Lâchez-moi ! grogne-t-elle en se débattant.

Les deux miliciens se figent. La novice observe. Et la petite Emmy se renfonce dans ses coudes.

– Comment osez-vous faire passer un cercueil devant elle ? Elle n'est même pas fiévreuse. C'est quoi cette mise en scène ?

Du bout de sa sandale, la supérieure leur indique l'escalier.

– C'est une erreur, dit-elle en marchant derrière eux. Ce n'est qu'une erreur.

– Parmi les deux cercueils, il y en a un d'enfant !

– Cela vous étonne ? Suivez-moi, vous comprendrez, répond-elle.

Le dortoir est un lieu de cauchemar. La puanteur. Les pleurs. Les sœurs impuissantes. Les lits infestés de miasmes dans lesquels s'entassent deux, trois, parfois même quatre enfants, par fratrie, paraît-il. Et tout au fond, un prénommé Charly, mort depuis quelques heures. Un paravent de toile est dressé entre lui et les autres. C'est le pire des secrets. Et c'est pour cela que les enfants hurlent quand les miliciens se pointent avec leur boîte en bois. Tous savent ce qui les attend.

– Cette chose, s'indigne Anne, c'est une condamnation. Il n'y a que les criminels qui voient leur cercueil avant de mourir. Comment avez-vous pu ?

Anne repousse les deux hommes et les force à reculer.

– Mais laissez-les faire, enfin !

– Vous n'avez pas le droit ! hurle-t-elle. Pas devant tous ces gosses. Vous n'avez pas le droit. Ils sont tous morts de peur.

La supérieure regarde ailleurs et se met à réciter quelque chose d'une voix de sépulture :

– *Comme tous meurent en Adam, de même aussi tous revivront en Christ, mais chacun en son rang.*

– Que dites-vous ?

– *Christ comme prémices, puis ceux qui appartiennent à Christ, lors de Son avènement.*

Dans la salle, tout autour, les cris des gosses redoublent. C'est un capharnaüm résonnant de prières.

– *Car il faut qu'Il règne jusqu'à ce qu'Il ait mis tous les ennemis sous ses pieds.*

Anne a peur de cette femme habitée d'une ferveur plus atroce que la Fièvre, plus virulente que les flammes de cet enfer sur Terre. Elle veut l'Apocalypse. Elle l'appelle de ses vœux. Il faut qu'elle parte. Vite. Il faut qu'elle sauve la petite.

31

Keathing fixe le trou noir du canon, le creux du barillet, l'oreille dressée du chien, la crosse, le pouce autour de la crosse, le bras et, tout au bout du bras, la tête stupéfaite qui le dévisage.

– Sullivan ? Mais qu'est-ce que vous faites là ?

L'apprenti jette son arme comme s'il fallait reprendre la scène depuis le début, mais la jouer différemment. Il esquisse un sourire, sans doute pour l'accueillir et lui dire combien il est heureux de le revoir. Keathing le laisse dire, étonné. Ça ne prend pas. Puis il incline la tête, lève le bras, pince le lobe de son oreille. Il n'a plus le choix. Il doit arrêter de jouer.

– C'est que je croyais que vous étiez mort, Monsieur Keathing ! avoue-t-il.

– Faut croire que non, comme vous voyez, et j'ai bien l'intention de retrouver mon logis, dit-il en l'écartant.

Ses livres sont près du lit. Le daguerréotype de sa femme est accroché au mur. Un coin est ébréché depuis qu'il est tombé, l'été dernier. Un exemplaire du *Daily* dépasse de sous le lit. Un pantalon pendouille au clou du mur. Il n'y a que ce havresac qui doit être celui de Sullivan, plein d'affaires, sans doute. Sinon, rien n'a changé.

– Je ne m'attendais pas à ça, Monsieur Keathing. Sinon, je n'aurais jamais osé, dit-il en roulant son sac vers lui.

Keathing tire les draps d'un coup sec. Le revolver de Sullivan valdingue dans un coin. Il s'assied sur son matelas et enlève ses bottes. Une enveloppe traîne par terre, près d'un exemplaire du journal. Elle porte l'estampille de la Western Union. Rouge sur papier bleu. Son bord est déchiré. La lettre vient de New York. Pendant que Sullivan bredouille des excuses, il la glisse dans sa poche.

– Je ne me serais pas permis…

Keathing a deviné ce qu'elle annonce. L'air compatissant de Sullivan confirme l'idée qu'il devine ce qu'elle contient. Ce n'est un secret pour personne au *Daily* que la femme du patron a l'âme bien vagabonde. Certains ont parié qu'elle ne reviendrait pas. Keathing passe la main sur sa nuque. Il a repris ses droits. Sa chambre. Son lit. Son imprimerie intacte. Ses petites affaires. Même ses livres.

Sullivan, en caleçon, passe la porte.

– Où allez-vous comme ça ?

– Je vais me rhabiller.

– Et après ?

– Je ne sais pas trop, en vérité. J'habitais du côté de Wellington.

– Près de la gare ?
– Le long de la voie ferrée, juste en face de la forêt.
– Est-ce que le quartier tient bon ?
– Oh non, Monsieur Keathing, répond-il en serrant contre lui sa besace. C'est certainement le coin le plus touché de la ville. Je ne veux plus jamais y retourner. Il a des croix plein les murs. Il en a vraiment partout. Sur toutes les portes. Même sur la mienne, vous savez. Ceux du rez-de-chaussée, ils sont tous morts. Une famille tout entière. Le père et la mère dans le même lit. Les trois gosses dans leur piaule. Avec des jouets par terre. Tous gonflés de leurs souillures. Les miliciens sont venus pour embarquer les corps. Mais ils n'avaient plus de quoi chasser l'odeur avec ce savon, vous voyez ce que je veux dire ? Ces pains roses au phénol. C'est le docteur Mitchell qui m'a conseillé en partant de passer le plancher au feu. Un rapide coup d'alcool et de l'enflammer vite fait. Mais je ne l'ai pas fait, bon Dieu ! J'avais quelques babioles que je n'allais pas risquer de cramer. Alors je suis resté. Une nuit. Juste la nuit d'après en me disant que ça passerait. Si vous saviez. Si vous saviez ce que j'ai vu cette nuit-là. Je… je… Vous croyez que je pourrais dormir en bas, Monsieur Keathing ? Je me glisserais entre deux bureaux, par exemple. Je ne prendrai pas de place. Pas comme cette fois, pardon encore. Je me ferai discret, vous savez. Et puis comme ça, je pourrai garder les lieux. Je vous trouverai de quoi manger. Les miliciens m'ont laissé deux boîtes hier. Des haricots et un fond de coulis

de tomates. Demain, j'irai trouver les pêcheurs sur les berges. Je les ai vus faire, ces vieillards, avec leurs doigts sur leur ligne, leurs dos de vieilles cryptes, tout courbés. Ils remontent tout ce qui mord. J'ai de quoi payer, vous savez. Il me reste un peu de ma paye. Je vous serai utile, ici, Monsieur. Mais je veux pas y retourner. Je veux rester ici, près d'eux. S'il vous plaît ! Ils me rassurent.

– Qui ça ? Qui vous rassure ? demande Keathing.

– Les miliciens, bon Dieu. Ceux de la place. Si vous aviez vu ce que j'ai vu, Monsieur Keathing, vous comprendriez ce que je fais là. Ils nous protègent. J'ai assisté à des choses terribles, vous savez… Je suis bien soulagé que vous soyez de retour. Vous. En chair et en os. Notre patron. Ils vous aimaient bien tous. Ils sont partis, mais ils reviendront, comme votre… euh… je veux dire… pardon. Mais j'ai les idées si emmêlées.

Sullivan se retient au mur, son balluchon contre lui. Il est comme un enfant qui a eu la frousse de sa vie, une de ces trouilles qui marquent, qui vous crèvent de l'intérieur.

Sullivan a obtenu de s'installer dans la salle du premier. Contre le bureau du fond, celui d'un éditeur, il a pu entasser son barda. Pas grand-chose, à vrai dire. Un sac et deux trois fripes. Keathing lui a prêté le matelas de son fils. Il pue le moisi. Cela fait de longs mois qu'il prend la poussière et le froid depuis l'hiver dernier.

Keathing fait le tour de ses machines. Il tire quelques bâches, met un peu d'huile sur la vis de la presse. Il rajuste le rouleau de papier qui s'affaisse. Plié, il n'est plus bon qu'à être jeté. Keathing se demande quand il pourra reprendre l'impression. À deux, avec cet apprenti, ils peuvent faire paraître quelques feuilles par semaine. Oui. Faire le job et rentrer quelques dollars. Il a de l'encre. Il sait utiliser ses casses. Sullivan n'est pas sot. Il l'aidera. Avec un peu de chance, il pourrait se remettre à écrire dès ce soir. Cette femme, cette Anne Cook, mérite bien un portrait. Un beau portrait. On parlera longtemps de ce qu'elle a fait de Mansion House, un hôpital ! Ah ça ! Un bordel transformé en hôpital. C'est le vice qui supplante la vertu.

En arpentant la grande salle, des tas de phrases lui viennent. Des détails d'elle. Ses mains. Ses lèvres, si délicates, et cette voix. Cette voix rauque et voilée. Ce portrait prendra du temps. Il faut qu'il soit parfait. On se moquera peut-être de lui. On dira qu'il a basculé dans le camp de la débauche et des filles faciles. Que faire ? Comment le dire ? C'était tellement plus simple avant, avec ses convictions, sa rectitude. Le bien. Le mal. Madame Cook ! La maquerelle ! Le doute fissure tout.

– Ah, ça mais ! s'exclame-t-il tout seul, comme font ces fermiers qui se claquent la nuque comme ils chasseraient une mouche, lui parce qu'une idée étrange vient de le prendre de court.

À l'étage, l'apprenti fait les cent pas. Il a l'air pincé de celui qui remue des choses mauvaises. Il n'a même pas vingt ans et marche les mains dans le dos comme les vieux harassés par le poids de leurs peines.

– Sullivan, dites-moi ce qui vous travaille.

– Ces gens ne sont plus des hommes. Ils ont comme qui dirait tourné. On pourrait dire qu'ils ont changé de nature.

– Qui ça, Sullivan ?

– Ceux de la forêt, Monsieur. Tous ceux qui sont venus dans la foulée de la fièvre. Les pillards. Mais des pillards, ça pille, ça vole. C'est comme ça les pillards. Mais pas eux. Ces… ces choses-là… Ils viennent de nulle part. Et ce que je les ai vus faire, Monsieur, personne n'aurait pu faire des choses pareilles avant.

– Mais qu'avez-vous vu, enfin !

Sullivan se plante juste devant lui. La lumière éclaire un côté de son visage. Il a la tête d'un homme qui a bu du vinaigre. Une grimace de travers. Le dernier soir chez lui, après le départ du docteur Mitchell, il a vu un groupe d'inconnus se pointer. Ils étaient cinq ou six. Ils marchaient comme des loutres et traînaient quelque chose dans une grosse toile de chanvre. Ils ont rôdé un temps tout autour de son quartier. Ils sont entrés dans les maisons alentour. Puis ils ont débarqué en bas de chez lui, au rez-de-chaussée. Ils ont fouillé les chambres, sans faire de bruit. Puis ils sont repartis avec un peu de butin.

– Je les ai suivis, Monsieur Keathing. Je n'ai pas pu résister. Je voulais savoir ce qu'ils faisaient de tout ce qu'ils avaient pris et puis de ce sac qu'ils traînaient. Oh, mon Dieu ! Ils sont retournés dans la forêt. Parce que c'est de là qu'ils viennent tous. Des miséreux, vus de loin. Des loqueteux. De ces gens qui en ont bouffé des miles de poussière et de cagnard. Vous voyez ce que je veux dire. Des bouches sèches. Mais de près, c'est autre chose. Ils se retrouvent à beaucoup.

– Combien sont-ils ?

– Des dizaines. Plus. Une centaine peut-être.

Au début, Sullivan s'était dit que c'était des marginaux. Des types comme ces groupes évangéliques qui vivaient en vase clos. Ces proscrits volontaires. Ils en voyaient souvent de ces illuminés, abrutis de faim et de prêches, le crâne tout mité par des tas d'idées folles.

– Vous en avez déjà vu de ces gens-là, n'est-ce pas, Monsieur Keathing ?

– Oui, ça arrive.

– Ils vont toujours se réfugier dans le même coin. Comme si la forêt attirait les illuminés. Mais ceux-là, ceux que j'ai vus, c'est pas que des illuminés. Ceux-là, ils ne se contentent pas de défiler en invoquant le désastre. Ils s'en nourrissent, Monsieur Keathing. Ils ont construit un ponton près du fleuve. Il y a des barques qui viennent et qui emportent ce qu'ils volent. Ils commercent de nous, Monsieur Keathing. Ils nous pillent et s'enrichissent. J'ai vu deux barques qui attendaient d'être chargées. Elles débordaient de tout. Même de vivres, Monsieur. Quand nous on manque de tout, eux se gavent. Et après… et après…

– Après quoi ?

– Je… je les ai vus. Je… j'ai vu leur campement. Je… Ils ont jeté des poudres au feu. Des poudres. Comme des pétards. Ça faisait des étincelles. Des filaments dans le noir. J'étais caché. J'ai vu, répète-t-il, comme s'il éprouvait le besoin de se convaincre qu'il n'avait pas rêvé. Puis, ils ont jeté autre chose. Du sac qu'ils traînaient derrière eux, ils ont sorti une femme. Une pauvre femme, Monsieur Keathing, qui n'osait pas trop bouger tellement elle avait peur. Au début, ils voulaient qu'elle se lève. Comme elle restait en boule, ils l'ont prise par les cheveux. Ils en avaient plein les mains, de ses longs cheveux, parce qu'elle s'est débattue en voyant le grand feu. Elle a sûrement compris. Et moi aussi, j'ai compris. Je ne voulais pas regarder. Je me suis collé à l'arbre. Mais je l'ai entendue. Je l'ai bien entendue qui criait. Et puis l'odeur. Et puis eux qui se mettaient à danser. Comme des démons. Pire que des démons. C'est sa mère qu'elle appelait avant de mourir. Je l'ai reconnue. C'était une des sœurs Adams. Je ne sais pas ce qu'ils ont fait de l'autre. Je veux pas le savoir. Jamais j'avais vu ça, Monsieur Keathing. Jamais ! dit-il en se frottant les bras comme si l'odeur de la chair brûlée y était encore collée.

Keathing divague. Il va. Il vient. Il a raté des blocs entiers du récit de Sullivan. Des souvenirs de ses nuits sont venus le télescoper. Il repensait au Klan, aux pendus, aux sacrifiés. Était-il un démon, lui aussi ? Était-il un salaud ? Tout ce qu'il avait fait, c'était pour la cause, pour le Sud, pour la défense de la race. Avec les types du Klan, ils chassaient les ténèbres. Seulement… Lui revient le souvenir de cette femme noire qui regardait les flammes. Elle avait le même regard effrayé que Sullivan.

– Vous ne me croyez pas ? lance-t-il. Vous êtes étrange, Monsieur Keathing. Tout ce que je vous dis est vrai, vous savez. Vrai de vrai !

– Je vous crois, Sullivan.

– Ensuite, je suis allé voir les miliciens à l'hôtel Peabody. Je leur ai tout raconté. Ils ont monté une expédition. Quatre ou cinq des leurs. Ils sont partis pour les piéger. Mais attention, pas en pleine forêt, parce que les autres sont plus nombreux, et armés grâce aux paquets de maisons et de commerces qu'ils ont pillés. Les miliciens les ont guettés près de la gare. Et c'est comme ça qu'ils les ont surpris, dès le lendemain. Ils étaient tout un groupe et ils retournaient en ville faire encore du désastre. Ils se sont fait prendre. Piégés. Comme des rats ! Ils sont détenus, juste en bas. Il paraît qu'ils vont passer devant un juge. Tant de peine pour ces gens. Ces affreux. Eh bien, vous voyez, Monsieur Keathing, c'est aussi un peu pour ça que je suis là, parce que les miliciens de T. Brown m'ont demandé de venir pour les identifier. Ils les ont alignés contre un mur. Tous les quatre ou cinq ou six, je ne sais plus. Les miliciens ont dressé une toile entre eux et moi. Ils ont fait un petit trou pour que je puisse voir sans être vu. J'en ai reconnu quatre. Pour sûr que c'étaient eux, avec leur sac et cette pauvre fille. Je les ai reconnus. Il y avait celui avec des yeux très bleus. Un autre avec une épaule plus basse que l'autre. Chacun avait son petit détail. Ça m'a sauté aux yeux. J'étais sûr pour les quatre. Les autres, les deux suivants, j'ai pas pu. C'est pas revenu. Ils ne me disaient rien qui vaille. Ils ne les ont pas relâchés pour autant. C'est des complices. Peut-être pas des barbares, mais des voleurs, pour sûr ! C'est égal. Le mal attire le mal, pas vrai ? Cette pauvre fille…

– Je les ai croisés tout à l'heure, dit Keathing. Ils allaient être jugés. C'est vrai que les miliciens ont prononcé ce nom. Adams.

– Ils vont payer pour ça et pour tout le reste, toute la ville qu'ils ont mise en panique, presque autant que la Fièvre. Le mal attire le mal, hein, Monsieur Keathing ? En tout cas, moi, après ça, je n'ai pas pu repartir. Je suis resté là. Comprenez maintenant pourquoi j'étais chez vous ? Les miliciens me rassurent. Faut pas croire toutes les menteries qu'on lit sur eux. Heureusement qu'ils sont là. Moi je vous le dis. Je peux témoigner !

– Des menteries ? relève Keathing.

– Oui, Monsieur. Parfaitement ! Des menteries. C'est bien vous qui m'avez appris ça à propos des faits. Il y a les faits qu'on peut prouver et ceux qu'on se contente d'inventer. Des affabulations, quoi.

– Oui, c'est possible, lâche Keathing, fatigué par tout ce qu'il vient d'apprendre.

– C'est même l'âme du *Daily*, que vous m'aviez précisé, insiste Sullivan.

– C'est vrai, dit-il en lui tournant le dos pour regagner sa chambre.

Mais Sullivan poursuit :

– Je dis ça parce que les journalistes à Washington, on dirait bien qu'ils s'en moquent de ce qui se prouve et du reste.

– Quels journalistes ?

Keathing s'appuie contre la cage d'escalier. Sullivan fouille les bureaux de la salle de rédaction.

– Je l'ai ! lance-t-il en tendant un article.

Keathing redescend et tend la main pour lire. Il plisse les yeux. Cette saleté de fièvre n'a pas pu prendre sa vie, mais elle lui aura coûté un peu de sa vue. Il s'approche de la fenêtre. C'est un très long article qui couvre une demi-page. Le *Washington Times*, ce torchon tout acquis à la cause des Yankees, accorde beaucoup d'espace à ce qui se trame ici. Il reprend le témoignage d'un « survivant ».

Le témoin se présente comme un docteur rescapé de l'enfer. Il raconte dans le détail comment l'épidémie s'est déclenchée. Tout paraît juste. Il faut dire que le témoin reprend, sans le citer, l'article dans lequel Keathing détaillait les disparitions de Billy, de Kate Bionda, ainsi que la réunion de l'Opéra. Ensuite, tout devient plus confus. Le « docteur survivant » évoque la violence des départs, les hordes de fuyards et l'arrivée de premiers volontaires.

– Quels volontaires ? s'étonne Keathing à voix haute. Avant de replonger le nez dans le journal.

Il décrit à grands traits la milice de T. Brown. Il prétend que ses membres viennent des confins de la vallée, qu'ils sont tous noirs, qu'ils ont investi les suites du Peabody et qu'ils passent leurs nuits à abuser des veuves en décrivant des scènes qui évoquent sans vergogne d'improbables bacchanales. Plus loin, le rescapé est cité : *« Combien ont profité de la situation ? Je ne pourrais le dire. Mais il m'est apparu qu'au moins trois femmes ont été violentées par ces hommes sans scrupules, arborant de faux uniformes pour mieux commettre leurs crimes… Les miliciens tiennent la ville. Les nègres tiennent Memphis. Ils tuent et pillent et violent en toute impunité. La ville est tombée entre leurs mains. »*

Keathing baisse le journal.

– Vous avez lu le nom de celui qui témoigne, Monsieur ?

Keathing reprend l'article.

Le docteur William Fitzgerald. C'est lui qui raconte toutes ces choses. Bien sûr que Keathing se souvient de lui. Il a laissé femme et enfant aux seuls soins de Madame Cook.

32

Emmy se rétablit à l'abri de cette grande maison. Elle a sa chambre en haut, près de celle de Kerenn. Un lit beau comme un rêve.

– Oh, maman, si tu savais !

Au plafond, les peintures de tous ces seins qui débordent, toutes ces cuisses, ces fesses entremêlées la font un peu rougir. Emmy évite de lever les yeux. Il y a tant de choses à voir. Des fauteuils en velours. Un tapis coloré qu'elle arpente en se mettant dans la peau de la fil-de-fériste qu'elle avait vue un jour à la foire, à Cairo. Emmy aligne ses pieds nus sur sa fine bordure noire. C'est son fil. Elle imagine le vide sous elle. Quand son tour lui fait raser les murs, elle tend les mains pour caresser les tissus qui les recouvrent. Ils ouatent les bruits du monde, comme lorsque Emmy collait son oreille contre sa mère pour se couper du reste. Elle se sentait si bien.

Dans une chambre voisine, Emmy découvre la robe qui lui avait tant fait envie, celle que portait cette fille sur le débarcadère quand elle était allée chercher son père. Ses volants pendent un peu, mais ses couleurs vives exercent sur elle la même fascination. Il paraît que la fille qui la portait est morte. Sonia. Il y a eu tant de morts. Des centaines ! Des milliers, paraît-il ! Soit. Des milliers ! Ces chiffres ne veulent rien dire. Des milliers, ça fait combien de Sonia ? Comment s'appelaient-ils, tous ces gens ? Des chiffres sans noms ne font pas des morts.

Kerenn loge à côté. Elle dit qu'elle travaillait ici avant l'épidémie, qu'elle se louait, comme toutes les filles de Mansion House.

– Et aujourd'hui ? demande Emmy en regardant de travers le vieux docteur qui se rhabille.

– Aujourd'hui ? C'est plus pareil aujourd'hui. Disons que je me donne, Emmy. Je me donne à lui, dit-elle en renouant sa ceinture. Il me plaît bien, notre docteur. Et je crois que je lui plais aussi. En tout cas, c'est ce qu'il me dit des fois.

Emmy regarde Kerenn, puis la robe sur le mur de la chambre vide entre elles. Elle se dit qu'un jour elle pourrait la porter. Elle serait belle avec. Il suffirait de lui donner quelques coups de ciseaux à la taille. Elle a la taille si fine.

– C'est vrai qu'elle est très belle. Elle a un certain genre, tu sais.

– Je sais ! Je sais ! répond Emmy.

– Mauvais genre…

Emmy laisse les mots retomber dans la pièce. Elle se

moque bien des genres. Elle n'aime pas cela, les genres. Elle a vu des filles à la peau sombre comme elle, les cheveux ras aussi, porter ce type de robe. Les hommes les sifflaient, leur lançaient des baisers, des *je t'aime,* des *chérie.* Aucun n'avait craché en maudissant leur chair ou ne s'était étouffé avec des moqueries plein la gueule. Ces filles étaient des filles. Elles n'étaient ni noires ni blanches ni blondes ni rousses. Elles étaient juste belles. Elles sortaient du bordel et les hommes les suivaient avec des sourires mous et des regards fiévreux. Mauvais genre ? Quel mauvais genre ?

Emmy se demande ce qu'elle doit faire. Dire la vérité ? Se taire ? Sa mère sait, elle.

Il a suffi d'un souffle pour qu'elle réapparaisse. Une pensée. Un appel.

Maintenant, c'est comme si sa mère était là, les bras tendus devant elle. Elle est revenue depuis, à chaque fois qu'Emmy l'appelait. Toujours les bras tendus. C'est drôle, pensait Emmy. Les gens miment les fantômes marchant les bras devant eux. Sa mère faisait cela de son vivant. Et elle le fait encore. Ce n'était pas un fantôme, pourtant. C'est sa mère. Pourquoi pas ? C'est possible ! Emmy n'a pas vu ce corps que tout le monde dit mort. Elle n'a pas de preuve de ça. Elle n'est pas trépassée, comme son père. Il n'y a pas de tombe au nom de sa mère, pas de date qui fixe son dernier jour. C'est donc qu'elle peut revenir !

Maman, pense-t-elle. Maman.

La voilà qui revient au beau milieu de la chambre. Emmy s'est demandé ce qu'elle doit répondre à cette femme longue, si longue, sa belle voisine de chambre. Sa mère lui répond. Elle dit qu'il ne faut jamais se montrer trop peu sûr de soi. Ne jamais rien formuler d'un ton péremptoire. C'est le meilleur moyen de s'attirer la colère de ceux qui pensent savoir, des Blancs, des plus blancs qu'elle, de ceux qui ont le droit de parler plus fort qu'elle. Cela fait des années qu'Emmy laisse dire les gens. Surtout quand Madame Cook lui parle de son père. C'est toujours au moment où Emmy ne s'y attend pas. Hier soir, ça a recommencé. Emmy aidait Anne Cook à faire boire le patient de la chambre 4. Un monsieur très fiévreux. Il ne pouvait rien avaler ni boire tant sa langue était dure. Il a fallu le masser avec des herbes grasses, lui frotter le dos avec de la cerise de juif, les reins, le ventre aussi. Mitchell avait prévu une décoction pour lui. Une goutte de laudanum et un verre d'élixir. Emmy tenait sa tête. Madame Cook l'aidait à boire et lui dit tout à trac qu'elle avait fait la même chose pour son père. Il était alors dans la cellule voisine. En prison tous les deux. Madame Cook le voyait dépérir. Son père faisait la grève de tout. Il rejetait tous les plats et même l'eau des matons. Il y était depuis si longtemps. Anne Cook s'était approchée des barreaux et lui avait tendu son gobelet. Billy ne bougeait pas. Elle lui avait parlé de sa fille. Billy grogna d'abord. Puis il se rapprocha. Il dit qu'il n'avait rien à perdre, que cela faisait des années qu'il pourrissait dans cette taule. Il refusa son eau. Elle promit que s'il buvait, elle irait voir sa fille. Billy saisit le gobelet et but. Et il mangea aussi.

En sortant de la chambre 4, Madame Cook l'a emmenée au coffre. Elle a sorti un rouleau de billets neufs et lui a parlé d'une ferme qu'il avait repérée près de Baton Rouge.

– Maman ! Maman ! Si tu voyais. C'était pas ce qu'ils disaient, tous les gens. Papa a tenu parole. Billy n'est pas mauvais. Il n'était pas mauvais. Faut plus les laisser dire. Je veux plus les laisser dire. Maman, si tu savais.

Avec l'argent de son père, Emma n'a peut-être pas assez pour se payer une ferme. Mais au moins pourrait-elle s'offrir une robe mauvais genre. Avec des volants rouges. Elle choisira sa matière, la forme du corset. Et quand viendra le jour où elle n'aura plus rien, elle pourra se louer, elle aussi. Pourquoi se donner ? Elle se louera pour se payer d'autres robes. Des tas. Elle sera toujours belle, comme Kerenn, comme Madame Cook. Plus tard, elle aura même assez d'argent pour s'offrir une ferme, comme celle de Baton Rouge, qui sait, avec un peu de chance.

Emmy recompte ses billets. Cinquante-six dollars. Les décoctions sont prêtes. Les draps des patients sont changés. Madame Cook dort. Elle peut bien fredonner des cantiques du coton, des chansons que les nègres reprenaient dans les champs, chacun dans sa ligne, ployant sous son panier et un soleil de plomb. Dans la ville écrasée, le chant d'Emmy résonne. Sa voix remonte la rue, elle se mêle au *Ding ! Ding !* et aux sanglots des sœurs qui suivent le fossoyeur. Les cosses ont éclaté. Le coton a éclos. Et son ventre gargouille.

Quelqu'un frappe. Trois petits coups. Emmy pique une tête dans le couloir. Elle se figure qu'on vient leur apporter des vivres. Cela fait plusieurs jours que toute la maisonnée se répand en rumeurs. Les miliciens vont débarquer. Avec un sac de riz. Avec du lait et des fruits secs.

Kerenn ouvre la porte à un bouquet de fleurs tendu par un bel homme aux tempes grisonnantes. Il perd un peu ses cheveux. Il porte une cravate noire et se tient très droit. Pas de sac avec lui. Pas de vivres.

Kerenn lui chuchote d'entrer parce que Madame Cook dort encore. L'élégant hoche la tête et ne sait que faire de tous ses coquelicots. Il en a plein les mains.

Kerenn lui désigne un fauteuil.

– Attendez là, dit-elle.

Du haut de l'escalier, assise dans la pénombre des dernières marches, Emmy se demande ce que ce monsieur fait là. Il a posé ses mains bien sagement sur ses genoux. Il s'éclaircit la voix comme font les gens au temple avant que débute l'office. Ses bottes sont cirées. Il se lève d'un bond quand Madame Cook paraît.

– Monsieur Keathing, dit-elle, qu'est-ce qui me vaut cette visite ?

Pendant qu'ils se renvoient les politesses d'usage, Kerenn tire un rideau, dispose deux verres et une bouteille qu'elle s'apprête à déboucher.

– Je m'en occupe ! dit l'homme.

Elle a beau tendre l'oreille, Emmy ne distingue pas ce que les deux se disent.

– Laisse-les tranquilles ! dit Kerenn qui surgit dans son dos.

Emmy sent ses doigts qui l'agrippent et la décollent des marches.

– Mais je ne fais rien de mal, bredouille-t-elle.

Kerenn place sa main sur sa bouche.

– Chut !

– Mais c'est qui ce monsieur ?

– Dis donc, mais tu es une petite curieuse. C'est drôle, je ne me faisais pas cette idée de toi. Viens.

Une fois la porte fermée, Kerenn lui raconte que cet homme est le premier guéri de Mansion House.

– C'est lui, Monsieur Keathing, celui dont le docteur parle tout le temps ?

Kerenn la regarde, sourit et se reprend.

– C'est aussi un ami qui compte beaucoup pour Madame Cook.

– Depuis longtemps ?

– Non, répond Kerenn, avant de plisser les yeux d'un air malicieux. Depuis maintenant.

33

Anne Cook a toujours eu un faible pour les coquelicots.

– J'aime ces fleurs, Monsieur Keathing. Ce sont les plus belles fleurs du monde.

– Je suis bien content qu'elles vous plaisent.

– Elles poussent partout. On dit qu'elles sont fragiles, qu'une fois coupées elles fanent. C'est vrai. Vous avez beau brûler leurs tiges pour en figer le suc, les plonger dans de l'eau, la renouveler souvent, ajouter je ne sais quel onguent…, rien n'y fera. Elles ne trichent pas. Elles fanent. Pourtant, si on les laisse faire, si on leur donne un peu le temps de prendre racine, elles reviennent n'importe où, près des champs, près des ruines, du printemps à l'automne. Et elles rejaillissent toujours, plus vives, plus belles. Quelques touches de rouge vif autour d'un cœur noir… Un peu comme moi ! Mais vous le saviez, n'est-ce pas ?

Keathing répond d'une moue et dilue tout le reste dans un silence courtois qui induit sans rien dire.

– Oui, vous le saviez. Vous n'êtes pas le directeur du *Daily* pour rien, remarque-t-elle.

« Poppy » est le surnom qu'elle avait adopté quand elle est arrivée. Elle était cette fille-tige qui ne portait que du rouge. Ses jambes infiniment fines. Lorsque ses clients lui demandaient son nom, elle faisait tomber ce mot de sa bouche, comme une bulle de savon. Poppy ! Jamais elle ne révélait son nom. Ni à ses habitués. Ni à ses employeurs. Elle traînait son patronyme comme un boulet de bagnard. Cook, comme son père. Cook, comme l'homme qui était mort dans ce terrible incendie. Il fallut quelques années avant que cela cesse, que les soupçons soient levés, que la mort de Cook père soit une affaire classée. Elle acheta Mansion House et signa de son vrai nom.

– Votre arrivée en ville fut remarquée…

Anne Cook aime ses mains et cette manière qu'il a de lever les sourcils quand il cherche ses mots ou de sourire en coin quand il en retient d'autres. Il en retient des tas devant elle. Il est précautionneux. Délicat. Et ce sourire la touche. Keathing n'est sans doute pas le plus bel homme de la ville. Il n'est pas un bon parti. Il passe pour un aigri. Mais pas là. Pas avec elle. Pas à ses yeux. Ses manières et ses fragilités l'émeuvent. Elle aime ce petit malaise qu'il éprouve lorsqu'il la regarde. Elle n'est pas faite pour lui. Anne Cook est tout sauf une femme pour cet homme. C'est évident. Tout le monde le sait. Et pourtant il est là, attiré. Un peu penaud, certes, mais courtois. Comme s'il gardait pour elle le peu de bon qu'il a. Et elle aime ça, les hommes pris au piège de leurs sentiments. Elle sait ce qu'il a au fond. Des tas de tendresses à dire. Il en a formulé quelques-unes dans ses délires fiévreux. Elle les a entendues. Elle était alors au premier rang, près de lui. Il prononçait des mots à chavirer le cœur. S'il a pu aimer cette femme partie si loin, il pourra recommencer avec une autre, plus fort encore. Cette idée lui plaît. Pourquoi pas elle ? Anne Cook le pense si fort qu'il l'a peut-être entendue, puisqu'il rougit maintenant, au milieu d'un silence à peine troublé par les ronflements du singe Darwin.

Il remplit les deux verres.

– Je voudrais écrire sur vous. Me l'autorisez-vous ?

En saisissant son verre, elle effleure ses doigts.

– Écrire quoi ? Vous ne savez rien de moi !

Il époussette ses cuisses d'un revers de la main qui ne fait pas de poussière. Son habit porte encore le pli de la nouveauté. Il l'avait commandé pour une grande occasion.

– Justement. Il faudrait que j'en apprenne un peu plus.

Elle sourit.

– Pourquoi pas ? rétorque-t-elle, avant d'éclater d'un grand rire dont toute la joyeuseté se répand jusqu'en haut, au deuxième et provoque les gloussements étouffés de Kerenn et d'Emmy.

– Très bien, dit-il. J'ai votre accord de principe. Je

sais que vous avez fort à faire avec tous ces malades. Pourrais-je revenir dans quelques jours ? M'accorderiez-vous un entretien ?

Anne reste assise, un peu déçue. Pour elle, tout commençait à peine.

– Chère Madame, mes hommages, dit-il en s'inclinant.

– À demain ?

Keathing est revenu le lendemain, avec un autre bouquet. Anne Cook lui sert ce qui reste de bouillon de poule. La vieille volaille de la cour y est passée. Elle manquait de souffle. Elle a été vite coincée. Assommée. Plumée. Bouillie. Son peu de chair et son jus ont permis toutefois de nourrir la maisonnée. Il ne reste plus grand-chose. Le ravitaillement tarde. Tous les jours, le maire annonce un train de vivres. Mais rien ne vient.

Pendant que Keathing boit, Anne Cook se raconte. C'est l'histoire d'une petite fille élevée par une mère célibataire, une Française, employée de maison dans une famille de Louisville. Anne Cook brode un passé bien modeste et sans plis. Sa trame est inventée. Ses détails sont volés aux histoires récoltées çà et là au gré des confidences de ses filles et de ses clients.

– Pas de père ?

– Un père, Monsieur Keathing ? Quelle drôle d'idée. Mais pour quoi faire, voyons ? s'amuse-t-elle.

Keathing note tout. Dans le détail. Parfois, il lève la mine de son crayon et s'assure qu'il peut publier cela.

– C'est pour vous, Monsieur Keathing. Vous vouliez une histoire ? Je vous l'offre.

Keathing replonge, gratte, change de feuille. Elle est à Louisville. Elle l'emmène sur le fleuve. Elle est serveuse sur un vapeur dont elle a oublié le nom. Elle tombe malade. Elle se remet à La Nouvelle-Orléans. Elle travaille dans un bouge. Elle invente une histoire de vol. Une montre en or. La plainte d'un client. De fausses accusations. Quelques jours de prison.

– C'est là que vous avez croisé Billy Evans ?

– Oui, mais je ne voudrais pas trop détailler cet épisode, si cela ne vous ennuie pas, Monsieur Keathing.

Elle réalise que la petite dont elle s'occupe va lire ce portrait.

– Je comprends très bien, Anne. Passons à autre chose, alors. Racontez-moi plutôt les débuts de Mansion House.

Cette fois, Anne Cook se cale sur la réalité. Il y a eu des témoins. Keathing en fait partie. Son propos est plus tenu. Elle garde pour elle les arrangements, les petites combines avec le maire d'avant, les compromis qu'elle a dû faire avec les troupes yankees, et enjolive le reste, tout ce qu'il sait déjà ou croit savoir. Elle ajoute mille détails. Sur l'épisode du ballon dirigeable, elle raconte le mal de l'air du maire. Allongée sur son divan, sur son tigre, Anne Cook donne libre cours à son imagination. Ça l'amuse, infiniment.

Keathing a noirci cinq pages pleines. Il paraît satisfait. Il a rangé ses feuilles. Il fait encore jour.

– Et vous, Monsieur Keathing, parlez-moi un peu de vous. Vous écrivez ? Quand va sortir le prochain numéro du *Daily* ? Vous avez soif ?

Keathing est assez fier de l'article qu'il prépare. Il répond aux mensonges du docteur Fitzgerald, celui qui se fait passer pour le rescapé de Memphis. Il a mené son enquête. Il a suivi l'audience qui s'est tenue ce matin au tribunal de Court Square. Il sait ce que ces déments ont infligé aux filles Adams.

– Et vous racontez tout ?

– Tout. Point par point. Toute la vérité, chère Anne.

Cette idée la laisse perplexe. Elle hésite. Il attend. Elle se lance :

– La vérité, quelle folie ! Il faudrait se contenter de ce qu'on voit ou de ce qu'on imagine. Pourquoi chercher au-delà ? Pourquoi creuser les tombes ?

– Pour rétablir les faits.

– Les faits ? Pourquoi ne pas les laisser là où ils sont ? Pourquoi ce besoin de rétablir les faits ? Pour quoi faire ? Dans quel but ?

– La vérité, chère Anne.

– La vérité, vous dites… Quelle drôle d'idée ! Croyez-vous, Monsieur Keathing, qu'on sera plus tranquilles quand tout sera dit ? J'ai haï ce Fitzgerald, ah ça ! J'ai voulu le tuer, même.

– Vraiment ?

– Oui, mais n'écrivez pas cela.

– Faites-moi confiance. Je ne le ferai pas.

– Si T. Brown n'avait pas détourné mon tir, ce sale docteur serait mort. Si T. Brown n'avait pas lancé ses miliciens, ces hommes, ceux de la forêt, feraient d'autres sabbats avec d'autres filles comme les pauvres sœurs Adams. Écrivez sur T. Brown. Racontez son histoire. Une belle histoire ! Que Fitzgerald aille au diable ! Qu'il crève la gueule ouverte ! Racontez. Décrivez. Ne cherchez pas ailleurs. Ne perdez pas de temps à contredire les fous. Vous vous épuiseriez vite.

– Il accuse les miliciens. Et la vérité ?

– La vérité ? Quelle drôle d'idée, répète-t-elle. J'ai appris à mes filles à dire oui, jamais non. J'ai appris à mes filles à voir la vie en mieux, pas telle qu'elle est. Je voudrais qu'elles sachent rêver leur vie. Les geignardes, les pleurnichardes, toutes celles qui s'encombrent de vérités trop lourdes, qu'elles aillent donc voir ailleurs, au couvent ou dans le lit d'un bon petit mari. La vérité, Keathing, c'est comme une lune de miel ou une épiphanie. Faut pas s'y attacher, sinon, c'est la chute assurée, le grand désenchantement. Combien de fois a-t-il fallu que je lui torde le cou à cette putain sordide, Keathing ? Combien de fois, si vous saviez. La vérité nous leste. Elle est comme le plomb. Elle tue ceux qui croient s'en nourrir. Vous savez cela, Keathing, avec vos ouvriers et tout le plomb qu'ils ont dans le sang. Et vous aussi, je suppose ?

– Écoutez, je comprends ce que vous voulez dire, mais…

– Monsieur Keathing, si je vous dis que vous me plaisez, c'est une vérité. Mais elle est lourde si je vous le dis comme ça. Vous me plaisez. C'est pas le bon moment. C'est pas bien dit. Même si c'est vrai. Et maintenant, c'est notre belle discussion qui a du plomb dans l'aile.

– Non, je… vous êtes sérieuse ?

– Aïe ! Encore plombé ! Encore cette exigence de vérité, Keathing.

Anne Cook ne tient plus sur son divan. Elle est fébrile. Il faut qu'elle change de position. Cette chaleur qui monte en elle. Elle voudrait tant trouver les mots pour dire ce qui la préoccupe. Lui dire. Elle voudrait tant qu'on l'aime telle qu'elle est, sans chercher à comprendre, à gratter des remords. Elle poursuit. Comme un acharnement. Il faut qu'il comprenne, ce soir.

– Keathing, j'héberge là-haut un joli coquelicot. Son cœur est un pistil noir comme le mien. Elle a tout juste treize ans, l'âge des dernières émeutes, celles de 1866, vous vous souvenez ? dit-elle en baissant la voix.

– Emmy Evans ?

– Moins fort. Parlons moins fort !

Il acquiesce en repoussant son bol.

– Cette gamine, voyez-vous, elle est comme moi. Elle

a failli se faner plusieurs fois. Une première, à la mort de sa mère, juste après votre article qui révélait les atermoiements de notre maire Flippin. Elle a encore failli se faner l'autre jour, chez les sœurs. Elle a le mal sacré, comme on dit. Elle fait de l'épilepsie. Et ces sœurs si savantes, ces braves religieuses qui confondaient ses crises avec des signes de la Fièvre, n'ont rien trouvé de mieux que de l'enfermer avec une autre et de prier leur Dieu, Sa gloire et Sa vérité vraie. Mais je l'ai tirée de là. Vous l'avez sans doute vue.

– Je l'ai juste aperçue.

– Elle allait mieux, n'est-ce pas ?

Keathing tourne les mains en signe d'acquiescement.

– Elle a repris des couleurs. Elle est serviable. Elle m'aide. Elle a faim comme nous toutes, mais elle tient. Elle se nourrit de tout ce que je lui dis de son père. Elle en demande encore. Alors, je lui en donne. Des tas. Des tonnes. Pour le portrait que je fais de lui, j'ai choisi mes couleurs. J'ai renoncé au terne. Je ne prends que la lumière. Je gomme de l'escroc et j'ajoute des bontés. J'aime bien ce portrait. Il me plaît ce Billy. Et je me réserve le reste, le fait qu'il est venu mourir plus tôt entre les jambes d'une fille de mon bordel, le fait qu'il m'a laissé un rouleau de billets qui couvrait à peine les frais de sa nuit passée chez moi. J'ai donné cet argent à Emmy et j'en ai rajouté. Je lui ai inventé des histoires de ferme qu'il n'a pas visitée, à Baton Rouge. Ça l'a rendue si fière. Elle se tenait plus droite, d'un coup. Plus forte.

J'ai payé pour tout le mal qu'on avait pu leur faire à cette fille et à sa mère, cette pauvre négresse exploitée par les James. Emilia. Vous vous souvenez ? Emilia ? Faites un effort, Keathing, un petit effort. Billy m'a raconté la nuit qui a suivi les émeutes de 1866. Le viol de cette femme noire, Emilia. Souvenez-vous, cher Keathing. C'était le soir du pendu qu'on a retrouvé brûlé. Un pendu noir. Il y en a eu beaucoup, certes. Tout le monde a laissé faire. Moi comme d'autres. Sans rien dire. C'était admis. Et cette femme était là. La mère d'Emmy. Elle aurait dû finir au bout de la corde aussi. Vous l'avez épargnée.

– Je me souviens, dit Keathing, ahuri que tant de vérités puissent sortir de cette femme.

Cette beauté. Anne Cook. Il se rappelle la femme noire et son regard cauchemardesque.

Il est tard. La nuit vient de tomber. Par la fenêtre du salon, on entend le balancement des branches, l'oscillation des feuilles. Et rien d'autre. Il règne dans les rues de Memphis un silence de tombeau. Elle a dit ce qu'elle a pu. Elle s'est donné du mal. Elle est allée au bout. Maintenant, elle n'en peut plus.

– Je suis fatiguée, Monsieur Keathing. J'ai peut-être trop parlé. Vous vouliez que je me livre ? Je me suis livrée à vous. Totalement. Telle que je suis. Vous comprenez ?

Keathing voudrait dire oui. Il acquiesce en cherchant le sens de toute cette confession.

– Ce soir, Monsieur Keathing, c'est moi qui dois mettre un terme à notre discussion. Je vous prie de bien vouloir m'excuser.

Il se lève et salue.

Elle ferme doucement la porte pour ne pas faire de bruit.

Elle détache sa collerette. Elle arrache son corset et plonge la tête dans la bassine pleine d'eau pour éteindre ce feu. Elle a si chaud, elle brûle !

34

Keathing a passé toute la nuit à ruminer ses regrets. Il s'était fait tout beau. Il s'était costumé et s'était mis en tête qu'il risquerait un mot et qu'il tendrait la bouche vers sa bouche. Il n'a rien répondu quand elle a dit qu'il lui plaisait. C'était si étrange. Si mal tombé. Il est rentré bredouille.

Il a relu le câble envoyé par sa femme. Elle ne reviendrait pas. Jamais.

Il a repris les mots alignés sous la presse et les a tous défaits, lettre par lettre, avant de les remettre dans la casse. Quand il a terminé, les petites heures pointaient leurs clartés. Un autre jour s'annonçait.

Keathing n'a pas dormi. Il n'a même pas sommeil. Les miliciens non plus, pense-t-il en se penchant à la fenêtre.

Il n'a pas entendu le sifflement du train. Le campement s'agite. Des hommes jaillissent des tentes. Des brigades se forment, le fusil à l'épaule. Des cris. Des ordres. Leur chef

T. Brown presse les charretiers pour qu'ils attellent plus rapidement.

Un nouveau sifflement.

Il vient de comprendre.

Un train approche.

Il descend au premier et donne des coups de pied dans le dos de Sullivan.

– Debout ! Dépêche-toi, imbécile. Le train arrive.

– Le train ! Le train ? Quel train ?

– Oh, et puis merde ! dit Keathing en dévalant les marches. Il faut faire vite. Ce train achemine peut-être des vivres et des nouvelles. Des vivres surtout. Memphis manque de tout. Il faut se dépêcher si on veut être servis.

– Attendez-moi, Monsieur Keathing. On va où ? Qu'est-ce qui se passe ? lance l'apprenti.

Il rattrape Keathing au milieu de Court Square. Toutes les tentes sont vides. Les lits laissés en vrac. Et les faisceaux de fusils ont disparu. Une poignée d'hommes gardent le camp. Les autres sont déjà loin. Ils filent vers la gare, comme Keathing et l'apprenti encore dépenaillé, son pan de chemise flottant, sa ceinture mal bouclée.

Emmy a entendu, elle aussi. Le sifflement strident a traversé tout le centre et s'est répercuté dans la rue de Mansion House. Elle a tiré Kerenn des bras de son vieux docteur. Elle l'a sortie du lit. Insultée. Pressée.

Elles courent toutes les deux en direction de la gare.

Le cœur d'Emmy bastonne. Des gouttes de sueur s'écoulent de son front. Elle en a plein les yeux. Il faut dire qu'il fait chaud aujourd'hui. Plus qu'hier, comme si l'été voulait prouver qu'il n'avait pas tout dit. Emmy respire et rit. Cette ruée sur le train de vivres l'exalte. Cela faisait si longtemps qu'elle n'avait pas couru sans être poursuivie.

– Il y aura du bacon, tu crois ? demande-t-elle.

– Oh oui, j'espère.

– Et du sucre pour les pancakes ?

Kerenn grimace un peu. Elle a un point de côté, mais elle ne perd pas le rythme.

– Oh oui ! dit-elle en ravalant son souffle. Et beaucoup de chocolat.

– C'est bon ?

– Tu verras !

Cela fait des années qu'Emmy rêve d'en boire. Elle a vu les filles James en déguster le dimanche, en revenant du temple. Sa mère recevait le chocolat en morceaux. Avec d'infinies précautions, elle le pilait pour le réduire en poudre pendant que le lait chauffait. Elle emportait le tout dans la salle à manger et versait la poudre brune dans des bols de lait chaud. L'odeur était somptueuse. Elle traversait le jardin et se répandait sous les fenêtres de sa cabane.

– Nous, c'était tous les jours, répond Kerenn. Tous les matins chez Madame Cook on avait notre tasse. Tu vas aimer, toi aussi. Tu vas voir ! Tu peux me croire !

Les miliciens sont là, répartis sur les quais et le long de la voie ferrée. Des rescapés de la Fièvre s'agglutinent derrière eux. Tous ont vu le panache de fumée. Le conducteur s'annonce. Les miliciens reculent d'un pas. Le train ne s'arrêtera pas. Pas question de se jeter dans la fièvre de Memphis. Tous guettent d'éventuelles marchandises qu'on leur jetterait au passage. Cela fait une semaine qu'on ne parle que de ce train. Une semaine.

Emmy voit le râtelier de la locomotive. Il est pointu. Il occupe toute la largeur de la voie. Elle se demande comment elle a pu passer dessous le jour du grand exode. Rien ne semble résister à cette moustache de fer construite pour écarter les broussailles, les troncs, les poids morts, toutes sortes d'obstacles. Elle a eu beaucoup de chance.

La foule a vu les types sur les toits des wagons, les mains chargées de sacs.

– Y en aura pour tout le monde ! Reculez ! Reculez ! hurle la milice.

Mais comme la foule s'obstine, des coups de crosse tombent. Il y a des blessés. Une femme hurle et un homme près d'elle lance des menaces à la ronde.

– Reculez, on a dit !

La tête du train s'engage à vive allure. Sa vapeur brouille tout et s'enroule en spirales.

– Oh non ! s'exclame Kerenn.

– Quoi ?

Elle pointe le doigt. Le wagon fait écran. Juste après

son passage, Emmy voit les buissons de la forêt de l'autre côté des rails. Ils s'ouvrent grands comme des gueules. Un autre wagon passe. Des flots de gens jaillissent. Wagon. Ils se rapprochent. Wagon. Ils sont armés. Wagon.

– C'est eux ! crie Sullivan, caché derrière Keathing.

Sa bouche devient pâteuse. Il ouvre des yeux ronds en devinant le piège. Un sixième wagon passe. Sur son toit, un homme debout s'active et balance de gros sacs. À droite. À gauche. À droite. L'un d'eux tombe près de Keathing. Sa toile s'est déchirée et du riz se déverse sur le sol. Un milicien le ramasse et le charge sur un tombereau. Après le wagon suivant, Keathing voit les pillards alignés face aux rails. Wagon. Ils sont plus nombreux qu'eux. Wagon. Leurs gueules sont barbouillées. Certains ont ramassé leur tignasse ébouriffée, pleine de feuilles et de brindilles, sous un bout de tissu. Wagon. Un autre sac tombe. Un milicien écarte le type qui voulait l'embarquer. Le type l'insulte. Il prend un coup de crosse sur le torse. Le milicien se penche pour ramasser le sac. Trop lourd pour lui tout seul. Keathing vient l'aider à le rapatrier sur le chariot. Au passage, il plonge sa main dedans et chipe une poignée de riz.

– Traînez pas trop ici, lui dit le milicien Ça va défourailler.

En retrait de la foule, Keathing remarque cette fille

tout en longueur, Kerenn, et près d'elle, la petite Emmy Evans. Il craint que Madame Cook ne se pointe elle aussi. Il y a beaucoup trop de monde. Une centaine de personnes s'entassent près de la voie. Mais il a beau regarder, il ne la trouve pas.

Le dernier wagon passe. Le lanceur sur le toit semble se réjouir du bon tour qu'il leur joue. Son sac monte haut dans le ciel et retombe au centre des rails. La voie est devenue libre. Les deux camps se font face. Un pillard sort et agrippe le sac. Un milicien surgit et le tire de l'autre côté, comme dans les jeux de foire quand deux forces s'opposent pour un panier garni. Un autre pillard s'approche et brandit un couteau. La main du milicien reste accrochée au butin. Son bras ne tient plus rien et se termine en jet de sang. Les miliciens répliquent. Ils tirent sur les pillards. La forêt est traversée de balles, de sang et de cris de guerre, un embrouillamini de colère, de panique et de faim. L'apprenti plonge au sol.

La foule se protège pendant que les deux camps s'affrontent à bout portant. C'est un massacre en règle. La fumée qui se disperse révèle un champ de blessés.

Les pillards font feu, bien debout, bien têtus, tiraillant à outrance avec cette foutue rage de ceux qu'on met hors jeu, hors norme, hors du monde. Ils ont perdu le sens de la mort, ils sont au-delà de la peur, ils n'ont plus rien à perdre, contrairement aux miliciens qui font de leur mieux, eux, qui se replient, qui se rencognent comme ils peuvent derrière le moindre muret, à l'abri d'un coin de gare ; ils font des stratégies pour essayer de les repousser.

Une balle ricoche contre une brique et ses éclats se répandent dans les yeux de Keathing. Aveuglé, il se plie et échappe par miracle au tir suivant. La balle passe au-dessus de lui. Le milicien derrière pousse un cri de surprise. Touché au front. Il s'effondre.

Emmy est allongée. Sur sa tête, elle sent la main de Kerenn qui lui montre la charrette à dix pas d'elles à droite.

– À trois, dit Kerenn, on se lève et on se cache derrière. D'accord ?

Emmy lui répond que oui. Elle dit qu'elle se sent prête en espérant que cette fois, elle ne fera pas de crise. Elle garde les yeux ouverts. Elle salive normalement. Elle ne sent pas ce goût de fer qui annonce chaque nouvel épisode épileptique. Oui, elle tient.

– Un, deux et…

Emmy se lève et court, mais Kerenn reste au sol. Un grand type, bras tendu, vient de lui saisir la jambe et la tire vers la forêt. Elle tente de s'échapper. Elle se cabre. Elle se désarticule comme une bête prise au piège. Le sol griffe son dos. Les rails bastonnent sa colonne et sa nuque. Elle abandonne ses chevilles aux mains de ce bonhomme et écarte grands les bras pour saisir tout ce qui traîne. Les ronces. Les racines.

– Emmy ! Emmy !

Une branche lui glisse des mains. Une motte de terre ne retient plus rien. Elle voit les tas de sacs que les pillards ont pris. Ils sont empilés près d'un arbre à l'entrée de la forêt. Elle remarque des toiles dressées entre les troncs d'arbres, des bûches carbonisées, un chaudron, des tasses en porcelaine et des monceaux de cuillères, de fourchettes, de couteaux qui valent une petite fortune. Kerenn sent la main de l'homme qui rassemble ses jambes. Elle se retrouve sur le ventre, le menton dans la terre, un pied lui écrase les reins pendant que ses deux bras sont ramenés en arrière.

– À l'aide ! Avec moi ! À l'aide ! hurle Keathing en s'emparant du fusil du milicien mort derrière lui.

Il a vu la jeune femme disparaître sous ses yeux. Il ramasse de la poudre. Il arme son fusil. Il attend que les tirs s'éloignent un peu. Il n'a que quelques pas à faire pour la rejoindre. Traverser la voie. Enjamber les deux corps qui gisent dessus, mais son sang s'est glacé. Il va falloir y aller, pourtant.

– Il l'a prise ! dit la masse d'homme qui s'est glissée près de lui.

Des bras comme des canons. C'est le géant T. Brown. Un filet de sang coule le long de sa cuisse. Il a un genou à terre. L'autre est tendu devant lui. Il propose à Keathing de partir sur la droite.

– Si on se lance côte à côte, ils feront d'une pierre deux coups, dit-il, le menton relevé, les mâchoires crispées, avant de donner un coup de tête nerveux.

Keathing range ses pensées et bondit au-dessus des corps en pointant son fusil. T. Brown se colle à un tronc et soudain disparaît. Keathing s'enfonce à son tour dans la forêt. La température chute de plusieurs degrés. La fraîcheur le prend de court. Cela faisait longtemps qu'il n'avait pas senti un air si frais. Sa vue s'adapte aux ombres. Il distingue les nuances du sous-bois.

Le campement des pillards se dessine. Keathing avance au même rythme que T. Brown. Chacun reste sur sa ligne. Les bruits de la fusillade couvrent ceux de leurs pas.

T. Brown lui fait signe. Il a remarqué quelque chose. Une forme au loin qui s'agite. Une corde tirée. C'est elle qu'on finit d'attacher. T. Brown s'élance. Il est agile. Rapide. Il se fond entre les arbres. Un éclair surgit. Il a sorti sa lame. Un long couteau de chasse qu'il abat vers sa cible. Celle-ci l'esquive. T. Brown tombe. Les deux s'affrontent. En retrait, Keathing pointe son fusil et tire. Sa balle traverse la tête visée. Un os jaillit de son crâne et une mèche de cheveux bruns collés par le sang et la crasse se dresse. L'œil de sa cible fixe le néant. L'homme porte un collier et un camée de bonne femme bordé de nacre rose. T. Brown se relève.

Kerenn a le visage en sang. Sa bouche est entrouverte. Ses yeux ne cillent pas.

– Elle est morte ?

Keathing déplie son mouchoir, tire sur chaque angle et le dépose sans un mot sur le visage de la jeune femme.

– Si vous saviez comme je m'en veux. J'ai tout vu. J'aurais dû réagir plus vite.

La fumée s'estompe. L'odeur de la poudre. Le bourdonnement de ses oreilles.

– Tout ce qui vit doit mourir. C'est dans l'ordre des choses, dit T. Brown.

– Regardez ! Regardez, lance Keathing.

Le mouchoir a vibré. Il se gonfle. Se dégonfle.

– Elle respire ! Monsieur Brown !

C'est vrai qu'elle respire. Keathing s'accroupit et la roule dans ses bras. T. Brown couvre ses arrières. Ils regagnent la gare et l'allongent à l'abri.

La fusillade s'épuise. Il y a beaucoup de morts, dans les deux camps. Les miliciens se regroupent. Les pillards se débandent. Ils ne sont qu'une poignée à résister aux tirs. Les miliciens avancent et les poussent à s'enfuir.

– Kerenn ! Kerenn !

La jeune métisse court le long des quais tachés de rouge sang, de blanc farine et de toiles arrachées.

– Vous l'avez sauvée, Monsieur Keathing ! Vous l'avez ramenée vivante !

35

Depuis la déroute des pillards, Keathing vient tous les jours. Ce matin comme hier, il s'est gargarisé, rasé de près, coiffé. Il s'est même parfumé d'eau de Cologne, les dernières gouttes du flacon. Il a noué sa cravate au-dessus de sa pomme d'Adam. Il a enfilé son nouveau pantalon rayé et serré sa ceinture, pour qu'elle dise qu'il lui plaît. Chemise blanche.

Dans la rue, tous les genres se mélangent. Comme il n'y a plus de jours fériés ni d'habits du dimanche, l'apparat n'est plus de mise. Certains sont en haillons et se traînent épuisés par ces semaines angoissantes. D'autres font comme ils peuvent pour tenter de donner le change.

Keathing les salue, du menton, du chapeau, avec une courtoisie qui dément toute folie. De loin. Cigare au bec. Ses semelles neuves craquent. Sa boucle de ceinture brille. Il luit comme à la fête, quand tant d'autres sont ternes, tristes, semblent fermés sur eux-mêmes. Le soleil s'est levé sans fanfare, presque malade. Les mouches piquent fort aujourd'hui. La forêt se repeuple d'une faune pressée de préparer l'automne. Les berges du fleuve regorgent d'anguilles à l'air. Même la fontaine de Court Square n'a plus le même débit. Elle crache des litres d'eau comme on s'en débarrasse, à gorge déployée.

Deux miliciens montent la garde devant la maison de Madame Cook. On ne dit plus Mansion House.

À Mansion House on se jouait des fièvres du samedi soir, des licences débridées, de toutes les lubricités. Ici, chez Madame Cook, on soigne une autre Fièvre, celle qui terrasse et tue, chaque jour.

Keathing remet un petit sac de vivres à l'entrée. Son écot quotidien. Sa participation à l'effort collectif. L'un des miliciens se lève et l'emporte en cuisine où s'activent des bénévoles. Dans le hall, il croise Kerenn qui remonte l'escalier.

– Bonjour, Monsieur Keathing.

– Bonjour, Kerenn. Comment va aujourd'hui ?

– Très bien, Monsieur.

Keathing connaît les lieux. Il est presque chez lui. Il passe le paravent et entre dans la chambre d'Anne. Elle dort, le front sous un torchon d'eau fraîche. Elle a le teint un peu plus jaune qu'hier.

Il repousse les mèches qui rebiquent sur ses yeux. Sa poitrine s'active sous sa chemise entrouverte. Un va-et-vient de vie qui bat. Ses lèvres sont si sèches. Du bout de l'index, il prend un peu de crème dans le pot près du lit et la passe sur sa bouche. Sous ses paupières fermées, il devine ses yeux qui balaient nerveusement des mondes imaginaires. À quoi peut-elle rêver ? Il la regarde un temps, jusqu'à ce qu'elle bouge la main. Une brève oscillation. Un bonjour à deux doigts. Elle sait. Il peut.

Après quelques mots doux, et un baiser très chaste, il tire le journal de sa veste. C'est le rituel.

– « Lundi 2 septembre 1878. Ce matin, un steamer, le *John Chambers*, s'est approché des quais. Il n'était qu'à cinq brasses quand ses marins ont jeté une dizaine de caisses de vivres, de médicaments et de fournitures diverses. Le premier sur les lieux était le fossoyeur, Monsieur Walsh, venu chercher des clous et des poignées de cuivre.

« Le maire, Monsieur Flippin, ayant été tué mardi 3 septembre par une balle perdue, c'est le chef de la milice, Raphael T. Brown, qui le remplace. Sa charge sera confirmée ou invalidée lorsque les conditions d'une nouvelle élection seront réunies. »

Keathing tourne la page.

– « Jeudi 5 septembre, une messe a été célébrée à Saint-Mary. La première depuis le début de l'épidémie. Une centaine de personnes ont été autorisées à prier chez les sœurs. Une autre sera donnée dimanche prochain pour la nativité de la Vierge. »

Anne Cook tourne la tête. Les bosses sous ses paupières sont braquées vers la fenêtre. Les rideaux sont tirés pour filtrer la lumière. Keathing distingue un bruit. Comme si on jetait sur les vitres des poignées de sable fin. Il soulève un pan de rideau. Mais au lieu de la lumière, blessante et crue pour elle, c'est un mur gris opaque qu'il révèle. Des myriades de gouttelettes éclatent puis se répandent en rigoles.

– La pluie ! lâche-t-il. À moins que…

Il remonte sa manche, la coince dans sa main et se met à faire des ronds sur la vitre pour essuyer la buée.

– Mais non ! Ce n'est pas la pluie. On dirait de la grêle. Une minuscule grêle.

La bouche de Keathing forme un arc magnifique. Il sait ce que cela veut dire. Avec la grêle vient le froid, et le froid tue cette fièvre. C'est ce qui s'était passé en 1873, et en 1855 aussi, lors des précédentes épidémies. Les frimas y avaient mis un terme. Pourvu que ça se reproduise.

– C'est merveilleux, Anne. Vous avez entendu ? Ce sont les premières giboulées. L'automne va nous sauver.

Il se penche sur elle, lui éponge le front avec des gestes de femme qu'il se découvre enfin, une délicatesse qu'il retenait verrouillée de peur de paraître faible. Keathing se retourne pour s'assurer que personne ne le voit et lui caresse la joue.

– Vous sentez ? Vous sentez l'humidité sur ma main ?

Il se penche plus encore. Il lui parle à l'oreille. Il la tutoie :

« Anne, ne me laisse pas tomber. C'est le signe. La grêle tombe. Ne me laisse pas maintenant. J'ai besoin de toi, Anne. Tu me plais tellement, si tu savais. »

Keathing tend le cou, pousse ses lèvres et dépose un baiser sur son front. Il sent le sel sur ses lèvres. Les paupières d'Anne valdinguent. Mais aucun son ne sort.

Dans Gayoso Street couverte d'un tapis de billes blanches, une procession passe. Les roues broient les grêlons. Entre les deux sillons dessinés, noir sur blanc, une paire de sandales imprime sa trace au sol devant d'autres traces plus profondes, de talons et de bottes. Toute une géométrie de ronds, de lignes, de points s'imprime dans le sillage du cortège. Le fossoyeur conduit la dernière mule de la ville, qui tire trois petits cercueils suivis de chapeaux ronds, de châles et d'une coiffe noire portée par la mère supérieure. Toutes les autres sœurs sont mortes. Il ne reste plus qu'elle au couvent Saint-Mary.

Keathing fait le signe de croix sans y croire, comme un acte réflexe. Il croit en l'homme plus qu'en Dieu, et en Dieu plus qu'aux églises. C'est le sort des enfants qui le touche. Les trois derniers de Saint-Mary. Anne Cook a bien fait de faire rapatrier tous ceux qu'elle pouvait accueillir. Ils sont là-haut. Juste au-dessus. Aux bons soins du vieux docteur Mitchell, de Kerenn, d'Emmy et des trois volontaires qui sont venus les aider.

36

Kerenn a rejoint la chambre 6, celle des jumeaux qui partagent tout depuis toujours, même cette fièvre affreuse.

Emmy l'assiste. Elle porte une bassine d'eau au milieu de laquelle flotte une grosse éponge beige. La jeune fille a un temps de retard quand elle pose la bassine et que Kerenn l'attend pour ramener leurs draps. Elle est encore en retard quand elle lui tend l'éponge alors que Kerenn a de l'argile plein les mains.

– Tu penses à quoi, Emmy ? Fais un peu attention !

– Oui, je… pardon.

Kerenn applique l'argile sur les reins d'un des jumeaux. Emmy s'y met aussi, un peu intimidée. Elle n'est pas habituée à toucher des garçons de son âge. Elle en prend une noix, qu'elle étale dans le bas de son dos. Elle en ajoute et recommence. L'argile est encore tiède. Elle a l'odeur de la canneberge. Âpre. Acidulée. Le garçon ne bronche pas.

– Tu crois que c'est vrai ce qu'on dit sur cette grêle ? demande Emmy.

– Et qu'est-ce qu'on dit, fillette ?

– Monsieur Keathing a dit que c'est peut-être la fin.

– Il a dit ça ?

– Oui. Il m'a dit que la grêle chasserait la Fièvre d'un coup, comme un mauvais souvenir.

Kerenn lui réclame la bassine et se met à éponger le torse du garçon allongé devant elle. Son ventre reste gonflé. Il faut qu'il s'en sorte, lui comme son frère jumeau. Le docteur Mitchell en a sauvé plus d'un avec ses décoctions. Il faut y croire. Kerenn veut y croire. Emmy l'aidera. Cette jeune fille l'impressionne. Elle range les chambres, fait les lits, lave les draps. En cuisine, elle aide à préparer les mixtures. Avec son rouleau de dollars, elle a acheté des tas de choses : des poires, du sucre, des friandises et même du chocolat. Elle a payé comptant Bob Reed Church, avec son trou dans la tête et ses stocks cachés derrière son bar. Bob Reed Church est plus riche qu'avant. Il s'est sorti de tout. Des émeutes. De la Fièvre. Alors, pourquoi pas ces garçons, et les autres dans les chambres, et surtout Madame Cook ? Pourquoi ne s'en sortiraient-ils pas, eux aussi ?

– Alors, dis-moi ? C'est vrai ? redemande Emmy.

Kerenn inspire une bouffée de son cigare à quinze *cents*, les meilleurs, les plus chers. Une fumée bleue se torsade sous l'effet du courant d'air. Elle cherche ses mots. Elle sait que les faux espoirs sont pires que les mensonges. Ils minent tout. Le vrai, qui se charge de faux. Le faux, teinté de vrai. Les nuances, les demi-teintes ne sont que des débuts de mensonge, des moitiés d'illusion.

– On sait peu de choses, dit Kerenn, dépitée. On sait juste que la dernière épidémie est passée à l'automne. Pourquoi ? Comment ? Va savoir. Et pourquoi elle revient ? Même mon vieux Mitchell l'ignore. Elle est comme ces figuiers qui plongent leurs branches en terre et qui ressurgissent plus loin, des saisons ou des années plus tard.

– Alors quoi ? C'est vrai ou pas ? Je ne comprends rien, Kerenn ! Dis-moi !

– J'en sais rien, répond Kerenn.

Emmy ne s'embarrasse plus du torse nu qu'elle retourne. Elle le barbouille d'argile, du ventre à la poitrine. Elle dessine de grands cercles sur la peau. Elle est moins délicate. Une buée voile ses yeux. Son menton s'est froissé. Ses narines papillotent. Et sa gorge libère une vague de tristesse qui se mue en sanglot.

– C'est malin, lâche Kerenn.

Le spectacle d'Emmy pleurant à chaudes larmes lui crève le cœur. Il y a quelque chose d'impossible dans son bouleversement, une erreur d'aiguillage, une injustice flagrante qui prend la place du bien.

Kerenn lui ouvre les bras. Son ventre collé au sien sent qu'il se tire-bouchonne. Son cou contre son cou absorbe son trop-plein d'amertume, de chagrin et d'hélas, de tout ce qui l'entrave au lieu de la libérer.

– Mais qu'est-ce qui se passe, ma chérie ? Pourquoi tu pleures comme ça ?

Les larmes d'Emmy redoublent. Elle en déverse des flaques sur sa belle chemise blanche. Quand elle s'en rend compte, elle recule, gênée, s'excuse et recommence.

Kerenn cale sa main sur sa nuque.

– Voilà ! Voilà ! dit-elle, sentant que sous ses caresses la fillette s'apaise un peu.

Le menton d'Emmy a repris de sa rotondité. Le bord de ses paupières est souligné de rouge sec. Mais sa tristesse demeure. Une tristesse archaïque.

– Qu'est-ce qui ne va pas, Emmy ?

La fillette baisse la tête. Kerenn la lui relève.

– Je suis sotte. Je m'excuse, dit-elle en se penchant pour reprendre la bassine.

Kerenn suit son mouvement et s'accroupit devant elle.

– Tu n'es pas sotte, Emmy. Loin de là, crois-moi. Mais si une idée te rend triste, il faut que tu me dises laquelle. C'est à cause des saisons ? Du va-et-vient de cette fièvre ?

Emmy replace l'éponge sur le savon de potasse. Elle ramasse le bloc d'argile et l'enveloppe de papier gras. Un des jumeaux fait couiner son matelas.

– Je suis là, dit Kerenn.

– Je sais.
– Je suis là pour toi.
– Oui. Mais…
– Ah, nous y voilà… C'est ce « mais » qui m'intéresse. Mais quoi ?
– Quand l'hiver arrivera, tu partiras, n'est-ce pas ?
– Pourquoi partirais-je ! Quelle drôle d'idée !
– Le docteur Mitchell a dit qu'il partirait à la fin de la Fièvre. Et toi, tu vas le suivre, non ?
– Ce vieux schnock ?
Emmy se met à rire.
– Je ne devrais pas rire de lui, pardon.
– Je te rassure, Emmy. Je n'ai aucune envie de le suivre. Et puis, pour aller où ? Pour quoi faire ?
– Je ne sais pas. Tu ne l'aimes pas ?
– Mitchell ? Oh non, merci ! Je le trouve intelligent. J'essaye d'apprendre un peu avec lui. Mais non, ah ça non. Je n'ai pas du tout envie de faire ma vie avec ce vieux schnock ! Pour rien au monde !
Un grand sourire barre le visage d'Emmy.
– J'ai pas envie de partir. Mais alors pas du tout. J'aime trop cette maison, tu sais. Toi aussi, on dirait.
– Oui, je l'aime bien, répond Emmy.
Ensemble, elles ramassent leurs ustensiles et quittent la chambre.
– Et puis, il y a Madame Cook, dit Kerenn.
– Elle a besoin de nous…
– Oui, Emmy. Elle a besoin de nous.

37

Elle dort. Rabougrie dans son lit. La tête sur l'oreiller. Un bras recroquevillé sous les draps de gros fil. Elle a la bouche ouverte. Ses jambes forment un drôle de compas, comme pour prendre une fois de plus la mesure de ce lit.

Son lit.

Depuis des mois.

Aucune pensée n'a perturbé sa nuit jusqu'à ce que l'odeur se répande. C'est l'odeur du soufre. Emmy ferme les poings, tourne la tête et soudain vrille son corps.

Ça recommence !

Elle force sur ses paupières pour les maintenir closes. Elle ne veut plus entendre, ni voir, ni savoir. La poudre fait des siennes. Sa fumée âpre s'infiltre par les volets mi-clos. Les déflagrations sont de plus en plus fortes. Elles se rapprochent. La brise pousse avec elle quelques éclats de rire. Emmy s'accroche à l'idée qu'elle peut encore dormir, en vain.

Elle repousse les draps. Des colonnes de fumée s'élèvent au-dessus des toits. Une trompette résonne. Des rubans rouges blancs bleus décorent les balcons. Des hommes s'engouffrent dans le bar d'en face. Des femmes, chapeautées et gantées, se détournent de l'entrée. Un prêtre les salue. Elles répondent brièvement comme font les femmes du monde, celles des salons bourgeois et des écoles en pierre. Un pétard fait se cabrer le bel alezan d'un buggy laqué noir. À son bord, un couple tout droit venu des plantations du Sud. La robe de la femme est d'un rose qu'on ne porte plus. Le monsieur est paré d'une cravate à deux pans, d'une veste en coton noir et d'un chapeau de feutre sombre.

Emmy fait le tour de la pièce et l'idée de sa mère vient reprendre sa place dans un coin de sa mémoire. Cela fait bien longtemps qu'elle n'est pas reparue.

Quelqu'un frappe.

– T'es réveillée ? Je peux entrer ?

– Une minute, répond Emmy. Juste une petite minute.

Elle saisit la chemise posée juste devant elle. Elle lève les bras et la laisse dégringoler sur son dos jusqu'aux hanches. Elle enfile sa robe, la rouge, et s'approche de la glace pour ajuster les bretelles.

– Voilà ! Tu peux entrer.

La voix derrière hésite puis répond dans un grand rire :

– Hé, petite mère, mais c'est fermé !

Cette expression, « petite mère », est née un jour, au détour d'une phrase, sans faire exprès. Elle est revenue. Puis elle s'est imposée, comme cette chambre au deuxième étage, comme ses seins depuis l'hiver, comme ses jambes allongées. Elle a poussé d'un coup, tel un ressort contenu qui se détend subitement.

Emmy tourne la clef et Kerenn lui sourit. Cela fait près d'un an qu'elle vit sous son aile. Kerenn s'occupe de tout. Elle a rempli le dossier d'adoption, payé les frais de cachet, fait le voyage à Nashville pour rencontrer le juge une première fois. Monsieur Swindler, juge pour enfants, un grand bonhomme gris qui s'exprime dans une langue qui date du *Mayflower* et des « Pères pèlerins ». Il a insisté pour que Kerenn revienne, accompagnée cette fois. C'était en mai dernier. Emmy a pleuré pendant le trajet aller. Elle déteste le train. Une fois dans le tribunal, debout derrière la barre, elle s'est mordu les lèvres pour éviter de rire en découvrant Swindler enfoui sous sa perruque poudrée et ses poches sous les yeux qui pendaient jusqu'aux joues, comme la capote d'un fiacre. Emmy a fait de son mieux pour tenter de comprendre ses questions et ses remarques. Quand elle est ressortie, elle était épuisée.

Depuis, elles attendent toutes les deux que le juge Swindler rende enfin son verdict et ses actes, ses nombreux attendus, ses longs considérés, sa série de dispositifs, sans oublier, bien sûr, ses dépens, dont le montant sera probablement aussi extravagant que sa tenue et sa prose.

« Avant le 4 Juillet ! » avait-il déclaré.

Le jour de l'Indépendance est arrivé plus vite que les fameuses ordonnances.

– On a dû mal comprendre ! ironise Kerenn.

Cette mesure d'adoption n'est qu'une formalité. Elles vivent l'une et l'autre comme si c'était déjà fait, femme et fille faisant la paire.

– Tu l'entends ?

Emmy tend l'oreille. Elle distingue un bruit de percussion au loin.

– Ça commence !

– La fanfare ! dit Emmy. Maman disait toujours que c'était dangereux de se mélanger aux musiciens de la fanfare, avec ces policiers et tous ces Irlandais.

– Mais là, c'est pas pareil !

– Non, là, c'est pas pareil, acquiesce-t-elle en se tournant pour que Kerenn accroche le coquelicot qu'elle a cueilli pour elle.

Ils sont plusieurs centaines rassemblés sur Court Square. Des Noirs des faubourgs, des Blancs du centre et des quartiers du nord. Emmy n'en revient pas. C'est bien la première fois qu'elle voit les deux mêlés pour cette fête. Au-dessus des crânes ras, des tresses, des melons, des cloches et des capelines, les instruments à vent crachent des dièses et des bémols en attendant que le chef daigne lever sa baguette et mette un peu d'ordre dans tout ce charivari qui sent fort la cire et la poudre.

T. Brown est là. Sa tête dépasse de l'assemblée. Il sourit. Ses immenses épaules forment une ligne d'horizon rassurante. Il est heureux parmi les siens, tous les Noirs des faubourgs, les miliciens sous ses ordres et ces Blancs qui s'avancent vers lui, lui tendent la main et l'entourent comme s'ils cherchaient à se l'approprier. Il sera maire bientôt, aux prochaines élections, et peut-être sénateur un jour. Il a sauvé Memphis et perdu du même coup un peu de mobilité. Une blessure à la jambe, lors de l'assaut des pillards.

Le chef lève sa baguette et les pavillons de cuivre s'alignent comme un seul homme. Les bouches se collent aux embouts. Les joues font le plein d'air. Des paires d'yeux s'exorbitent et, quand la baguette s'abaisse, les premières notes jaillissent. Ils jouent l'hymne des Zouaves et toute la foule s'ébranle dans les pas de la fanfare. La parade qui va remonter Main Street jusqu'en haut de la ville. T. Brown marche en tête. L'éditeur du *Daily* le suit de près.

Les yeux gris de Keathing ont une lueur étrange, comme un sursaut de joie porté par cette fanfare qu'il avait tant haïe, pourtant, et depuis si longtemps. Il surveille un peu T. Brown, craignant que, dans cette foule, il perde l'équilibre. Il sait que sa jambe le lance et que son orgueil le pousse à faire semblant de rien, compensant ce muscle de cuisse déchiré par un balancement des bras. T. Brown sait bien s'y prendre. Mais Keathing n'est pas dupe. Il l'a vu l'autre jour, à la sortie du temple, surpris par une marche qui a failli le foutre à terre. Le géant s'était rattrapé à un bras.

À l'angle de Wellington, tout près de la voie ferrée, ils passent devant la petite stèle en marbre dressée à la mémoire des sœurs de Saint-Mary. Les noms de six d'entre elles sont inscrits en lettres d'or. L'Histoire est un point de vue.

Les trottoirs grouillent de monde. Dans la foule, Keathing remarque deux silhouettes qui s'agitent. Il a reconnu Emmy et Kerenn, qui détournent les yeux pour éviter la stèle. Elles suivent la parade. Il sourit. Elles portent un coquelicot. Depuis le début de la semaine, la vallée en est pleine. Des coquelicots partout. C'est comme une saignée qui défie le fleuve de boue. Et quand l'aube point et que ses nappes de brume se déversent sur le fleuve, leur flamboyante couleur déteint sur tout le reste. La nébulosité. L'air orangé du ciel. L'horizon jaune pâle. Tout est teinté de ces fleurs nées de nulle part et de presque rien.

Ils sont une dizaine à porter un coquelicot. À la mémoire d'Anne Cook. Le bordel a rouvert. Il a gardé son nom. Ses clients sont de retour. Kerenn le dirige avec l'aide d'Emmy. Elles ont tout rénové. Le salon, la literie, les draps et tout ce qui a servi du temps de l'épidémie. Elles n'emploient que des femmes. Les filles, bien sûr, mais aussi une pianiste, une barmaid, des gouvernantes, une femme cheffe en cuisine. Toutes portent un habit de fonction, un costume inspiré de ceux des hommes, noir à fines rayures rouges.

Un homme s'est glissé entre Emmy et Keathing. Un étranger. La vingtaine arrogante. Gilet seyant. Ventre plat. Yeux clairs et sourire confiant.

– Je suis reporter pour le *Washington Times*. C'est vous Monsieur Keathing ?

Il acquiesce mollement. Il se méfie des gens qui travaillent pour le *Times*. Il n'a pas oublié.

– Oui, c'est lui, répond Emmy. C'est bien Monsieur Keathing. Vous venez faire son portrait ? Vous savez que c'est un sacré bonhomme. Il…

– Je sais, je sais, Mademoiselle, répond-il, amusé. Mais ce n'est pas pour lui que je suis venu.

L'envoyé spécial dit qu'il revient de Potter Fields. Il y a longtemps cherché la tombe de Madame Cook. Il y a tellement de tombes. Dans ses allées il dit qu'il a croisé un singe. Un drôle de singe errant.

– Cocasse, n'est-ce pas ?

– C'est Darwin, répond Emmy en détournant les yeux pour éviter le regard insistant du reporter.

– Le singe ?

– Notre chimpanzé, oui. Il a rompu sa chaîne. Il se promène. Parfois, il disparaît plusieurs jours, mais il revient toujours. C'est un singe très intelligent. Il est chez lui à Mansion House. S'il avait la parole, il vous raconterait tout. Il a dû avoir peur avec les bruits de pétard.

Keathing fouille dans sa poche. Pour éviter d'entendre la suite, il fait courir ses lèvres sur son harmonica dans le tempo de la fanfare.

Emmy marche en rythme. Comme l'envoyé du *Times*. Comme toute la foule. Plus loin, ils tournent à gauche et remontent Front Street.

Emmy explique que c'est normal s'il n'a pas retrouvé la stèle de Madame Cook.

– Elle n'en a pas ! dit-elle.

– Comment ça ?

– Anne Cook est là, répond-elle en désignant les berges. Ses cendres ont été dispersées dans les eaux du fleuve. Et depuis, regardez !

Épilogue

Pendant que Keathing écrit cette histoire tragique qui a causé la mort de plus de 5 000 personnes, une poignée de savants américains et européens se réunissent à Cuba. Ils forment la Commission d'étude sur la fièvre jaune. Pendant plusieurs mois, ils restent enfermés dans les salons de l'hôtel San Carlos à La Havane et confrontent leurs points de vue. Pour certains, il s'agit d'un virus contagieux qui se dissémine dans l'air. Pour d'autres, c'est par le contact sanguin que la fièvre se propage.

Parmi tous ces savants, un médecin cubain se concentre sur le facteur climatique. Il s'appelle Juan Carlos Finlay. Il est diplômé de l'école de médecine de Paris et de Jefferson College à Philadelphie. Depuis des années, le docteur Finlay se passionne pour les maladies tropicales. Contrairement aux membres de cette Commission d'étude, il n'est pas convaincu que le développement de la fièvre jaune soit dû à un virus. Carlos Finlay est persuadé qu'un élément extérieur la véhicule. Pour identifier ce vecteur, le docteur cubain attire l'attention de ses collègues sur la question climatique. Il se demande pourquoi la fièvre se développe au plus chaud de l'été. Autre question : pourquoi disparaît-elle avec le froid ? Une intuition se dessine dans son esprit. Qu'est-ce qui se développe l'été ? Qu'est-ce qui bourdonne et pond frénétiquement dès le retour des beaux jours ? Et qu'est-ce qui disparaît avec le froid, comme par enchantement ?

L'*eurêka* du docteur Finlay porte un nom bien connu : c'est le moustique !

Ses confrères l'écoutent, débattent, se disputent et finalement quittent Cuba.

Deux ans plus tard, en 1881, le docteur présente les résultats de ses travaux devant les membres de l'Académie des sciences de Cuba. Il développe sa théorie dans un long article intitulé « Le moustique considéré comme un agent potentiel de transmission de la fièvre jaune ». Sa lecture terminée, Finlay replie ses notes et lève les yeux vers l'audience. Aucune question ne vient. Pas même une remarque. L'assistance reste muette. Le lendemain, toute la presse scientifique le surnomme « Mosquito Man [1] » et ses confrères le présenteront bientôt comme le « vieux fou de La Havane ».

Carlos Finlay n'en démord pas pour autant. Il poursuit ses recherches dans une grande ferme cubaine. L'été, quelques prêtres s'y réfugient. Quand une nouvelle épi-

1. Expression qui pourrait se traduire par « Monsieur Moustique ».

démie de fièvre jaune s'abat sur l'île, la *Finca San Jose* est l'un des rares lieux de l'île à ne compter aucune victime. « Le vieux fou de La Havane » avait simplement placé des rideaux fins en guise de moustiquaires aux fenêtres et aux portes.

Ses recherches seront bientôt reprises dans le monde entier. Sept fois son nom a été présenté pour le prix Nobel de médecine. En vain.

Note de l'auteur

J'ai été journaliste. Longtemps j'ai sillonné le monde et tenté de le comprendre. Depuis quelques années, je suis auteur. Je vis retranché dans mes récits, loin des soubresauts et des tempêtes de l'actualité. Ou du moins le pensais-je.

L'idée de ce roman est née, il y a plusieurs mois, d'une simple archive, l'extrait d'un concert d'Elvis Presley à Las Vegas en août 1969. Sur scène, le King entame *Are you Lonesome Tonight.* Dès le premier couplet, quelque chose l'intrigue dans la salle. Un sourire se mêle à sa voix. Il est déconcentré. À l'entame du refrain, son sourire se transforme en fou rire. Les choristes poursuivent de leur mieux. Les musiciens s'accrochent à leurs lignes mélodiques. Mais le King est vaincu et son hilarité va gagner le public.

Conquis par le charme de cette scène, j'ai voulu savoir ce qui l'avait déclenchée. Était-ce, comme on l'a dit, une moumoute agitée par un fan dans la salle, ou la voix suraiguë d'une choriste ? Pour en avoir le cœur net, je me suis plongé dans une biographie monumentale d'Elvis. Deux mille pages d'anecdotes et de détails, de tout, sur tout. De Memphis à Las Vegas, en passant par Hollywood.

Au détour d'un paragraphe, j'ai appris que sa ville de cœur, Memphis, porta très longtemps les stigmates d'une étrange crise, d'une épidémie qui, en quelques semaines, avait décimé sa population et ruiné son économie. La fièvre jaune. Comment une simple fièvre avait-elle pu mettre KO toute une ville ? Mon intérêt venait de bifurquer. Et du fou rire je suis passé au drame.

J'ai consulté des livres d'histoire, des témoignages fascinants. Je m'y suis plongé comme font les écrivains : corps et âme. Je me suis installé à Memphis. J'ai vécu dans un bordel de Second Street. Je me suis glissé dans la peau de sa patronne, Anne Cook. J'ai vécu avec elle. J'ai dormi auprès d'elle, en la surveillant de près. J'ai eu chaud, comme elle, peur comme elle, faim comme elle. J'ai éprouvé les frissons de sa fièvre. J'ai redouté l'appel du fossoyeur et le son de sa cloche et le pas de sa mule. J'ai vécu cette histoire. Pendant de longs mois. Captivé. Le récit achevé, une autre fièvre a surgi des confins de l'Asie. De semaine en semaine, j'entendais l'écho de plus en plus distinct d'un nom de virus qui sévissait dans la province du Hubei, puis en Lombardie. Le Covid était là, insidieux, invisible. J'ai relevé la tête. La réalité rattrapait la fiction. Du vase clos de l'écriture, je passais au confinement. Sans transition, mais prévenu. Revenait la surprise. Puis le déni. La sidération. La vilenie. L'instinct de survie, enfin. Et le silence, toujours.

« Toutes les horreurs que les romanciers croient inventer sont toujours au-dessous de la vérité », écrit Balzac à la fin du *Colonel Chabert*. C'est vrai. Absolument. Sauf que je n'ai rien inventé. Je suis passé d'une fièvre à l'autre, d'une épidémie à une pandémie. L'histoire s'est mise à bégayer et le monde a fait tilt.

Je tiens à remercier Francis Esménard et Gilles Haeri pour leur soutien. Caroline Marson pour son implication, la belle équipe d'Albin Michel, mais aussi Anne Bouffet, Charlotte Milandri, Caroline Gaudriault et, bien sûr, Mathilde Artarit.

DU MÊME AUTEUR

Aux Éditions Albin Michel

LE CŒUR BATTANT DU MONDE, 2019

Chez d'autres éditeurs

CES RÊVES QU'ON PIÉTINE, éditions de l'Observatoire, prix Stanislas 2017.

Composition : IGS-CP
Impression : CPI Bussière en juin 2020
Éditions Albin Michel
22, rue Huyghens, 75014 Paris
www.albin-michel.fr
ISBN : 978-2-226-44163-8
N° d'édition : 23459/01 – N° d'impression : 2050173
Dépôt légal : août 2020
Imprimé en France